EVERY GIRL
IS MARRIED
TO
LOVE

『每个女孩
都嫁给
爱情』

翘楚 著

作家出版社

目 录
contents

1

1
男友的奇葩决定

情人节本该是收到玫瑰和戒指的日子，尤其是今年，已经是我跟男友李泽铭一起过的第三个情人节了。头两个情人节时还没得到父母的认可，算是我们俩私自过的，这个情人节是被我父母认可后第一回过，想象中，情景应该比前两次更幸福、更称心。尤其重要的是，他即将去美国读博。我猜怎么着他也会在走之前把我们的关系厘清，那样我就是跟着去陪读，也显得更名正言顺。

"假如说我没名没分的，估计就是我不计较，我父母也不可能答应。"我对苏小慧说。

她白了我一眼："我告诉你方颜，你家铭哥要是敢这么要求你，我就阉了他！我们又不缺胳膊少腿智力缺陷，凭什么要没名没分地去犯这个贱啊？"她这么义正词严的样子，好像我已经决定去犯这个贱了一样。

苏小慧是我发小，我们俩从小学玩到中学、又从中学玩到大学，毕业了又商量着在一起工作。许多年来许多人都经常把方颜叫成苏小慧，或者把苏小慧叫成方颜，虽然我俩的名字没一个字接近，可见我俩跟连体婴似的太腻乎了。要不是我有男朋友，别人都怀疑我俩是不是在搞同性恋。我在她面前没秘密，她在我面前也一样。

我推了她一把，得意地笑："我猜今天他十有八九会向我求婚。"

苏小慧立刻激动起来："真的？"

"他刚才打电话来问我今晚想去哪儿？地点随便我选。"

苏小慧说："以我对这个小气鬼的了解，有点像要采取行动了。"

我又推了她一把。

苏小慧笑了："说他小气鬼怎么了，哪回咱仨一起吃饭掏钱的时候他不磨叽？"

苏小慧这么说，我脸上有点挂不住。说真的，李泽铭在用钱方面，确实比较谨慎。第一次带他来我家见我父母时，他竟然只在街边买了个果篮就来了，我也不知道这是理科男的木讷，还是他就是舍不得花钱？当时要不是我发现及时，他是绝不可能过我妈那一关的。

唉！尽管如此，也得为他解释。

"他一穷学生，家又在外地，不像你我，拿着工资，还靠着父母。咱俩在他面前是俩富婆你知道吗？本来我不想说的，你勾起我来了，我正好说道说道。就您点那菜，不是龙虾就是鲍鱼海参，您那吃相我看了都紧张。我就奇了怪了，你回回带团去东南亚还没吃够？那些东西多贵啊在北京！"

"重不在吃好不好？我那是帮你在试验他对咱俩的忠诚性！"

"啊呸！"

我们俩都笑了。为了转移她的注意力，我故意岔开话题说："你也要抓紧了，听见没有？咱不能被一个混蛋耍了，就认定天下男人都是混蛋。"

她大咧咧地一挥手说："切，追我的男人多着呢，被你说得我没人要似的。"她假意还有工作要忙，立刻走开到别处去了。

望着她小巧的背影，我叹一口气，也许只有我，才能看出此刻眉目流转之间她不愿示人的伤感。

小慧曾经的男神是李泽铭的师兄，我和泽铭就是因为他俩才相识的。她喜欢那人多年，可那人是个花花公子，跟她好的同时从来没停过跟别的师姐师妹勾三搭四。一年前两人才彻底分了手。我不知道遭人背叛会有多痛，我只知道分手后短短半个月，小慧就瘦了十斤。她本来就不胖，那十斤让她几乎脱了相。我曾搂住苏小慧陪她痛哭过好几回。没有经历过失恋的我也能看出，她的心已经伤透了。

这是情人节当日下班前的愉快光景，这一时刻我还憧憬着就在今晚，我将决定彻底告别单身，光荣加入已婚妇女的行列。这一刻一切都还表明，幸福就在一步之遥的地方等着我。可是我万万没想到，等着我的竟是一个男友所做的令人匪夷所思的决定。

当时我满脑子都是他要向我求婚的念头，我心中还闪过说，是立刻接受他呢，还是稍微摆点小架子再抻抻他？

我妈从小就教育我，女孩子在做和男孩相关的任何事时，都不应该太主动，你必须要让男孩产生一种你很难得的感觉，那样他才能学会珍惜你。我觉得这一点我做得很好。

虽然表面看起来，李泽铭是个各方面都挺优秀的人，身高一米七八，长得很帅，学历又高，还不戴眼镜儿。如果非要挑他有什么毛病的话，那就是他说一口南方味儿的普通话，当然，用钱上稍微有点小气。可这又算什么缺点呢？

北方味儿的普通话听起来比较生硬，而南方味儿的普通话更温和动听；用钱手紧一点，那是会过日子呀。要是一个家里两个人都大手大脚的，那日子还过不过了？所以我几乎第一次见他时就喜欢上了他，可实际情况却是他努力追的我。

好，废话少说！

他说："我知道你一直想要我的求婚。"

"谁说的？"我笑着否认。

"可是我们俩暂时可能还没法结婚。"

我立刻就被噎住了。我定住眼睛看着他，请问为什么我们俩暂时没法结婚？难道你想一个人走？他这一走至少就是三年，三年我们两人之间会发生多少可能性？我的心开始莫名其妙地慌了。

"你也知道，我拿的是学生签证，而且是半奖，根本不够两个人的生活。最重要的是，咱俩的事，我姐姐还不太同意。"

假如李泽铭只是这么说，我不会有太多震惊。他来自南方一个小县城，他的爸爸，是县城中学的一位教务主任，把大他十岁的姐姐培养成了一个美国博士，而且，这位姐姐早已在美国定居了。可想而知，这样的一位姐姐，就是小县城里一颗光芒四射的启明星，那是绝对光宗耀祖让人骄傲的事情。因此，从上小学起，姐姐就是李泽铭的绝对偶像，姐姐说的话，比圣旨都灵。

如果说李泽铭还有什么缺点的话，我不得不再补充一点，那就是，他比较少有自己的主见，他太听他姐姐的话了。但这一点是在我爱上他之后我才发现的，我也曾试着让他改变，可效果不大。

"你知道我姐一直反对咱俩交往吧？"他难为情地看了我一眼，都不敢正视我委屈万分的眼睛。

我当然知道。

这个世界上有人天生是学习考高分当学霸的料，肯定有人就不是这块料。我虽然是土生土长的北京姑娘，按说高考比之外地考生有着先天独厚的条件，可是，我依然只考上了一个学旅游的大专。我本来没觉得这有什么不好。可是，就因为我的学历，我成了李泽铭他姐鄙视的对象，好像我因此就该低她一等一样。她完全不管我学历低不是因为智商低，而是因为我不需要通过学历来改变命运而已。

上中学时我有一个特别好的同学，家是外地的，中考时没有北京户口，只能回家乡去了。我至今还记得她走时我和小慧拉着她的手哭得稀里哗啦的情景。她就是因为想再回到北京来，然后在北京生活工作，所以拼命学习，大学时果然考进了清华，可是光考进清华还不足以留下，因为本科的学历还是太低了。所以在我和苏小慧都工作三四年了，她还在苦苦地读着她并不喜欢的研究生。

有的时候命运的不公不是我造成的，我只是偏巧运气好，不需要那么拼而已。假如我不是北京的，但我又想留在这个城市，那我肯定也会像我那外地同学或者李泽铭一样好好学习、好好读书，然后来改变生活的轨迹。可是我不需要呀。难道为了这个就要贬低我歧视我吗？真是太没有道理了！

再说了，好好学习考上名牌大学，努力努力再努力，最后的结果不还是又回到生活本身的路上来了吗？一样要先得个户口，然后挣钱买个房子成个家。就北京这房价，说不定一辈子当着房奴。更有甚者，连父母兄弟的全副身家都跟着搭进房价里去。户口我有了，房子我也有了，我为什么不能直接享受生活的轻松和美好？

我觉得李泽铭他姐就是无聊！我生气地问："难道在这件事上你也要听她的？"

"我当然不听！所以我跟我姐谈判……"李泽铭也有些情绪激

动愤愤不平的样子。见我依然眉头紧锁，他长话短说："不应该说是谈判，应该说是抗争！我跟她抗争的结果，是她不反对咱俩交往了。"

"哦。"

看得出他已经很努力了，我不想让他难过，便勉强缓和了自己的表情，可心里依然无法高兴。话说谁会为了这样的抗争而高兴呢？

我二十六岁了，跟李泽铭交往了整三年，在认识他以前，追我的男孩一大堆，之所以认准他，真的是因为从他那儿能找到那种叫作"爱"的感情。要不然我一个要模样有模样，要人品有人品的北京姑娘，不可能看上他。如果按世俗的标准来划分，他就是那种除了学历和长相，没车没房没钱还没户口的标准凤凰男。

为了他，我拒绝了街坊四邻亲戚朋友多少个来我家找我妈说媒的。说实话，我爸妈之前一直不同意我跟他好，就因为他是外地的，还什么都没有。按我妈的话说，你嫁给他喝西北风去啊？你那爱情能当饭吃吗？合着我们辛辛苦苦花儿似的养大的姑娘，找个女婿还要倒贴？笑话！

要说咱老北京，几百年生活在皇城根下，别的没见过，世面还是都见过几两的，并不是什么人都能入得了咱的法眼。李泽铭说，他要是在外地，那就是被人争抢的钻石王老五，可在我爸妈眼里，他不过是个多读了两年书的穷小子而已。是我顶着巨大的压力，执意我行我素，爱情独大，我爸妈实在拿我没办法了，又看他马上要出国，至少还算有点前途，老两口这才勉强松了口的。

我妈和我家人对他的评价我从来不会传给他听，因为我怕打击到他的自尊、伤害到他的感情。可是不知道为什么，他从来不怕他家人打击到我的自尊、伤害到我的感情，难道我在他眼里就那么大大咧咧没心没肺吗？有时候我真想让我妈来对付他那讨厌得无处不在的姐姐。真心话，他姐不一定是我妈的对手。

"是这样的。你知道我姐不让咱俩交往是为了什么吗？她想让我在美国找一个美国女孩或者——你不要生气啊！——我姐在美国时间长了，当然比较务实。美国人都很务实的，这点你要习惯。她的意思是，如果我跟一个美国女孩或者有绿卡的结婚，我的人生后半段不就可以名正言顺留在美国了吗？就像你有北京户口，也有很多人愿意跟你结婚一样，我知道肯定有人条件比我好，可是你在乎的是咱俩的感情。"

他的最后这句话，终于让我觉得心里舒服了一点。

"她是不是连能结婚的对象也已经帮你选好了？"

"没有没有。你也知道，现在那么多人花几十万美元投资移民，对咱小老百姓来说，婚姻移民应该是最经济实惠的一条路了，那真的相当于少奋斗好多年。你得理解我姐的这种想法，她也是想为我好。"

"你就直接说结果吧。"

李泽铭嗫嚅了一下，先讨好地拉住了我的手，他一拉我的手，我就知道他接下来说的未必是什么好话。他说："这个决定可能会让你有点意外，不过结果是好的。我和姐姐已经仔细推敲过了，我是能确保万无一失，我才同意的。"

"不要绕来绕去的。"我冷静地打断了他的话。

"好，那我就直话直说。你知道我现在的姐夫，就那老美，是我姐的二婚丈夫吧？"

"知道。"

"我想说的是，我那头一个姐夫文江翰，他也在美国呢。就是我姐家老大，艾米莉的亲爸。他现在单身，有美国身份，只是混得不太好。不过这也不妨碍什么。我们是这样设计的。这回我去美国读书，你可以跟着。"

我诧异地看着他，难以置信。

"不过呢，"他笑着把我的手握得更紧，还一下一下紧张地抚摸着，"你不是跟我去陪读，你是、是去跟我那前姐夫结婚……"

也许是他说的话太震撼，我只觉头顶亮瞎人眼的电光一闪，然后"咔嚓"一个分叉儿大雷！有那么一瞬间，我的耳朵出现了耳鸣，我呆呆地盯着他，问："你说什么？"

李泽铭手忙脚乱暴露了他的心虚，他急切地解释说："你别着急啊，你别着急，你听我说完。不是真结婚！当然结婚手续肯定是真的，只是咱们的目的不是为了嫁给他，咱们只是想通过让你跟他结婚这种形式，给你拿个绿卡。"

我的脑袋嗡嗡直响，我无法相信地看着他，只见他上唇碰着下唇不停说话，他说得越快就越显得心绪不宁。

"……最快的有一年就拿上绿卡的。你拿上了绿卡以后呢，你就有能力管我了，我三年毕业，我毕业以后咱俩就结婚，到时候你就能帮我也拿到绿卡，这不是两全其美吗？什么也没耽误，你说是不是？你、你别老这么看着我，你这么看着我，我有点害怕。小颜，你说话好吗？你觉得行吗？"

我这辈子是头一回听到这么奇葩的话。这话要不是看着李泽铭亲口说出来的，随便换一个人，我真能一记大耳刮子贴上去了！

"请问，你把我当什么人了？"我瞪着他，我真觉得自己被重重污辱了。"你是不是脑子进水了你？"

李泽铭急赤白脸地说："你不觉得这是咱们唯一的出路吗？要不然我姐根本就不同意咱们俩的事。"

又是他姐，我简直无语了。我怒视着他说："李泽铭，你信不信，你要把你刚才的话让我妈听见，我妈她能跟你拼命。"

他尴尬地说："我信。"

"你知不知道你刚才说的话有多可恨？"

他艰难地看我一眼，终于放下了伪装，长叹了一口气，低下了头，等他再抬起头来，他的脸上都是愧疚，他郁闷之极地说："我知道。不过请你相信，小颜，在跟你说这些话之前，你所经历的一切心情反应我都经历过了。"

"最后权衡利弊，你还是决定让我嫁给你姐夫？"我真是怒不可遏了，我能感觉到自己的泪珠不争气地在眼眶里打转。

他一脸任打任罚的表情："我能理解你的生气。"

"你理解不了好吗！好，我不跟你吵，既然你是以商量的态度来跟我说这些话，那我们就以商量的态度来解决这个问题。首先，我问你，你是不是根本就没爱过我？"

"怎么会？"他急了。

"正面回答我！"

他脱口而出："我当然爱你了！我不爱能放下自尊、不顾你父母的反对跟你好这么多年吗？"

"那好，我再问你，你姐夫是不是男人？"

"是。"

"那你怎么说得出口，把你自己爱的女人拿去嫁给别的男人？"

李泽铭想上前拉住我的手，可是我推开了他，才不要想这种时候让我放下原则像个宠物一样乖乖听话。

　　李泽铭长吁短叹着，那种为难的样子有一些让我心疼。他操着他南方音的普通话，循循善诱地说："可是他不是一般的男人，他是我前姐夫啊。我很了解他的，他不会对你怎么样的。你嫁给他只是一个形式，一点也不会妨碍我们俩之间的感情。这点我姐也可以保证。你就不用操心了。"

　　又是他姐！他不说他姐还好一点，他一说他姐，我只能立刻失去理智："让你姐去死！"

　　他张口结舌地看着我。一时之间竟完全不知道说什么了。

　　我意识到自己说那种话有点过分，毕竟这些年他读书都是他姐一直在提供各种费用。我努力让自己镇定下来，我告诉自己：冷静！冷静！然后，我努力缓和了口气："你姐拿什么保证？"

　　他不识时务地说："她真的可以保证，你相信我吧。好，我实话告诉你好了。我前姐夫他有暴力倾向的前科，法律不允许他离我姐和我姐家孩子太近，他要想定时看一眼孩子的话，他就会听我姐的，而你知道他是非常爱孩子的。所以你嫁给他一点问题也没有，他肯定会配合的。你还有什么不放心的呢？"

　　我真的很无语："泽铭，你是不是傻？让自己女朋友跟一个有暴力倾向的人，还是个前姐夫——结婚！还有什么可不放心的？你觉得呢？"

　　望着李泽铭一脸天真无邪般的殷切表情，我不知道他是真傻还是在装傻。我只觉得失望、难过、震惊！

　　话已经说开了，李泽铭似乎慢慢也稳定下来了，他应该是已经做好了跟我理论的准备，只要把话讲开，他就不像没讲开时那么放不开了。他说："跟我们俩一别就是三年相比，这真的不算什么的。"

　　我觉得胸口有一万只草泥马在奔腾！

"你别那么较真，我这么决定都是为了我们俩好，真的，我是真的认真考虑过的。你当我没有反对过我姐这种安排吗？我是反对过的，我的态度跟你现在一样强烈。可是后来我想通了。你想一想，苏小慧跟王昊宇是怎么分手的？就是因为小慧天天跟团，一走就是半个月，那样才给别人可乘之机的！"

我失望之极！

"照你这么说，我一年到头也得跟那么几回团，有时一走就是二十天，你也在外面有其他女人了？"

"你明知道我不是那种人。我说的意思是，情侣之间，应该常常见面，不能老是分开着，尤其是像咱们这种情况，我一走就有可能是一年，我是因为不想看着咱们的感情发生变故，所以我才做了这样的决定。"

我冷眼看着李泽铭，一字一顿、口齿清晰地告诉他："如果我不按你姐说的办，你姐就要让你跟我分手，如果你就是个那么懦弱那么没有主见的人，那我们就分手好了！"

如果有人认为我是个可以随便让人牵着鼻子走的人，那她真就是打错算盘了！恋爱三年来，我连重话都没有说过李泽铭一句，这回我实在是心烦了。

"小颜，你别这么快做决定，你想一下好不好？"李泽铭应该是没有想到我的态度会这么决绝。他有些慌乱地冲到我面前挡住我的去路。

"让开！"我冷冷地推开他，一路流着眼泪往前走去。

我只想说，一个人有个这样的姐，真是太讨厌了！

我一边哭一边走，我不知道该怎么处理眼前的情况？真的跟他分手？我掏出手机想立刻给苏小慧打电话，向她诉说心里的愤懑，可一想，如果告诉她实情，她一定会把事情闹到不可收拾的地步，到时候就真没有回旋余地了。我想回家，可早就跟爸妈说过今天是情人节，要跟李泽铭一起过了，如果就这么眼睛红红的回了家，他们问出情况来，还不把李泽铭给撕巴了？

我就在想，我今天是不是撞鬼了才会碰到这种匪夷所思的事？究竟是怎样的奇葩会让自己的女友嫁给自己的姐夫？他们姐俩是怎么想的？是不是头都被门挤了？

我在外面胡思乱想东走西晃，好不容易熬到十点多，觉得这时候回家不至于引起父母怀疑了，我便平复好情绪回了家。我倒在床上，只希望自己沉沉睡去，那样说不定早上一醒来，发现这一切都不过是自己做了一个离奇的梦，那样就皆大欢喜了。

大概晚上十二点半的时候，我的手机突然响了，我拿起手机一看，李泽铭的电话。本不想接，可又没狠下心，便接了。他的声音从未如此忧伤和沙哑，他说他已经在我家楼下待了两个小时了，想让我下楼跟他见个面。

我大吃一惊，跟着便很心痛。初春的天气，夜里还是零下，他居然这么傻！也许是已经睡了一觉，义愤的情绪已经得到了些许平复，我想到平常他总是这么谦和有礼，一定是一个人在楼下纠结得受不了了，才忍不住给我打的电话，我什么也没说，立刻就要下楼。

蹑手蹑脚想要出门，没想老妈披着睡衣从卧室出来了，她惊奇地问我发生了什么事？我只好骗她说我的东西落李泽铭那儿，而我明天一早要用，所以让他给我送来了。老妈生气地骂我，说哪有那么折腾人的？就是人家李泽铭脾气好也不能这么没分寸！我连连称是，保证下次再也不这样了。老妈这才放我出门。

楼下月白风清，有些寒冷。李泽铭穿着单薄的黑色短呢大衣，正在楼门前一边来回走动一边搓手，那模样看着有些可怜。我的心一下就软了，我叹了声气。他听见我的声音，脸上露出欣喜的表情，赶紧上前握住了我的手，他的手冻得冰凉，表情有点惶惑不安。我忍不住拉了他的手，不由分说地拉他进楼："有什么话上楼暖和了说。"

他却拉住我，可怜巴巴对望着我说："没事儿，我不想打扰你爸妈。你还没有跟他们说你要跟我分手的事吧？"

我闷闷地说："没有。"

他说："我跟姐姐谈了一晚，她的态度也很坚决。你是知道我们家情况的，我的一切都是我姐提供的，我没有能力不听她的话。可是，我也不想跟你分手。我想了一路，如果我们俩分手我会怎么样，你想知道吗？"

我也想知道结果："怎么样？"

他把我的手放在他的胸口，声音都有些颤抖了："我的心会碎的！"

这句话直击我的心肺，我的眼泪立刻就涌上了眼眶。我抹着眼泪："我也想了一晚。"

他殷切地看着我："是吗？"

我艰难地说："那个决定我真的没有办法接受，我觉得，这完全背离了我对爱情的理解和初衷。"

他急切地问："那你觉得爱情应该是什么样？"

"至少不应该牵扯到物质和交易。你这样做，我觉得你根本就不爱我，你这是拿我们的爱来做交易，你让我觉得我们这不是在谈恋爱，我们是在做生意。"

"你不要这么想。什么交易？什么生意？难道我爱不爱你你看不出来吗？我这不也是没办法吗？我姐姐在那边逼着我，你又在这边逼着我，我现在真是连死的心都有了你知道吗？"

我失望地看着他："那你还是听你姐姐的，跟我分手吧。我们一别两宽，各走各的路吧。"

他殷切的表情变成了失望。他紧紧拉住我的手，又急又气得都快哭出来了："宝贝儿，你就当是为了我还不行吗？为了我们俩得之不易的爱情！我知道，我这么要求你无法接受的事有点过分，这就相当于我在拿你做牺牲，一切我都懂。所以我不要求你马上答复我什么，我只请你再想一想，权衡一下，求你了！"

初时乍见的感动渐渐被涌上来的理智所代替，我的心恢复了应有的平静。我以为他是来告诉我，经过慎重的考虑，他决定不听他姐的，他要用他自己的方式决定自己的情感生活呢。原来他还是来劝我妥协的。我叹了一口气，然后我又叹了一口气，虽然万分沮丧和不舍，但是，我仍然不得不做出自己的决定："实在不行，我们就分手吧。"

我无法正视李泽铭张口结舌愣在那里失魂落魄的样子，我也无法正视自己心头被自己重击一拳后留下的剧痛。我头一低，噙着眼泪飞快地走回了家门。

2
为了爱只身赴美

爱情是什么？

在我心中，爱情是"不知情为何物，直教人生死相许"的完美纯粹；

爱情是"根，紧握在地下，叶，相触在云里"的相守相依；

爱情是"天不老，情难绝，心似双丝网，中有千千结"的难分难舍；

爱情是"如何让你遇见我，在我最美丽的时刻，为这，我已在佛前求了五百年"的虔诚和痴迷。

在我有限的文学和美学教育中，我能想到的爱情都是纯美、坚贞、付出和忠诚，有条件、有交换的，那能叫爱情？还是别污辱了"爱情"这个词吧。

我哭了一夜。一想到付出了三年的感情就这么结束了，我就觉得肝肠寸断。又想到分手的事该怎么告诉父母，我就又觉得心乱如麻、头大如斗，这真是太麻烦了。我躺在床上愁肠百转、内心斗争挣扎，早上醒来我的眼睛都快肿成桃儿了。怕被我妈看见担心，没等她起床我就跑去找苏小慧了。

当我将我和李泽铭分手的消息告诉苏小慧的时候，苏小慧好像见了鬼一样眼睛瞪那么老大："分手了？什么？分手了？不会是真的吧？"

我在别人面前可以装坚强，在她面前不必。我几乎是泣不成声地向她控诉李泽铭与我发生的种种，说完我整个人差不多都快挂掉了。

苏小慧像我预料中的那样连说了三个"哎呀妈"，然后，她盛怒地挽胳膊撸袖子，一副如果李泽铭在身边不由分说就是一顿胖揍的架势："这个死孩子他是不是疯了？你确信我没有听错吗？哎呀我的头都被他气炸了！这什么人啊？这是人吗？这非人类思维啊！分！跟他丫的分！这种废物要他作甚？"

我一看她这样说，哭得更厉害了："三年的感情呢！我的黄金三年啊！如果分了我立刻就进入剩女的行列，我妈会天天跟你妈一样逼着我去相亲。他还是个博士呢，我要到哪里再找一个那么有文化的去呀？"

苏小慧也发愁起来了："那你到底什么意思嘛？"

"我要有主意我还来找你帮我出主意吗？"

苏小慧发火没问题，可是让她出主意，她也不知道怎么办才好："他姐说的是假结婚吧？"

"废话！"

"能直接去美国拿绿卡吧？"

"废话！"

"实在不行……"

"你是不是也疯了？"

苏小慧瞪着我："左也不是，右也不是，你自己说吧，你到底想怎么样？"

"我要知道我能怎么样，我就不找你来哭诉了！"

我们俩大眼瞪小眼在咖啡馆商量了半天，最后什么也没商量出来。临了，她说："要不然，去听一下你妈的意见。"

我大惊："你是不是想死啊？"

苏小慧一脸无辜地说："她不一定会弄死咱俩啊，这又不是咱俩的主意。这不是摊上这事儿了吗？要么分手，要么去美国假结婚，只能二选一，你妈社会经验丰富，没准儿她能想到咱俩想不到的层面……"

我当机立断地向她做了个停止的手势："你一个字都不要说了。我妈要知道发生了这种事，她只会拎起拖把，逼着我爸一起打上门去！”

我们俩都沉默了。片刻，这个缺心眼儿的孩子突然灵机一动地说："哎，我想到个好办法。"

我难以置信，她能有什么好办法？可是这个时候，任何办法都有可能挽救我即将推动的爱情，就是死马我也要当活马医啊！于是立刻催她："快说。"

"不就是假结婚吗？我替你去。"

"什么？"我呆看着她。

她得意地说："我去跟李泽铭他姐夫结婚，反正我也没结婚对象。我说的是假结婚啊，谁知道他姐夫多大年纪了。然后呢，等我拿了绿卡，我再跟他姐夫离婚。然后我再和李泽铭结婚，帮李泽铭拿到绿卡，再然后，我们离婚，让李泽铭跟你结婚。哎呀，这样咱们一群人都成美国人了耶，三全其美！"

我瞪着苏小慧，一直把她瞪心虚了。苏小慧眨着一双大眼睛，假装无辜地说："你不能否认，这是一挺完美的解决办法。不过到底要怎么做，决定权还在你手上。To be or not to be, this is a question！"

我真的彻底凌乱了。

在没有跟苏小慧聊开以前，我心目中爱情是神圣不可亵渎的。不知为什么，在跟她聊过之后，我开始怀疑自己的坚持是不是有些迂腐了？我开始反思自己的分手。

都说恋爱的人是盲目的，可那说的是情感，不涉及自尊。我觉得在这件事上，我的自尊被人无情地践踏了。在跟李泽铭提出分手两天以后，一想起他和他姐试图左右我的人生这事儿，心中仍然感觉很悲愤。两天了，他竟然没有再来找我，也没给我打电话，难道我们三年的感情真就这样说完就完了？我每天都在矛盾和痛苦中挣扎。

其实心目中我早已把他当成了要相守一辈子的人。父母现在也都理所当然地把他当准女婿待了。老爸老妈虽说只是工薪阶层，可世代生活在皇城根下，别的没有，做人的傲气还是有一点的。我能想象得到，如果我说出我们分手的原因，我妈先会惊得眼珠子掉一地，接着就会拍手称快，豪爽地对我说，闺女，分得好，就该分，妈再给你找个比他好一万倍的气死他们之类的。

其实我心里一直在打架，明知道分手是对的，得做个有骨气、有底线的人。可一想到真的不要他了，那以后上哪儿、跟谁，再重新开始新的几年？曾经一千多个日夜累积起来的点点滴滴，上哪儿再延续？那些曾经温暖过、甜蜜过的记忆，真就这么烟消云散了？一想，心就痛得不能自已。

知道我过不去这坎儿，苏小慧就像我当初陪她一样一刻不停地陪着我。怕我爸妈发现我的不对劲，她拉我住在她当初准备跟王昊宇结婚用的新房里。她陪我喝酒、K歌、做瑜伽，所有消磨时间的活动我们几乎都尝试了，可依然不能缓解我的心痛。

一周过去，正当我绝望地以为我和李泽铭真的完了时，事情又奇迹般地发生了转机。

这天我正在垂头丧气心情极差地上班，一个三十五六岁，看上去温文尔雅、衣着打扮处处透着有文化的女士坐到了我的面前，她五官端正、头发梳得一丝不苟。我以为她是来咨询旅游项目的客户，心中厌倦，表面却又不得不强打起精神，我问她："有什么我能帮忙的？"

完全没想到，她看着我说："我是李泽铭的姐姐，我想跟你谈一谈。"

谁？李泽铭的姐姐？她不是在美国吗？什么时候回北京了？我被她惊住了。她表面看上去完全不像我想象中邪气逼人的女巫，不过仔细品味她的表情和眼神，还是能看到她身上某种说不清的物质所散发出的坚硬和无情。

她说："我们找个方便说话的地方吧。"

我像是被魔住了似的，不由自主地跟她去到了公司外面。公司楼后有棵大槐树，有片小草坪，平常没什么人过来，不过每回李泽铭来找我时，我都会把他带到这里来说悄悄话。

我不知道她要跟我谈什么，心里很茫然，但又很好奇。我说："您说吧。"

她冷冷地看着我，劈头就问："你为什么跟李泽铭分手？"

她的表情和她的声音让我本能就跟她抵触上了。我在想，假如她有儿子的话，她以后应该是个非常不好相处的婆婆。我看着她坦荡地实话实说："我的生活我自己可以做主，我不需要别人来左右我。"

她皱眉说："你就一点也不顾念你们俩好几年的感情？"

这句话，她噎住了我。谁说我不顾念？还不是因为你！

她依然皱眉说："从小到大，李泽铭从来没有在任何事上这么违抗过我，为了你，他竟然大发雷霆地跟我吵！为了你，他宁愿放弃我给他联系好的学校！"

我心中一凛。还有这等事？

"他要放弃去美国？"

"要不然大老远的你以为我为什么会站在你面前？你知道能拿到一个美国名牌大学的录取通知有多难吗？大好的前途他都不要

了，这么多年的奋斗他也不要了，他就要留在你身边。让我不可理解的是，显然他做的这一切你竟然还不知道？可见他已经傻到什么份儿上了！"

我的眼泪一下就流下来了。傻瓜！傻瓜！傻瓜！

我还以为你真的不在乎我了，你做了这些你倒是让我知道呀？

我亲眼见他挑灯苦读埋头做题的样子，我亲眼见他一包饼干、一碗方便面就是一顿饭的艰苦，这一切都是为了能够有一天去美国读书。当这一切都到手了，他居然为了我放弃了。也就是说他宁愿这几年的苦都白受了，他也不要离开我！

我哭得稀里哗啦，完全不能控制了。这么些天心里的委屈和不舍，今天终于有了发泄口。我不顾李泽铭他姐难以置信的表情，趴倒在她身上搂住她的肩膀抽泣着，我说："谢谢，我知道这些很高兴。"

李泽铭他姐烦恼地把我推开了，气愤地瞪着我："你说什么？你很高兴？他为你可以什么都放弃不要，你却这样无动于衷？你怎么这么自私？你以为他想怎样就能怎样吗？真是无法无天了！"

正在这时，苏小慧母鸡护小鸡一样地冲出来了，她完全不知道发生了什么事，还以为有客户在欺负我，她冲上来就以一种不可置疑的口气冲李泽铭他姐说："怎么回事？怎么还动上手了？有什么事跟我说！你怎么样？她没伤着你吧？"

回头一看我眼泪汪汪的样子，她大怒，立刻就不客气地冲李泽铭他姐嚷开了："你怎么动手打人啊？你谁啊你跑到这里来撒野？有本事冲我来！你信不信我马上叫来保安把你赶出去？"

我尴尬万分地拉她，她一把打开了我的手，又冲我嚷："我是不是跟你说过处理不了的客户交给我，你为什么不听？活该你吃亏倒霉!"

"这是李泽铭他姐。"仓促间为了及时止损,我只能直截了当地大声说。

风风火火的苏小慧瞬间鸦雀无声。然后,她迟疑地说:"你说谁?"

我这才松了一口气:"她是李泽铭的姐姐,从美国回来的。"

苏小慧外强中干地咽了一口口水:"那、那也不能动手。"

李泽铭他姐轻蔑地看着苏小慧,一字一顿地问她:"你哪只眼睛看到我对她动手了?"

我赶忙把苏小慧往楼门里推:"我们没有动手,我只是有点激动,我们也不会动手,亲爱的,你回屋里去待着,我要单独跟她说些事情,等我们说完了,我保证一五一十全部都告诉你。"

"可是……"

我斩钉截铁地打断她:"没有什么可是,你听我的。"

苏小慧不甘心地看看我又看看李泽铭他姐,看得出用了她最大的忍耐力,终于说:"好,就听你的。"

她扭头进去了。我才不好意思地对李泽铭他姐说:"这是我最好的朋友,相信你已经看出来了。"

"疯疯癫癫的。"李泽铭他姐不屑的一句话又噎住了我。

好歹那是我的朋友,你就是不看僧面也看一下佛面,她又不了解内情,她不过是怕我吃亏挺身上前来帮我,为什么要对人这么刻薄?我心里很气闷,可是一看李泽铭他姐完全没把我们放在眼里的表情,不知怎么,我竟然没敢说。这不是本姑娘的风格啊!怎么回事?我现在明白为什么李泽铭怕她了,这个人身上自带一种让人说不清的威严,我也有点怕她了。

正当我们俩大眼瞪小眼不知该怎么把话往下继续的时候，苏小慧推着李泽铭救命稻草一样及时地从楼下的小门闯了过来。

苏小慧说："不是我叫他的，正好他来找你。"

李泽铭惊讶地看着他姐，说："你怎么在这儿？"

他姐说："我不能由着你胡来，我当然要亲自来找方颜谈一谈。"

李泽铭瞪了他姐一眼，上前紧紧拉住我的手说："小颜，你别听我姐的，我已经决定了，美国我不去了，我不能承受和你分手。"

苏小慧一拳打在李泽铭的肩上，她竟然比我还激动："这才对嘛！这才对嘛！我就说我不可能看错人！"

李泽铭他姐冷冷地盯着苏小慧，烦恼地说："我们在处理家事，你是哪一位啊？请不要在这里胡言乱语好不好？"

苏小慧不客气地瞪了她一眼，对我说："方颜，坚持住！"她又不放心地盯着李泽铭，叮嘱地指着他说："还有你！"说完，她故意气人地对李泽铭他姐"切"了一声，傲然离去。

李泽铭他姐有火没处撒地怒视着我们，然后拿出手机，翻找到一段视频，对李泽铭说："你以为没有充分的准备我就会来找方颜吗？这是我录的老爸跟你说的话，你自己看着办吧！"说着，她点开了视频。

只见视频中一个七十岁左右的老头儿，吹胡子瞪眼，非常生气地嚷着说："小铭，你要不听你姐的，非要这么任性，以后你就不用叫我爸了！我没你这么没出息的儿子！你怎么就这么不知道好歹啊？"

李泽铭愣住了。

他姐冷笑着看着我说："看一个男人为了你众叛亲离，什么都豁出去不要了。你得意吗？"

我握着李泽铭的手，由衷欣慰，这证明我没有爱错人。但是我不觉得得意。

他姐目光凌厉地看着我："他如果什么都不要了，非要留下，我们也拿他没办法，你们随便。只是，从今天起，我不会认他这个弟弟了，我要跟他一刀两断。"

苏小慧在楼门后忍不住插嘴："要断赶紧断！"

我瞟了她一眼，她悻悻地缩回了头去。

他姐说："现在你们你情我愿你侬我侬，等日后他醒过神来，前途因为你没有了，家人因为你没有了，你觉得他不会对你心生怨恨？你觉得那样你们还会长久？"

李泽铭说："你别听我姐的。"

苏小慧在楼门后头也不露大声说："就是！"

"别听我的？"他姐抢白着质问我们，"你们俩不是互相爱得死去活来什么都不顾了吗？我就想知道，泽铭你可以为方颜牺牲，她方颜怎么就不可以为你牺牲？咱们不是在谈爱情吗？爱情不就是互相奉献互相牺牲吗？可见人家这姑娘就比你拎得清，人家心里早就稳操胜券，只等你这个傻瓜自己往套里钻了。"

我冲口而出："你胡说。"

苏小慧气愤地探出头来帮腔："哎哟，什么人啊？"

李泽铭他姐瞪了苏小慧一眼，然后盯着我不客气地问："我胡说吗？你根本就不像他爱你那样爱他！"

"你胡说！"

"我让你跟别人结婚你会损失什么？你只是觉得自尊心有点受不了你就不愿意。可是李泽铭为你损失了什么？他几乎什么都搭进去了你知道吗？你知道他读了多少年书才能走到今天这一步吗？你知道他心里有多想上那个学校吗？你如果真的在乎他，你怎么可以对他这么无情？"

苏小慧说："别理这种歪理邪说。"

可是，她说得有道理啊。我什么也说不出来了，真的是我太斤斤计较了吗？李泽铭为我留下，可以说是牺牲了他的所有，而我要是跟着他走，除了自尊，我并没有损失什么实质性的东西啊。

苏小慧紧张地叮嘱我："坚持住！坚持住！不许动摇！"

可是，我对自己的信念动摇了。我问李泽铭："你真的把学校退了？"

李泽铭说："是的。"

"可是，你爸和你姐都说要跟你划清界限啊。"

李泽铭拉着我的手，表情可爱极了："我也不想那样，可要是他们非逼我这么做，我也没办法，我一定会为你留下，我哪儿都不去了，咱们结婚。"

我的心融化了："你真的为了我可以什么都不要吗？"

"没有你的日子我真觉得做什么都没有意义，这些天我过得太煎熬了。"

我泪光蒙眬了，视线模糊中我瞟了一眼苏小慧，她一脸的感动，也叹着气什么也说不出来了。我问自己：面对这样贴心的男人，你还要怎样？他为了你什么都不要了，你怎么就不能为人家做点牺牲？

我终于下定了决心。我抹掉脸上滑落的泪水，深吸一口气，平静地看着李泽铭，说："我不要你夹在我和你姐姐、父亲之间为难，你能这样全心全意地对我，我也能这样全心全意地对你。我不是为了别的，什么身份、什么美国，我根本就不稀罕！可是，为了你——我可以豁出去，我愿意牺牲。"

"这个……要不要再想一想啊方颜？没必要马上就做决定！"苏小慧提醒我。

李泽铭他姐再也忍不住了，冲苏小慧严厉而尖锐地嚷："你有什么毛病？我们家的事你凭什么在这里鸡一嘴鸭一嘴的？你觉得你在这里胡搅蛮缠就是为你朋友好了？真够讨厌！我为她有你这样不知好歹的朋友感到悲哀。没事儿赶紧走一边去学学文化，别在这儿胡说八道招人嫌了。"

苏小慧什么时候被人这样抢白过，一时间脸都绿了。她发作起来是很可怕的，我赶忙冲过去，一边把她往楼门里推一边小声央求她："看在我的面子上，别跟她吵架，我自己来处理这件事，好吗？求你了。"

她一定忍得都受内伤了，憋了半天才气愤地小声对我说："我不相信她，我感觉这女人心眼儿太多，你根本就不是她的对手。"

我说："拜托，拜托。"

她叹一口气，扭头离去。

我回过身来，李泽铭他姐长舒了一口气，感激地对我说："我就说嘛，我就知道你是个通情达理的好姑娘。"

李泽铭一个劲儿地说："你真的不用为我这样的亲爱的。"

我心里的坎儿彻底没了，我说："我愿意。不过，我有一个要求，这事儿只能咱们仨和苏小慧知道，不能告诉我爸妈和其他任何人，你也知道，我家亲戚朋友多，大家都看着我，我丢得起这人，我爸妈也丢不起。"

李泽铭看了他姐一眼，信誓旦旦地说："必须的，必须的。"

李泽铭他姐也说："只要你那朋友不说，我们当然愿意多一事不如少一事。说到你朋友，我忍不住想要说说你了……"

李泽铭咳了一声，皱眉说："姐！"

李泽铭他姐说："好，我们以后有机会再说好了。今天说我们的正事儿。"

我叹了一口气，我真的不知道我这么答应了李泽铭，后果到底是不是我能承受的，但事已至此，我也只能把能想到的先都说出来了："走之前我妈可能会先要求我们至少订个婚，她绝对不会让我就这么不明不白地跟你走的。"

"应该的，绝对没问题。"他姐满口保证。

一切尘埃落定。

我关切地问李泽铭他姐："他的学校，还可以重新再申请吗？"

他姐说："这是我要操心的问题，你不用管了，我保证到时候让他如期抵达学校，一天课也不落。"

我替李泽铭松了一口气，不得不说，有个万能的姐姐，还是挺让人省心的。

因为要跟一个不认识的人结婚，李泽铭和他姐就有必要把那个不认识的人向我介绍一下。我们就近找了个咖啡馆，安安静静地坐下来认真谈。他姐说："我前夫姓文，文化的文，叫文江翰。你也可以叫他 Will。"

李泽铭说："那是姐夫的英文名字，还是姐姐帮着取的。"在姐姐不快地看了他一眼之后，李泽铭不好意思地更正说："前姐夫，前姐夫。"

他姐说："我已经什么都跟他谈好了，他同意跟你结婚。不过他跟我们生活在两个城市。我不知道你对美国有没有个初步的了解。我住在纽约，小铭要去的学校在波士顿，纽约离波士顿很近，就像北京到天津。Will 的城市呢，在西雅图，就好像我们在北京，他在乌鲁木齐一样，不，可能还要更远。坐飞机要差不多四五个小时的行程。"

许多国家我都去过，奇怪的是好像回回都错过美国。这时候我才发现，我对美国的了解仅止于知道城市名，它们都在美国的什么地方我完全搞不清。本来也没必要搞那么清，飞行员知道就行了，我知道那个干嘛？可是四五个小时的机程——"那我……那我去了怎么生活？"

"你当然跟他在一起生活。"

这话怎么听怎么觉得不对劲儿："我可不可以跟姐夫领了结婚证，然后就到波士顿去跟李泽铭在一起？我自己有些积蓄，我也可以打工……"

他姐脸上的微笑立刻被严厉的表情所代替，她说："绝对不可以！你知道美国有移民局这种机构吗？结了婚不跟结婚对象住在一起，一旦被移民局查到，你就有骗身份之嫌，查出来你就会被驱逐出境。"

见我被吓住了。她又安慰我说："我都给你安排好了。你去了结婚，结婚的头几个月，我们就先以小铭的一学期为界吧，你哪儿都不能去，只能跟你名义上的丈夫在一起。"

虽然心有不甘，虽然还是矛盾，但，事已至此，也就只能硬着头皮接着走下去了。原本踏踏实实认认真真的日子，不知怎么就变成了这样，忐忑、未知、惶恐，好像走路再没踩到地上，而是踩在棉花上、飘在云彩里，哪儿哪儿都是虚的。理一下鬓角，这才发现，我真的早已一头虚汗。

"你们离那么远，我的人身安全你怎么能保证？"我再不想掩饰自己对未来的担心。

"你不用担心。他有套四个卧室的二手房子，虽然有点旧，但处在成熟社区，周围环境还是很不错的。另外，他家里还有一对国内去上学的母子俩租住，不是就你们两个人。"

李泽铭安慰说："就你们俩也不怕，姐夫是个很好的人，再说他家房间多，到时候各住各的就是了。"

他姐说："反正那边一切我都已经安排好了，连结婚的申请我都已经让 Will 预约好了，你只要准备好结婚的文件，到点儿上飞机，到时候 Will 接了你，你们就能直奔市政厅。为了你俩能早日团聚，我们一天都不用耽误。"

当我把事情的前前后后一股脑都告诉苏小慧以后，她叹口气，同情地看着我说："我现在意识到这位姐姐的可怕了。怪不得李泽铭这么多年来一直生活在她的阴影之下毫无摆脱之力，她太厉害了。"

我也叹了一口气："我怀疑她这一生根本就没有任何事不在她掌握之中的，有些人天生就事事胸有成竹，跟她相比，我仿佛就是一个牵线木偶，我现在每一步都要按着她设计好的路数走，那个自信自强自以为是的我上哪儿去了？她说你们前途无比光明、未来无比美好，可是，我怎么就那么想哭一场呢？"

苏小慧烦恼地看着我说："为什么我的心里也那么乱呢？我无法接受你这就要跟别人远走他乡了。你走了，我以后怎么办？"她说着，眼睛里顿时有了晶莹的泪光。

我不知道。我连自己未来怎么样都不知道，我哪里还能顾得上她呢？我们俩执手相看泪眼，都不知道以后该怎么办呢？

唉，我好像已经完全不是我了。

3

"嫁"给陌生人

我跟妈妈说我要跟李泽铭去美国了，我要结婚。我爸妈表面维持着必要的淡定，可是背着人他们都高兴得不得了。北京是个女多男少的城市，全国男女比例失调严重，北京的男女比例失调得也很严重，只不过北京和全国数据正好相反就是了。一想到女儿在适龄就稳稳当当地嫁出去了，女婿还是个高高帅帅、前途无量的小伙子，妈说她在梦中就能笑醒。

亲朋好友同事们一大拨人，将我热热闹闹送进机场，他们说得最多的话，就是祝我早日给一个小美国人当妈。这真让人很心塞啊。我强颜欢笑地与这些熟悉的人们挥手作别。一扭身，我的眼泪就夺眶而出，他们怎么可能知道我即将要面对的是什么呢。只有深知内情的苏小慧，一个人默默无声地支持着我。

她用她去年一年攒下的里程，给我换了个头等舱的座儿。她说："既然生活已经那么不如意了，干嘛不让自己坐得舒服点儿？"

可是我知道，她攒这些里程原本是为了给父母换头等舱出国玩儿的。现在，她毫不犹豫地给我用了。什么是好朋友，就是这种不说好话却专做贴心事的人。我苦辣酸甜一路相伴的姐妹，真不知道这些年一路走来要没有她，生活该多么无趣。可是，现在却要分开了，老实说我对父母都没有那么不舍。

她嘱咐我说："每天都通微信报告消息。"

"知道。"

"要是那个人对你有任何不好，绝不要忍着，立刻给我打电话，我给你订回来的机票。"

"知道。"

"出门在外，人生地不熟的，处处都要小心谨慎。"

"知道。"

她的眼睛湿润了，然后又笑："唉，又不是见不着了，我真是婆婆妈妈的。"

她不知道我现在心里有多爱她的婆婆妈妈。我说："以后多争取去美国的行程，一有机会马上就来看我。"

"知道。"

"我离开了，平常没人聊天没人混了，多跟其他同事打交道。"

"知道。"

"财务处那小张我觉得对你有意思，别老抻着人家，没事儿约一下吧。"

"操心你自己就好。"

到了不得不安检的时候了，她说："你好好的。"

我说："你也好好的。"

她说："好。"

我说："那我走了。"

我走进安检门内，她站在原地恋恋不舍地看着我，直到我们俩被人流挡得谁也看不见谁了。我知道，从现在起，我必须要打起精神独立面对一切了。人总有一天要独立面对一切。这一天来了，就只能接受。我深吸一口气，给自己打气：方颜，你行的，没什么了不起，你肯定能闯过去！

好吧，我要一个人闯过去了。既然选择了这条路，就坦然地走走看看这条路上到底有些什么样的风景吧，无奈也要继续。

公务舱乘客就可以在航空公司的贵宾室候机，这些地方同行的伙伴非富即贵，有时还能遇到影视明星。看登机时间还早，我便打开手机刷微博混时间。正好看到"北美崔哥"发了新文章，便点击了等链接。他是个美籍北京人，善于用文字在嬉笑怒骂间道尽人生真谛，看着很痛快，是我喜欢的类型。等文章的工夫，我随便一抬头，突然发现，他本人就在我身边坐了下来。

这是悲催旅行中的亮点吗？不敢相信这是真的，便对着手机中他微博的头像反复确认。

见我傻傻地看着他，他琢磨地看了看我。我赶忙把手机里带有他头像的文章转向他："这是您吗？"

他立刻开心地笑了起来："是啊。"

我也忘了所有的不高兴，惊喜地上前索要合影。得知我要去的西雅图是他除北京外的第二故乡，他认识那儿的几乎所有华人，对那地方也熟得不得了，我简直更惊喜了。还没出家门就认识了一个朋友，这让我觉得未来没那么可怕了。知道我是头一回只身一人飞美国，他热心地告诉我，一路上有什么事儿他能帮我的都会帮我。这下我的心算是真的踏实下来了，同行有伴儿，比什么都重要。

不过，当飞机升空而起，我从机舱窗口望向脚下熟悉的道路和风景时，我的心中重新充满不舍之情，我叹一口气，默默地念叨：再见了，我的北京，再见了，我的亲人，再见，小慧，你还在下面看着我吗？爱你们。

李泽铭他姐说我一个人完全能处理到美国的事情，她却带着李泽铭，亲自把他送进波士顿的学校，安排好一切她可以提供的帮助才算完。

李泽铭在学校安顿好时，我正在飞往美国的班机上。因为心里有事，等入境单拿到手我才傻了眼。第一，我不知道文江翰家的地址，入境后住在哪儿没法填。第二，有些项目用全英文填非常考验我的英文水平。假如不是这些日子心里太乱，不可能犯这种低级错误，可是，现在后悔肯定是来不及了。

既然注定早晚要独立面对困难，就当这是个开始吧。兵来将挡，水来土掩，我总能找到解决问题的办法。我走到崔哥身边请他帮忙，他不仅让我把落地的地址填到他家里，还用英文解决了所有我写不了的部分。一个人出门有一个人出门的好处，因为总会有人热心相助的。我很开心，立刻就找到了独行的自信。

不过，好坏事情总是交替出现在我们的生活中。

过过美国海关的人都知道，有一个几乎每个人都会被问的问题是：你带了多少现金？因为规定是入境携带超过一万美元必须申报，倒没说不让带入境，人只是怕你在洗钱，可总有人不申报。估计不申报的以亚洲面孔居多，中国人有钱嘛。因此，当我实话告知带了几千块美元，不到一万块，他们居然不信。

我被要求开箱查验。

开箱的是一个二三十岁的老美小伙子，长得挺帅，个儿也高。打开箱包后，小伙子笑眯眯地说你告诉我实话，到底有没有超过一万？我说没有。我想要查就赶快查。他做出一副很无奈的样子，说那我真的查了，要是查出来超过一万，我会没收的。我痛快地说没问题。

本来他们是按经验来判断事情的真伪的，见我态度坦然、口气肯定，帅哥正打算放我走。就在这时，崔哥走了过来。我没想到他认识帅哥，只听他叫了一声阿历克斯，然后就叽里呱啦地跟帅哥说起了英文。然后，他又扭头对我用中文说："没事的，这孩子大学时在我餐馆里打过工，罗马尼亚移民，家里生活困难。没想到他现在上这儿上班儿来了。"

我听了这些话也很高兴，心说马上就能出去了，遇见熟人了嘛，原来国外也是熟人好办事。可是，万万没想到，罗马尼亚帅哥微笑着对崔哥耸耸肩，开始动手一样一样翻我的东西，我愣住了，崔哥也愣住了。他对崔哥说了些什么，崔哥无可奈何地对我说："他说这是规定，非查不可。那我就没办法了。不过没事儿，你跟接你的人联系一下看他来了没有？要没我在外面等你一下。"

我立刻打了电话出去，一个略带磁性的陌生的男声在电话里沉稳地说："我在外面等你呢。"我赶忙告诉崔哥不用等我了，接我的人来了。不想无端耽误一个刚认识的人那么多时间，况且人家已经帮了我的忙了，所以我态度坚决地要崔哥先走。走前他向我做了个有问题给他打电话的手势。这已经让我很感动了。

罗马尼亚帅哥查得很细，箱子的第一个夹角缝道都用手指捏过，确定我没有藏什么东西。他问我是怎么认识崔哥的？又问我有没有帮他带现金？我完全不知道这个人是想干嘛？等查完发现我带的现金确实没有超过规定数额，他又追问我，既然你们俩在上飞机之前刚认识，他为什么这么热心地帮你？不说明白还是不能走。

时间就在他这样无休止的询问中一分一分地过去了。我有点烦躁了，我说我们中国人出了国门都是姐妹兄弟，就喜欢互相帮助，所以我们国家有雷锋。

旁边入境处的翻译都被我的话逗笑了，她实在看不下去了，用中文告诉我："你不用跟他说这么多，他早该让你走了，他是在报跟崔哥的私仇。"

我诧异地问："什么私仇？"

　　翻译说："他刚才跟我说，崔哥以前是他的老板，克扣过他的工资，他心里曾经是非常生气的。"

　　我终于明白问题的症结出在哪儿了。敢情要是崔哥不过来帮我，他当时就准备放我走了。就因为崔哥以为遇见熟人，好心上前帮了我一把，没想到他这熟人见到他心里不爽，因此就借难为难我，好报复一下少年时遇到的不公。这不是公报私仇吗？可是，我没有别的办法，只能任他折腾。

　　他终于折腾够了，给我盖了章，放我出了海关。机场海关的经历相当于刚进美国就被人来了个下马威，我想谁遇到这样的事，心里都难免会升起一股挫败感，无论你承不承认，它都让你一下就感受到一个国家的盛气凌人。虽然，最后我还是入关了，但已经比预定的接机时间晚了许久。

　　文江翰大约是见过我的照片，我还在东张西望地找他，他已经冷静地走到了我的面前。如果不是因为一见面他就对我表情严肃冷淡，我可能会公正地说，我对他的外表还能接受。他瘦高的个子，三十六七岁，酷酷的、帅帅的，他穿着休闲的夹克，有一点沧桑的味道，这完全是我能接受的类型，至少这样并排走，跟外人说这是我老公，绝对不会显得丢人。

　　他不快地说："怎么这么晚才出来？"

　　我抱歉地解释因为行李被查了。我正打算细细跟他说，可是他已经拉上我的行李在前面快快地走了，我跟他来到一辆说不清是蓝色还是黑色的小轿车前，他重重地把我的行李放进了后备箱，然后简短地对我说："上车。"

　　看样子他根本就没兴趣听我说。我本来想跟他友好相处的心情一下就凝固住了。

我刚刚被人狠狠地检查质疑了一番，我严重需要倾诉，我需要安慰，我从来没有遇见过这种事情。可偏偏来跟我接洽的这个人，他不仅没给我应有的温暖，他甚至无视我所有的不安，根本就不给我任何表达的机会。我很震惊。

我是个敏感的人，我分析他可能对李泽铭和他姐心怀不满。可是你再不满，你也不能把怨气嫁祸到我身上吧？我自己也是他们安排来的，我还满心不乐意呢！可是没人听我说，我只能悲催地咬紧嘴唇忍着。我在飞机上建立起的信心一下子就烟消云散了。

他一边开车一边打电话说着英文，他说得很快很流利，不得不说，以前还没有听过一个中国人能说出这么标准、这么好听的英文。从这一点上来说，心里不由得对他生出一种敬佩之情。我也不知道他到底在说什么，但从他跟对方说话的口气，我觉得是不太高兴的事。突然他在路边紧急停车带一个急刹，重重叹了口气。

我关切地问："怎么了？"

他郁闷地说："谈好的一笔生意，因为来接你没能及时赶过去，黄了。"

我抱歉地说："对不起。"

他好像看都不太想再看我一眼，依然一脸的郁闷。我的那个心啊，一下子又沉到了谷底。他又开始拨电话，然后缓和了口气，对电话那边用中文问："迈克尔，你到了吗？你如果到了就先在大厅等我们一下，不好意思，她太晚出来了。"

挂了电话，他又发动起了车子，我们进入速度很快的车流。对于习惯了在北京挪着走的车速来说，这里的车速真的很让人揪心。

我怯怯地问："请问一下，我们这是要去哪儿？"

没想到他责怪地看着我说："李泽慧没跟你说清楚吗？"

"李泽慧?"我一头雾水。随即我马上明白了,李泽慧就是李泽铭的姐姐。他平常就跟我说姐姐,从来没有告诉过我她的名字。可能是因为这里的此时正是中国的半夜,我头脑有些不清醒,还可能是因为在机场遇到这么多事,我的心还如一团乱麻。所以他这么说,我一时完全不知道他说的是什么。于是我只能眨巴着眼一脸懵懂:"她跟我说什么? 她……她就说来这里,你会来接我的。"

他无奈地叹了一口气,我从他的表情里看到了不耐烦。长这么大,除了李泽慧,他应该是第二个这么明目张胆地嫌弃我的人,仿佛我是个很笨的家伙! 自从跟李泽铭在一起,我常常感到自己被各种嫌弃,我真的都有点自卑了。我这种人什么时候在别人面前自卑过啊? 别人都说,爱情会让人觉得舒心和愉悦,可为什么我越来越感觉到沉重和不自在呢?

他简短地说:"我们去市政厅登记! 人家马上就下班了。"

我愣了:"我以为……至少会让我休息一下。"

他抬起手腕,动作优雅地看了一下腕上的手表,一眼也没看我,冷冷地说:"李泽慧只告诉了我预约今天去跟你登记,我三天前就预约好了,你知道在美国预约好的事,是不能随便违约的吧?"

我真的难以想象,以后的好几个月,都要跟这样一个说任何话不是皱着眉、就是板着脸的人生活在一个屋檐下。但我没有办法,谁让我有求于人家。我只能耐住性子,假装没脾气地小声说:"好,我知道了。"

我无奈地叹了一口气。许多人对美国存着无限美好的憧憬,落地美国,相信许多人心里都有快乐和激动。本来我也有,虽然前途不可预期,但总算踏上了美国的土地,尤其是对从北京来的人来说,这里天很蓝、云很白、水很清,我也应该很激动。但直接遇上这么一个人，我所有的欣喜都立刻转为了冷静。

他也许是听到了我的叹气，意识到自己有点过分了。于是干咳了一声，用手向前指了一下："喏，那就是西雅图市区了。"

我禁不住抬眼望去，只一小片高楼，就好像我们北京的一个区，不，北京的哪个区都有许多高楼大厦，这里只有认真数一下就能数得清的十几栋高楼，旁边就是普吉特海湾和跨海大桥。不过，虽然楼少，但是却风景这边独好，这正是我稀罕的。

只见水深蓝、带着清亮的波纹，水上有船，白帆点点；天有点阴，但阴也透亮；白色的海鸥在波海与云海之间"啊，啊"地叫着，忽远忽近地穿行，有一只还从我们的车前自在地掠过，像画儿一样。被北京的车水马龙蹂躏惯了的人，哪儿经得住这样的景象！

他说："很美吧？"

我由衷地被眼前的美景感动了："我都快美哭了，太喜欢有水的城市了。"

"那你就来对地方了。西雅图最不缺的就是水。看到那艘大船了吗？那是去阿拉斯加的渔船，夏季，渔夫们会北上捕回海量的阿拉斯加蟹和银鳕鱼，冬季，渔船就停泊在这个天然的深水海湾里。这个城市很小，就像北京的一个区那么大。我也是北京的，以前在海淀区。"

我突然意识到，他在跟我聊天。我诧异地看了他一眼，原来他也是有人情味儿的。他大概是也意识到对我太和蔼了，马上就收敛起了脸上温和的表情，公事公办地问我："你的结婚材料都带全了吗？你先拿出来准备一下，我们马上就到市政厅了。"

我赶忙回到现实中，从包里拿出早就准备好的材料。需要准备什么李泽铭倒是早就给我列好清单我全准备好了。为了不到时候出问题，我觉得我有必要提前跟他打个招呼："我英语不好，如果别人问什么要我回答的，你最好提前告诉我，免得到时候我说错。"

他说："不会问太多，有些是需要你自己回答的，我会给你翻译。结婚应该是快乐放松的事，你不用这么紧张。"

我不好意思地掩饰："我紧张了吗？我一点都不紧张。"

说着话，我们的车已开到了市政厅门前。市政厅没我想象的豪华，但却不失庄严肃静，里面进出的人有限，完全没有人头攒动的情景。因为是水城，到处飞翔着海鸥，我们刚出了车门，一只海鸥就不客气地便便到我们的车前挡风玻璃上。文江翰气愤地"嘿"了一声，不得不从车内抽出几张面巾纸去擦。

原来美丽也要相应地付出一些小代价，我躲着头上飞过的海鸥，生怕它们对我也不客气地来这么一下。

这时一个大约三十岁出头的年轻人迎着我们走了过来，他瘦高个儿，皮肤是健康油亮的小麦色，行动敏捷，应该是经常参加体育运动的。他诧异地看着我、打量我。虽然面孔是亚洲人的面孔，但微笑和谦逊的表情一看就是欧美的。

文江翰看见他，叫了一句"迈克尔"，然后就简单地介绍我们俩认识了。因为是涉外婚姻，以备日后移民局审查，我们的结婚登记、证婚人、婚礼，一样都不能少，还得留下些必要的照片来佐证。"迈克尔"就是我们的证婚人。他姓刘，文江翰叫他迈克尔，偶尔叫迈扣，我就客气地称呼他迈克尔刘。

他显然知道我和文江翰是假结婚，一路配合，对我很客气也很热情，问我累不累，开心不开心之类的，比文江翰好相处多了。管婚姻登记的官员问的问题非常简单，大意就是是不是第一次结婚？有没有离过婚之类。文江翰早有准备，很快回答。我是第一次结婚，当然回答起来就更简单了。前后十分钟不到，我们就算是在政府部门备好了案，只等办了仪式就能来领证了。

糊里糊涂的，我这就算领了证儿了。

从市政厅出来，文江翰抱歉地通知我，说他明天还有客户要见，所以约了现在马上就去一个教堂举行仪式。

迈克尔刘见我不高兴，解释说："正好那个教堂刚结束一个婚礼，花啊、彩带啊什么的都是现成的，要不然这些东西都得自己重新置备，什么都是钱，出门在外，能省一点是一点。"

其实我并不是真的反对，我只是觉得自尊心有点受不了。跟李泽铭一起骗父母说结婚时，我妈说什么也要在北京给我张罗一场盛大的婚礼，可李泽慧不让，她说时间紧，不如把办婚礼的钱给我带上，好到美国来开展新生活时用。我心里委屈万分也说不出口，还只能违心地跟她一起劝爸妈，毕竟我和李泽铭没真结婚。弄得老两口特别不高兴。我白落了许多埋怨不说，还得自我安慰。

这一次可是我这辈子头一次真跟人领结婚证。虽然内容是假的，可形式完全是真的啊，以后我的护照上都是有记录的。我掩饰不住情绪问："既然以后移民局还要查，为什么还要搞得那么草率呢？"

文江翰简短地说："移民局也只查看一下照片，一会儿照片我们照好一些就没问题了。"

他的话让我好心烦。我也说不上应该生谁的气，总之，我就是觉得心里不舒服。

文江翰完全没有理会我已经明显表示不快的情绪，想了一下，突然想起点什么，对我说："差点忘了。新娘子应该还需要个头纱，你要是不介意，我们路上路过婚纱店再租个头纱，就能直接见牧师了。"

"只戴头纱不租礼服吗?"我瞪大了眼睛。

文江翰说:"你就当咱们是在拉斯维加斯,那儿连头纱都不用,就两个人找个证人找个牧师就算结婚。"

"这又不是拉斯维加斯,租婚纱的钱我出,干嘛要这么节省?"我真的忍不下去了。

文江翰见我坚持,退了一步:"行,你愿意租就租好了。"

我冷淡地说:"结婚这件事,我们最好当一件正事来办,我不想这么敷衍了事。有什么地方需要出钱的,你告诉我,这点钱我还是出得起的。"

我这么不客气的话让文江翰和迈克尔刘都不说话了,迈克尔刘回避了我烦恼的眼神,文江翰安静地看了我一下,不动声色地说:"没问题。赶快走吧,要不然牧师一走,黄花菜都凉了。"

一路上我跟他谁都没再跟对方说一句话,我觉得话不投机半句多,他大概也是这么想的。车在街口拐角停下,到了租婚纱的地方,我要给他租套像样点儿的西装,他不肯,说:"我真的这样没问题的,你租你的就好了。"

我再也无法忍耐了。我觉得这个人有点太不通人情了!

我说:"我已经说了,钱我出,婚是我们两个人在结,照片上我希望我和你都鲜鲜亮亮的,请你穿得正式一点好吗?"

他皱眉盯着我看,大约他在判断我倔强的程度。

我怒视着他口若悬河:"你可能不是第一次结婚,但是我是。我不管这是真是假,只要正经八百到政府登记了,我就算是跟你结婚了,我们以后离婚也罢,分手也罢,请你都穿得正式一点。这个要求很过分吗?"平常我说话根本就没有这么快的,看看这个人都把我逼成什么样了！

文江翰和迈克尔刘都被我的激烈搞愣住了。虽然最后他没能拗过我，还是穿上了我为他租的新礼服，可是我还是很生他的气。我确信这个人曾经跟李泽铭他姐一起生活过多年，冷酷的气质早就一脉相传了，所以为人处世才这么斤斤计较招人讨厌。我真觉得活该他被抛弃，我一点儿也不同情他。

等一切都搞定，礼服穿了，证婚人到了，牧师来了，我和文江翰彼此发完结婚誓词，最不可思议的一幕出现了：我把事先准备好的戒指拿了出来，而他，压根儿就没准备戒指。牧师别的话我可能听得似懂非懂，可"你们可以交换戒指了"这句，我完全听懂了。

文江翰把手伸向迈克尔刘，迈克尔刘诧异地问他："什么？"

这时候他才开始觉得尴尬。

当牧师以一个不可思议的表情看着他，再次说："请交换结婚戒指。"

我简直觉得我的脸都被这个人给丢尽了！

他没有戒指！他特么的居然没准备结婚必备的戒指！

随后，你知道他做了什么吗？他想了一下，从裤兜里掏出他的钥匙串，从上面解下一个瓶盖儿大的钥匙环，一本正经地套到了我的无名指上。

我死也忘不了牧师同情地看的我那一眼，人家那是无声地在问我：姑娘，你看样子不傻，为什么会嫁给这么不靠谱的人？

仪式刚一结束我就从空荡荡的教堂里冲了出去。我给李泽铭打电话，我实在是受不了了！这都叫什么事儿啊？我冲着手机正在大喊大叫着，文江翰过来一把就把我的手机给挂断了。他气愤地说："有这么严重吗？不就是走个过场吗？有没有戒指有那么重要吗？

你又不是基督徒!"

我泪流满面地抢我的手机,他东躲西躲地不给我。

我都哭成那样了他还生气地数落我:"我只负责在法律上跟你结婚,我没义务给你买戒指,你给谁打电话也没用。"

我哭着质问他:"我要买戒指了吗?我稀罕你的戒指吗?结个婚,你起码拿出点专业精神来。你哪怕提前去地摊上买个假戒指,你哪怕提前告诉我让我自己准备戒指,至于刚才让牧师用那样的眼神看我吗?"

他自己也知道有点理亏,干咳了一声回避着我崩溃的表情。一旦崩溃,我的悲伤真就止也止不住了,困倦、疲惫、伤心,让我的眼泪四处横飞,我毫无顾忌地擤掉鼻涕。迈克尔刘和文江翰大约好多年都没见过我这么豪爽的行为了,两个人见了野人般目瞪口呆。去他的风度,我才不管呢,这一天真是受够了!

迈克尔刘好不容易醒过神来,一个劲儿自责说:"你别哭了,别伤心,都怪我,都是我的错,我其实应该提前想到的。你们都别生气了。"

李泽铭大概被无端挂了电话,心中惴惴,又打了电话过来,不过我实在是太生气了,没接。我坐在路边的长椅上抹眼泪,他们劝我回家我也不理。

片刻,李泽铭的姐姐给文江翰打了电话,大概她在电话里责备他了,文江翰不服气。跟李泽慧在电话里吵了几句,结果我听见李泽慧在电话那边威胁地说了一句:"你是不是假期的时候不想见孩子了?"他才住了嘴。

这种人你就得用这种方法治他!你不治他真的不行!他欺软怕硬!我从来没觉得李泽铭他姐这么了不起过。我只想说:他活该!

气归气，闹归闹。末了，我还是得跟着他回家。无论我承认也罢，不承认也罢，泼出去的水，收不回来了。我这就算是正式"嫁"人了。

4
我病倒了

刚刚结束一段长途飞行，我还在倒时差中，下了飞机就马不停蹄地去这儿去那儿，连口热水都没来得及喝，因此回来的路上我居然晕车。

我在路边吐得七荤八素，就差眼冒金星了。我问文江翰："你家到底在哪儿啊？我们要一直这么拐来拐去的吗？"

文江翰一直是一副对我无奈看我不耐烦的表情。好在他还勉强能耐住性子给我递水让我漱口，然后耐住性子地跟我解释："这是上山的路，所以有点绕来绕去的，马上就到了，你再坚持一下。"

经过路边的风光着实不错，路面平整光滑，基本上没有什么车，我们时而穿行在森林中，里面穿过一栋栋别墅群，路边的花草树木显得特别青翠干净，已经微微泛红的枫树，和一些不知名的其他树木映在路边，真叫姹紫嫣红。

走着走着，我这一面竟然能看见不远处的大湖了，我们果然是在上山。但见湖水碧蓝、远山如黛，再加上天边那火烧云般的夕阳，真是一幅我毕生也没见过的奇壮美景。一想到这个讨厌的人竟然每天都能生活在这等美好的景致之中，我不禁又妒忌又气愤。不由得感慨自己幸好来了。

　　车完全出乎我意料地停在一栋欧式两层别墅之前。门前是宽敞的双车道，车道边有个花坛，花坛里五颜六色的花朵娇艳欲滴，车库旁一棵叫不上名字的大树，树干竟有约一抱那么粗！文江翰下车又快速走到这面帮我打开车门，说："到了，你还好吧？"

　　我简直惊呆了！

　　他居然住得也这么好！

　　这别墅，在北京那就相当于我们常说的千万豪宅啊！哎呀妈呀，他一个被抛弃的男人，我一直听说他是个 loser 啊，他怎么也住在这样的豪宅里？

　　见到我的表情，他马上明白我的心思了，简约地说："把这儿当豪宅了吧？其实这只是一处很普通的民居，中等社区而已。这儿不比北京，这儿人少地儿大，差不多人人都住得起这种房子。"

　　哦，原来是这样。我的心里多少平衡了一些。

　　我好奇地跟着他进到他的家，一进门就是一个大厅，有宽大的灰色布艺沙发，看上去简单舒适，沙发前有张仿古的旧地毯；墙上挂着平板电视。第一个冒上来的感觉就是整洁、干净；旁边是开放式厨房，大！看着过瘾！边儿上是饭厅，摆着不知什么木，反正看着挺厚实的棕红色大圆桌儿，桌中间有一束说不出名字，但色彩堪称斑斓的花，庄重中透着温馨。

　　两个厅连在一起，居然有百十平米。最重要的是，我一眼就注意到厨房水槽的大窗户外，不仅能看到一棵明黄如银杏般的树，而且竟然还能看到一望无际的蓝天和白云——欧买嘎！这对于我这种在北京憋屈惯了的人来说，那简直就是一种无情伤害啊！要是我妈在这样的窗口做饭，她还不得美死了？

　　不想让他见到我露怯的表情，便违心地做出毫不惊奇的模样，只问："我的房间在哪儿？"

他拎起我的大皮箱，说一声："跟我来。"就上楼了。

我的房间倒不大，有张双人床，一个木质方柜子，约到我胸口般高，临窗有张写字桌。文江翰推开一扇百叶门说："这是你的柜子。"

我吓了一跳，柜子是带双开门的，里面大得可以再摆一张床了。我有多少东西都能放得下。

他又推开另一扇门，说："这是你的卫生间。不过你这间卫生间跟客房共用，客房住着我一位朋友，姓杨，她可能出去办事了，但你晚饭时应当能看见她。"

原来这卫生间有两扇门，我这边用时，把对方的门锁上，对方用卫生间时，也可以把我这边门锁上，里面有个浴缸式淋浴，用品一应俱全。

文江翰说："楼下厨房随时能用，只是用过之后把它恢复原样就可以了。冰箱里有现成的东西，你可以先随便用，三天以后你时差差不多倒过来了，我就带你去一趟超市，到时你把你需要的生活用品再买齐就可以了。"

我说："好。"

他建议我先下楼吃点东西，可是我真的已经困得睁不开眼了，只想赶紧躺下睡一大觉。当只剩下我一个人，我锁上门，看看时间正是北京的上午，我就分别给老妈和小慧胡乱打了个电话报了声平安，然后，一倒下，就昏睡过去了。

等我醒来的时候，我不知道是第二天的上午还是下午，总之天是亮的。我头痛欲裂、口干舌燥，而且，我发烧了。之前也有过这种情况，每次一累、心情不好或者新换了环境，我就特别容易生病。我饥肠辘辘，晕头涨脑地打开门走出去，想要看看哪儿能弄点儿吃的。一出门，我就听到了楼下客厅里的谈话。女的我猜是李泽铭他姐告诉过我的女房客，男的是文江翰。

之前他们说了什么我不清楚，不过从我听到的他们的谈话中，我能猜出迈克尔刘似乎来过了，他们谈起过我。

女房客说："迈克尔刘说那是你新娶的老婆，真的假的？"

文江翰说："他怎么嘴那么快？"

我在楼上我看不见他的脸，不过能想象出说这话时他一定皱着眉。他一边熬着粥，一边切着一根火腿。

女房客用极度失望的口气望着他问："不是真的吧？"

我感觉只有对一个人有过期望，才能说出这么失望的口气。

文江翰说："是真的呀。以后我这家里就有女主人了，她要不让你和弗兰克在这儿住了，我还真拿她没办法。你最好巴结着她点儿。"

女房客生气地说："你新娶的老婆你不一块儿住？"

文江翰笑说："你没看见都累成什么样儿了？还倒着时差呢。"

"你休想骗我！我还看不出来？我在你家住一年了，你又没回国，你什么时候跟她谈的恋爱？我听都没听说过这个人，怎么可能突然就结婚了？"

"我网恋的对象总行了吧？你又不是我妈，我还什么事儿都跟你汇报呀？"

女房客犹豫了一下，仍旧不死心："我不相信！肯定有什么我不知道的情况。"

文江翰说："对了，有人问你要两百个饺子，说是办 party，要你回电话呢。"

女房客这才被转移了注意力："谁呀？"

文江翰说："你自己去看电话。"

女房客一边翻找座机电话，一边悻悻地对文江翰说："你别转移我的注意力。我问你，你帮她拿身份，她付你钱了吗？付你多少？你早说你愿意以这种方式帮人拿身份你告诉我啊，我这还着急帮我儿子拿身份呢，我保证比她付的多。"她自说自话地拨通了电话，马上堆起笑脸对着电话说："我还以为是谁呢，阿诗莉呀，是你要两百个饺子吗……"

文江翰笑着不经意地一抬头看见了我，我想跟他说我走不动了，可是我什么也没说出来，只觉得眼前一黑，便一头栽倒在地了。

等我再醒过来的时候文江翰不在，我躺在床上，头上盖着凉毛巾。一个四十岁出头、干净利落的女人站在我床边，她惊喜地说："哎哟，谢天谢地，你可把我们吓坏了。不过幸好，我们的邻居就是个医生，他说你就是累的，没什么大事儿，歇歇就好了。我姓杨，我是文江翰的房客，你跟江翰一起叫我杨姐好了。"

我虚弱地说："我好饿。"

文江翰端着一碗粥从外面进来，皱着眉发愁地看着我："你总算醒了。大夫说你很快就会醒过来，叫我们给你准备好吃的。你先喝点粥吧。要是喝完了还能吃得下，我们就下楼去吃。饭我都做好了。"

我看见一个十一二岁的男孩探头进来好奇地看了一眼，杨姐立刻扭头出去了。我真的饿坏了，端过粥来也没觉得烫，也就几分钟的时间，就狼吞虎咽地把粥喝光了。我一抬头，发现文江翰正一脸难以置信地看着我。

他知趣地拿走我的空碗说："我再去给你盛一碗好了。"

我无力地说："不用了，一下子吃多了我怕恶心。"

　　他耸了一下肩膀，从旁边桌上拿起一盒早就准备在那儿的药瓶说："这种药叫褪黑素，其实就是微量的安眠药，是可以用来倒时差的。你现在吃一颗，然后一觉睡到明天早上，说不定你的时差和身体都缓过来了。这是水。"

　　我这才发现连水都是现成的。我默默说了声："谢谢。"

　　他走出去，又想起什么，对我说："对了，你的手机一直不停地响，怕影响你睡觉，我把你手机拿到客厅去了，你需要吗？我这就给你送上来。"

　　我说："好吧。"

　　片刻，他拿着手机上来了，对我嘱咐说："稍微看一下，不要花太多时间，你现在最需要的是休息。建议你一会儿休息的时候把手机静音一下。"

　　"我知道了。"我接过手机，他便关上门出去了。先依他的嘱咐吃了一粒药，然后我躺下拿起了手机。里面几十条都是苏小慧来的微信，而且条条都是语音。我也没劲儿说什么，便一条条打开来听。

　　"你怎么了不给我打电话？说好的每天视频呢？"

　　"你怎么说话不算话？那男的到底怎么样啊？人呢？"

　　"方颜，怎么不说话？你是不是遇到什么危险了？说话呀！"

　　"再不说话我报警了？再不说话我这辈子都不理你了？"

　　"难道倒时差要二十四小时连轴睡吗？你睡醒的时候给我回一声儿啊！"

　　"你死了？"

　　"最后警告，再不回话就绝交！什么人啊这是？"

　　我叹着气忍不住笑了，有气无力地按住手机给她回话："累发烧了，一直昏睡，头都快疼死了，别担心啊，等好了天天跟你视频。"

我刚把语音发过去，那边就像是正守在微信旁一样，立刻就把视频请求发过来了，我只得无奈地接了。手机里立刻就露出苏小慧的大脑袋和一惊一乍的小表情："怎么回事儿？怎么就发起烧来了？"

我无奈地说："身体不争气呗。"

"那是个什么样的人？老吗？长得猥琐吗？发个照片过来我鉴定一下！"

我真是哭笑不得，只好实言相告："人倒不太猥琐，年纪看着也不算太老，不过就是对我超冷淡啊。"

"那就好那就好，要是对你太热情，准是没安什么好心。"

我忍不住又被她逗笑了。

"你现在住在哪儿，怎么看着衣衫不整的？还脸颊绯红，哎哟，不是刚跟什么人云雨过一番吧？"

"我去！你有没有点正经？"

她"咯咯咯"地乐了起来，"好好好，不开你玩笑了，跟你说点正经的。你走之后，我想了一下，决定跟财务你说的那家伙约一次试试。结果你猜怎么着？"

我的头好昏，有点神游天外了，小慧不客气地大吼了一声我才清醒过来："哦，怎么着？发生什么了？"

我只看见她的小嘴吧嗒吧嗒说个不停，她的声音源源不断地传过来，我真的是疲惫得不行了，尤其是吃了一些助安眠的药之后。我只记得她说什么："我们去看了电影，他竟然要摸我的手，真太恶心了！头一次约会，就想动手，他想什么呢？我就是时间多得没处打发让他解个小闷而已，你说他脑子是不是进水了……"之后我就什么也不记得了。

第二天我并没有像文江翰说的那样，身体和时差都倒过来了，而是我的发烧更严重了。我觉得嗓子肿胀难忍，浑身酸痛，一想到我现在远在家乡万里之外，身边竟连一个熟识的人都没有，我就委屈不已。所以李泽铭发视频过来，我看见他，就忍不住哭了。

看见我憔悴的样子他自然心痛不已，连声安慰，等我稍微缓和过来了，他才开心地跟我简单说了一下他的情况。

"我学校挺好的，这一点我非常满意。只是我没分到宿舍，不过你别担心，我已经跟我的一个同学在学校边上租了房子，他是一个西班牙小伙子，人挺爽快的。我吃不惯这儿的饭，昨天忍不住上街买了炒锅和一个汤锅，我决定自己做着吃了。"

我顾不上自己的难受，担心地问他："你会做吗？"

他笑笑说："放心吧，没做过也见过别人做过，刚才我给自己煮了西红柿鸡蛋面，里面放了两大片火腿，太好吃了。"

我笑了。

他又兴致勃勃地说："我的学费好贵你知道吗？我不好意思生活费也让姐姐出了，我看这里的中国留学生有到附近餐馆打工挣钱的，我也想去。"

我忙说："不要。你要需要钱，我这里带的有。"

他不以为然地说："我一个月房租加生活费还有书费手机费水电费之类，怎么也得两千美元了，我哪能让你来负担？那我成吃软饭的了。好啦，你专心养病吧，我的事你就不用操心了。我已经跟姐夫说了，让他好好照顾你。你放心吧，姐夫那人表面看起来比较严肃，其实他人挺好的。"

跟李泽铭通过视频后，我又沉沉地昏睡了过去，因为发烧缘故，浑身酸痛不已，根本就睡不踏实，一直处于精神恍惚和半梦半醒之中。我似乎听见有次文江翰在我门口对手机嘲讽地说："你送来的女孩是玻璃做的，一到我家就碎了。"

还有一次，杨姐似乎站在我床前，一脸琢磨地自言自语："哎哟，这小模样长得还是挺招人疼的。你到底是谁？你是怎么神不知鬼不觉地跟文江翰好上的？"

似乎医生来过，有人商量要不要送我去医院之类的。

我不知道是第几天，我突然就醒过来了。头也不疼了，嗓子也不肿了，身上也不酸痛。阳光明媚地从窗口的百叶窗外射进来，桌前摆着一大束散发着淡淡幽香的鲜花。

我起身下地，拉起百叶窗，只见窗外就是后院，蓝天白云视野开阔，院子很大，铺满厚厚的绿草坪，草坪正中有棵正在开花的树，鸟儿在树枝间婉转啼鸣，好听极了。窗下是盛开的一大蓬花，色彩明媚。我有种做梦的感觉，这完全不像是真的。

脚下是厚厚的地毯，于是我光着脚走出门。没见人，却听见楼下传来悠扬的音乐和歌声。我走到门前栏杆处，看见文江翰正靠在客厅的大沙发上。他穿一件蓝格子的棉布衫，袖口卷到腕处，领口处露出里面的白T恤；下身一条牛仔裤，他出神地看着不知名的地方，不知道在想些什么，远远看去，他整个人竟有一种美式的洒脱和闲散。

……

为了这次相聚

我连见面时的呼吸

　　都曾反复练习

　　言语从来没能将我的情意表达千万分之一

　　为了你的承诺

　　我在最绝望的时候都忍着不哭泣

　　……

　　我已听出这是台湾音乐教父李宗盛的《漂洋过海来看你》。我驻足静听，音乐声和李宗盛那略带沧桑的嗓音，让房间里不知不觉充满安详和神圣。

　　……

　　陌生的城市啊，熟悉的角落里

　　也曾彼此安慰，也曾相拥叹息

　　不管将会面对什么样的结局

　　在漫天风沙里，望着你远去

　　我竟悲伤得不能自己

　　……

　　本想把歌听完的，谁料病刚好，嗓子不舒服，我没忍住轻咳了一声。文江翰应声从沙发上抬头看见了我。他站了起来，眼光中掠过一丝掩饰不住的惊喜，他忍不住说："哎呀，你醒了？"

　　我不好意思地一笑，说："是。"然后也不知为什么，我就说："你知道吗？相传这支歌是李宗盛为一个台湾女歌手写的。当时那位女歌手爱上了一个北京人，可是不知什么原因，两人却不能相爱，最后女歌手伤心离去。当李宗盛把这支写成的歌唱给她听的时候，女歌手禁不住放声大哭。"

文江翰露出惊奇的表情，他大概没想到我上来就跟他不见外地聊上了，我就是这种性子，有时有点小脾气，大部分时候开朗活跃、心里藏不住事儿，也完全不记仇。他忍不住莞尔一笑，说："还有这么多故事呢？我只是单纯喜欢李宗盛而已。"

这是我第一次看见他笑。哎呀妈呀，他居然会笑！真让人受宠若惊。

我走下楼来，他长嘘一口气说："昨晚守了你一夜，本来想今早你要再不好，就送你去医院呢。"

我这才注意到，他的眼睛布满了血丝。我心里立刻充满了歉疚和感动。我说："不好意思，给你添麻烦了。"

他说："好了就好。想不想到院子里去坐一下？"

我赶忙说："好啊。"生怕说慢一点他就会翻脸。

他轻快地说："那我去把外面的桌子擦一下，泡上茶，你过一会儿下来吧。"

望着他快步走开的身影，我有点难以适应。我不知道我病的时候到底发生什么事了，他对我竟像是完全变了一个人。我打电话给李泽铭，他大概在上课，手机关机了。我怀疑是不是他们谁给他钱了？要不然他没理由一下子就对我好起来了。就在我怎么想也想不通的时候，文江翰在院外向我招手说："你下来吧。"

我在国内从来没有见过这么舒适悠闲、干净自然的后院。我几乎一下子就喜欢上文江翰家了。进到后院我才注意到，他家小楼虽然前面看挺气派的，但后院的外墙有不少墙皮都脱落了。不过尽管如此，对于从寸土寸金的北京来的我来说，这依然不失为一处让人赏心悦目的豪宅。

文江翰已在桌上泡好了一壶菊花茶。桌子是圆的，木板拼接而成，能看到拼接处质朴的细缝，桌边四把带软垫的椅子。桌正中有个洞，里面插着遮阳伞的柄。桌下有张防水地毯，已经看不太清什么颜色，乌乌的。惊艳的是遮阳伞，深红的颜色，在草坪和绿树间显得特别醒目。总之，在这样幽静雅致的地方喝一杯菊花茶，是一件很让人能产生诗情画意的事情。

他一边给我倒茶一边说："病刚好，喝点清淡的，我们继续听歌？"

我说："好。"

于是他进屋把音响的声音开大，我们俩便坐在后院的清凉里边品茶边接着听李宗盛的《山丘》：

> 想说却还没说的，还很多
> 攒着是因为想写成歌
> 让人轻轻地唱着，淡淡地记着
> 就算终于忘了，也值了
> ……

他走过来坐下，给我倒茶。我有点感动，没话找话："你很喜欢李宗盛？"

他淡淡一笑，说："年轻时就听，习惯了。"

他话不多，说完这句，就不出声了。他虽然已经转变了对我的态度，我却一时还不能完全对他转变过来，所以也不知道要说什么，反正这时候说什么都有点做作。既然不说话，那就跟他一起听歌。

……

越过山丘，虽然已白了头

喋喋不休，时不我予的哀愁

还未如愿见着不朽

就把自己先搞丢

越过山丘，才发现无人等候

喋喋不休，再也唤不回温柔

为何记不得上一次是谁给的拥抱

在什么时候

……

好多男人喜欢李宗盛，我觉得不是因为别的，是因为李宗盛作为一个阅历丰富的男人，他把男人的所思所想所念，都借歌词和音乐透透彻彻地表达出来了。听他的歌你很容易就能找到共鸣，很容易把自己的心事和故事融入他的音乐中去。

虽然我不是男人，不过他的歌我依然能懂。这首《山丘》应该是他跟林忆莲离婚之后写的，他写尽了一个失婚男人内心的孤独和骄傲，他心里有对往日幸福情形的怀念和不舍，也有对无法平衡现实生活的苦恼和无奈。我真的能理解他。我心里正为李宗盛伤感，文江翰突然起身去把音响切了，他说："不好听了，给你换个欢快的歌儿吧。"

我诧异地看着他，明显感觉应该是歌词触动到了他的哪根神经。我突然意识到，他就是那个失婚男人。于是我识趣地说："好。"

然后音响里就传来不知名的女子唱的一首曲调欢快明媚的歌曲。

我这个人是个心里藏不住事儿的人，等他转回来，我忍不住问他："你为什么对我突然变好了？"

他不承认地说："我有对你不好过吗？"

我认真地说："我真的想知道原因，不然心里老忐忑不安的。"

他奇怪地看着我，说："你真一点都不记得了？"

我问："记得什么？"

他摇着头说："看样子你是说了就忘了。"

我警惕地问他："是不是我昨天烧得糊涂的时候跟你说什么了？我跟你说什么了？"

他微笑着往我的茶杯里拿小镊子夹了一块冰糖："嗯，不记得就算了。"

我实在放心不下，不依不饶地着急问他："你说吧，我到底跟你瞎说什么了？"

他眯眼琢磨地看了我一下，仿佛在观察我是不是真的不记得了，然后他一笑说："你慢慢想好了。"

据我妈说我从小发烧就有说胡话的表现，有的时候真的会胡言乱语。我到底说了什么，让一个对我态度冷淡、言谈举止间都对我充满鄙视的人，突然之间来了个一百八十度的大转弯呢？他不肯说，说不记得那就成为我们俩之间的一个谜好了。我真的太不安了！我绞尽脑汁，却怎么都回忆不起来。他说他照顾了我一夜。一夜啊！我到底跟他说了多少话？我是不是把自己的老底都向他交代了？

正在我胡思乱想的时候，文江翰拿出一张单页的文件给我看，因为全是英文，我看不懂，便问："这是什么？"

他像是难以置信似的笑了一下："咱们的结婚证啊。"

我这才吃惊地认真看了起来。美国的结婚证完全没有"证儿"的感觉，因为它不是我们国内的那种小本儿，而是一张相当于 A4 纸大小的纸片儿，我们国内的结婚证有照片，这张 A4 纸上没照片，上面只写着我的名字英文版和文江翰的名字、我们的结婚日期、出生年月，还有我们双方父母的名字。跟我们国内相同的是都盖有一政府章。

拿着这样一张事关我人生大事的纸，一时间我心里五味杂陈，我说不出到底是什么复杂的一种感情。

文江翰说："本来只有一张，我想你可能也会需要一张，就没经你同意，多花了十块钱给你买了一张。"

我一愣："我这张是假的？"

文江翰也一愣："不是啊。我没有说清楚，是政府只给免费发放一张结婚证，你想要两张，就得单交一张的钱。你其实想要多少张都可以的，多要一张多一份钱就行。"

我这才明白了，松了一口气："哦，这样啊，你吓死我了，证儿是真的就行，我还以为你在假证贩子那儿买的。"

他"扑哧"一声笑了，说："你当这是在国内呢。这儿造张假证判多少年你知道吗？那是重罪！好了，这张纸已经发了照片给李泽慧了，他们都知道了。"

我点了点头。

他沉吟了一下，像是道歉似的："实际上我也是第一次在美国办结婚手续，头回结婚我们是在国内。所以，具体的流程咱们去办的时候我也不是特别熟悉。这是你给我的结婚戒指，还你，你戴在自己手上吧。这边结了婚的人都会戴上戒指，以示与单身的不同。"

我接过他递过来的戒指。我自己买的戒指自己戴，有什么意思呢？我苦笑一声，将那枚戒指放进了口袋。

也许是为了提起我的兴致，他转移我的注意力说："知道吗？你这两天生病，又害我两天没去上班，你应该对我有所补偿。"他应该是开玩笑的，可是，既然他这么说了，他就是开玩笑我也不能无动于衷啊。

我问："你要什么补偿？我应该带了足够的钱来。"

他哈哈大笑："什么钱啊？哪有那么简单？你要打扫家里的卫生。杨姐这两天跟她儿子去度假，家里就你我两个人，你必须全面负责打扫家里的卫生。"

原来是这样，我忍不住笑了起来。

我们终于不再抵触和戒备对方，关系终于融洽缓和到正常的程度了，我松了一口气。我觉得，这样的文江翰，我还是可以跟他在一个屋檐下共同生活一阵子的。正在这时，突然有人从屋内推门出来，带着一种酸酸的口气说："哇，结了婚果然不一样，那么快就熟了？"

我们俩都吃惊地回头看去，只见李泽慧带着一个含意不明的表情，出现在我们身后。

5

两个曾是夫妻的人

有一句话叫：一日夫妻百日恩。意思是说，两个曾是夫妻的人，即使离了婚，他们的关系也肯定与普通人有明显不同。这个我能理解。虽然李泽慧自己已经嫁给了别人，并且孩子都又生过一个了，可是看到前夫再婚，即使对象是她自己安排的，她还是不由自主感到了妒忌。

我叫了她一声"姐"，礼貌地站起了身。她穿了一件浅灰色的风衣，里面一看就是高档货的白衬衣掖在黑裤子里，衬衣领子上挂着一条紫花项链，挺别致；裤子不知道是什么料，很轻薄飘逸，脚蹬一双细高跟鞋，本来没我高，这么一穿，倒显得修长而苗条，好像比我高了似的。不过那么细高的鞋跟儿，穿上那脚得多疼？总之，她一副干练洒脱的职业妇女模样。

文江翰惊喜地朝她身后看去："孩子呢？"

她说："谁说我要带孩子来了？孩子上学呢。"

文江翰立刻失望起来："那你怎么来了？"

她完全不顾我的存在，半开玩笑半认真地说："怎么，新婚燕尔，怕我打扰你们？"

我非常气愤："您这是说什么呢？"

见我生气了，她才认真地说："不是我非要来，是李泽铭逼着我来的。他刚开学，功课很紧，你这一病，他急得跟什么似的，说什么也要我来看你一眼，不然他不放心。"

听了这些话，我心里不由得一暖，眼圈不知怎么竟然红了。不想让别人看见我的脆弱，我快速起身进房间擦眼泪去了。

我听见李泽慧调侃地对文江翰说："二婚的感觉怎么样？"

文江翰排斥地说："你不早就体验过了吗？不比我经验丰富？"

不想偷听别人谈话，我正要走开，突然听见李泽慧说："我跟你嘱咐一声，虽然你们领了结婚证，你也不能跟她走得太近了，那是我弟媳妇儿。我知道年轻女孩子，有时候难免轻浮，你是成年人，要知道分寸。"

我心里猛地一震！一股怒气让我差点冲出去当面质问她，谁是轻浮的人？谁是轻浮的人？我现在才发现，虽然李泽慧自诩受过多年高等教育，但言谈举止都透着没教养和自以为是，这真是太讨厌了！

文江翰气愤地一把把她拉到一边，极力压低嗓门不让我听见："你胡说什么呢？被人听见你让人怎么想？"

李泽慧也一脸烦恼，她挣脱开他："你心虚什么？我都看到了，你们俩说说笑笑的。"

文江翰气愤地说："你小声一点！在一个屋檐下，人总要互相说个话吧？"

"你那只是说个话吗？还泡着茶、赏着景，我又不是没年轻过，这调调儿我懂。"

文江翰说："你可以走了，我懒得跟你多说。"

他大步朝屋内走开，我赶忙三步并作两步逃上了楼。进了自己的屋，我的心还狂跳不止。对于李泽慧的话我真的没法不介意，这才刚到几天啊，我就被人说轻浮了，以后的日子怎么办？我越想心里越气愤，难道这都是我的错吗？是谁把我弄成这样？我给李泽铭打电话，告诉他我真的一眼也不想再看见他姐姐了。他告诉我他姐有口无心，让我别往心里去，我康复了就好，还说他一有空就会过来看我，这才让我的心情愉快了些。

晚饭是李泽慧做的，菜倒是做得挺专业。只是我们三个人坐一个桌都觉得不舒服，谁也没多说什么，吃了饭文江翰洗碗，我假装病还没好利索，立刻进自己房间去躲着了。

谁知我刚进屋，李泽慧就敲门进来了。她像没事儿人一样跟我说："你看着身体还挺结实的，没想到这么娇气。"

我低着头像犯了错误似的没说话。

她在我身边坐下，认真地说："方颜，有些话你年轻，作为姐姐我要多嘱咐你……"

我敏感地打断了她："你不用说了，我都知道。"

她诧异地看着我说："你都知道？我还没说呢，你就都知道了？首先，你要谦虚一点，知道吗？"

我鼓起的反驳勇气被她一棍子打趴下了，我咬住嘴唇没出声。

"丑话说在前头，比出了问题再互相指责要好。我想说的是，你即使跟文江翰办了手续，你心里也清楚那到底是怎么回事儿。虽然我跟他离婚了，可他终究是做过你姐夫的人，你们俩在一起要维持个正常的距离，你明白吗？你要搞清楚你是干嘛来的？明白吗？"

"我怎么没跟他维持正常距离了？我这才刚认识他！"

"我说什么了你就跟我急呀？我这不是在帮你厘清思路吗？你有什么可急的？"她责怪地看着我。

"你这么说话谁能不急？又不是我主张到这儿来的！"我不愿意再退让。

她看了我一会儿，发现我并不像她想得那么好搞定，便自己软了下来："你明白道理就好。我没指责你的意思。行，姐姐知道你是个聪明姑娘，我就说这么多。晚安。"

我连回一句"晚安"都不想，她离开了我的屋子，我在心里骂了她好几句难听的，心里的气都没消下去。她真是太让我心烦的一个人了！

因为病中一直睡，晚上怎么也睡不着了。我屋里关着灯，走廊灯却彻夜亮着。大概凌晨两点左右，我看到有人从我门前碎步走过，然后有轻轻的敲门声。开始我以为是敲我的，走到门边才发现，是敲隔壁的。家里就三个人，一时我不能判断走过我门前去隔壁敲门的是文江翰还是李泽慧。总之，我不怀好意地想，肯定是有人想趁夜深人静鸳梦重温。

果然，我听到门"吱呀"一声开了。接着听见文江翰压低的声音："干嘛？"

"少废话，赶紧进去。"

嗯，应该是李泽慧主动去找的文江翰。这都什么人啊？我心里顿时充满了对这两个人的鄙视。可没想到，随即我便听到文江翰冷静的声音："我已经是结了婚的人了，请你自重。"

接着，我便听到他关上了门的声音。这完全出乎意料啊，我好兴奋。怕李泽慧受伤之余突然会到我房间里来捣乱，我赶紧跳上床装睡，心里却大声为文江翰喝彩：干得漂亮！

我不知道自己什么时候睡着的，只知第二天醒的时候家里静悄悄的，我站在门口哈喽了两声，没人回应，我就以为家里只有我一个人，便穿着睡裙下楼想拿些东西上来吃。没想到我一下楼，迎面就看见李泽慧阴沉着脸站在一楼我看不见的角落里，她没事儿找事儿地盯着我。

我被她吓了一跳："哦，我以为家里没人。"

她不客气地质问我："家里没人你也不能穿成这样就下来呀？你穿成这个样子是要干什么？你想给谁看？"

我的心被堵住了。这到底是个什么材质做的人？

见我不说话，她以为我是理亏了，教育我说："你妈有没有教过你，在别人家不要那么随便。尤其是你一个二十多岁的大姑娘。"

我生气地反驳说："我以为家里没人！"

"要是突然回来人呢？你想过没有？你打算往哪儿躲？你是不是压根儿就没想躲？到底是什么教养的人才会做出像你这样冒失的事？我跟你说你现在不是在国内，你是在美国，你必须改改你胡同妞那大大咧咧的习性。"

欧买嘎！几句话的工夫，她把我和我妈都损得体无完肤。我眼中冒火，心里默念：神啊，赶紧来收了这个妖孽吧！她一定是昨晚在文江翰那儿求欢碰壁，所以现在要把一腔发泄不出去的邪火都撒到我身上来。不过我有点奇怪，她老公不是白种人吗？她应该不缺呀，怎么还是一副激素严重不平衡的德行？

"你用不着这样看我，我说话直率，但道理完全没错。"

我不想跟她吵。我小学的时候班里有一个女生特别无赖、特别好为人师，你如果反驳她，她就更加来劲，而她一旦来劲，就是几个女生加起来也不是她的对手，最后只会落更多的好为人师。所以我小小年纪就学会了一套对付这种人的办法，就是她说什么我都赞同，我要让她把说教的话没地儿说去，我憋死她！

所以我点点头对李泽慧说："有道理。"

她一愣。她没想到我会赞同她，一时间竟然不知如何往下说了。在她回过神来以前，我说："我这就回去把衣服穿上。"然后，我一个加速，兔子一样就蹿回自己屋去了。

进了自己屋就到了我自己的天地，我锁上门，先默默把她骂了几十遍，然后心里终于平复了些。这才慢条斯理找了一套看着特别保守的长袖衣裤，不仅穿戴整齐，我把衣领的扣子也一直扣到最上一个；然后，头发梳整齐，想了想，刻意梳了俩学生式的小辫。一切做完，我给李泽铭电话，要求视频。

他在视频中一看我严肃的土老帽儿样，就忍不住问："你怎么穿成这样？"

我说："要不然你姐会说我不正经。"

他哈哈大笑说："怎么会？谁给你搞的这个发型？"

我说："我呀，我为了讨你姐欢心。"

见我一直没对他露出半个笑脸，他担心地问："你跟我姐相处得不愉快？"

我冷冷地质问他："你应该问，这个世界上到底有没有人能够跟你姐相处得愉快？"

"那就是不愉快。"他老实巴交地说，"我姐的脾气就那样，不过你放心，她绝对没有坏心眼。"

"哎哟妈呀，"我冷笑一声，"说话都带刀子的，幸好她还没坏心眼，这要有坏心眼，我可能早就被飞刀扎死了！"

他笑起来了，说："我刚从一个中餐馆应聘出来，以后下午下了课我就要去洗盘子了。"

听他这么说，我的心一痛："这么辛苦，你悠着点儿吧。"

"这样一个月下来就能挣到差不多一千五呢。"

我不知道怎么安慰他才好，深恨自己不是富二代，不然我就把他养起来，让他好好读书，其他什么也不用操心。

"好了，我马上要去上课，有什么不开心的你赶快说，我能帮你分担一点。不过，看你这个小刺猬的模样，我应该放心了，这一看就是病好了，要病没好，应该没这斗志昂扬的精神头儿。"

我被他说得泄了气。这时李泽慧来敲门，她说："方颜，你穿好衣服了吗？你出来我跟你说些事情。"

我不得已只得挂了李泽铭的电话，在穿衣镜前上下打量了自己一下，确保她再也挑不出任何毛病，深吸一口气，确保情绪平静。

然后，我拉开门，向她微笑着说："我穿好了，您有什么事情？"

她见我脾气那么好，一副没事儿人的样子，原本想说的话就说不出来了。她说："你要没什么事儿，我带你去附近的超市采购些物品吧。"她肯定本来不是想跟我说这个的。

我犹豫了一下，突然想到文江翰说过我病好以后应该买些自己的生活用品，于是我说："好啊。"

她说："昨天做饭发现家里缺盐少醋的，也不知道你们在这儿是怎么瞎凑合的。我晚上的飞机，走之前我们去超市，我把这冰箱帮着填一下。"

我看见文江翰的车停在门前，他应该是故意把车留给我们用的。不知道他是怎么出行的。我和李泽慧上了车。李泽慧边系安全带边埋怨文江翰，说："也不知道换辆车，什么都是凑合，一个没有上进心的人，你怎么提携他都是没用的。"

我不理她那个碴儿。从她说话的口气里，你能明显感觉她是还把文江翰当丈夫来待的。我也不知道她哪儿来那么大的自信，认为在她都跟别人生过孩子了，还可以对前夫的生活指手画脚的。

"跟我说说，在你眼里，我前夫这人怎么样？"

这话怎么听怎么像是钓鱼执法，我才不会上她的当。我说："我才来几天，跟他总共没说过几句话，我没法评价。"

"哦。"她心事重重地又装得若无其事地问我，"那个杨姐呢？为什么我来没有看见她？她是不是在故意躲我？"

我听不明白："杨姐？她为什么要故意躲你？"

"就你来这几天的情况看，你有觉得她和我前夫之间有、有别的什么关系吗？"

哎呀妈，骂了我和我妈还不够，又想波及人家杨姐了。

"我没觉得呀！"我生硬地说。

"唉，你一小孩儿，你肯定看不出来。他们就是有什么，也不会轻易被你看出来。那女的，知道吗，她国内有老公。你想她一个人在这边带孩子，一待就是小半年，三十如狼四十如虎的，用脚丫子想也知道没什么好事情。"

虽然文江翰跟我的关系也不好，但我还是不愿背后这样说人家。尤其是连影儿都没有纯属胡乱猜测的话。要在北京，这叫嚼舌根，叫造谣。只有没文化的家庭妇女才有这习性呢。比如说我二舅妈，一百八十多斤，一张嘴就是亲戚朋友街坊四邻们的作风，特别三八没教养！

"姐姐，"我打断她，"我还要跟他们一起生活。我这个人吧，要是背后说了人家的坏话，见人家的时候，我就心慌。所以，我们还是不要谈论这些为好。"

"什么背后说人坏话，说那么难听干什么？我就是怕你姐夫吃亏。"

"他不是你前夫吗？怎么又成姐夫了？"

李泽慧一愣，不快地瞪了我一眼："你当是我没根没据乱说的吗？哎呀，跟你多说也白搭，你一个没经过世事的小姑娘，你什么也不懂。反正，我这次回来，她是故意躲我的，她要跟文江翰没什么，她躲什么呀？这不是心虚就怪了！我跟你说你以后也要多长个心眼儿，别整天跟傻大姐似的，被人利用就麻烦了！"

哎哟，我被您利用得还不够？您可真能以小人之心度全天下人之腹！

但是，"我知道。"我说。

我的五脏六腑都在说完这句话之后受内伤了。如果可以选择，我愿这辈子都不要再见到这个跟我说话的人。我内心真的太看不起那些表里不一、满脑子都是阴暗苟且之事的人了！

要说美国超市里那些东西，真叫一个便宜，那么好的大樱桃、新鲜蓝莓，只三四美元就一大盒，以前在北京，八十块钱一斤的美国樱桃我都买过；还有那四公斤一桶的有机牛奶，也只三四美元；极新鲜的北极大虾，五六美元一磅，颜色稍微不那么好看了，三四美元就卖了；更有甚者是冰激凌，国内也不知怎么就贵得那么离谱的冰激凌，这儿都是地摊儿价。

这是我第一回来美国超市，我看到以前我们在北京追捧的东西都那么便宜，我就忍不住都拍下来，一边逛一边发微信。一会儿我那微信下面就一大片留言惊叹声。我和李泽慧瓜、果、肉、蛋、奶、排骨、大虾买了一大车，才一百二十多美元。

我问了一下，李泽慧说她家一家四口，一个月生活费只要六七百美元，就能生活得非常好了，我心里非常感慨。这里比如一个超市收银员或者餐馆服务员，一个人一个月挣个三千美元是很普通的，也就是说他们一个人就能让全家生活得挺好。反观国内，我们把同样情形原景置换，在超市一百多块是买不到什么东西的，一个人一个月别说三千块钱，就是六千块，养活一家人也是不太可能的。

"你现在明白为什么大家都往外跑了吧？"李泽慧说得好像这是我犯的错误一样。"这里不光物价让人没压力，东西你吃着也放心。不然养小孩子，你给他的东西里一堆有害物质，他怎么长得大？还有教育，国内的教育理念多么落后呀，让孩子学一堆应试的没用的东西，这怎么可能跟这里的教育比？我告诉你我让你来美国你来就对了，有些事情，你没见过，你就没有比较，反正你的日子还长，以后慢慢你就明白了。"

我点点头，我现在明白为什么有那么多人，就像杨姐，宁愿夫妻常年分居，也要把孩子送出国外来的心情了。

到家我俩搬了两趟，才总算把买回来的东西全运进了屋，弄得冰箱里都装不下了。李泽慧看着冰箱里到处都是的饺子，要把它们统统扔掉。

我说："这样不太好吧？"

李泽慧气愤地说："你说她怎么那么不把自己当外人啊？家里的冰箱又不是她的，她凭什么这么不客气？我就不明白了，文江翰为什么那么容忍她？"

幸好杨姐不在。虽然跟杨姐交往不多，但我也能发现那是一个爽朗直率的女性，直率的人都没坏心眼，跟我一样。如果她跟李泽慧遇到一起，不定这家里该怎样鸡飞狗跳了。因为李泽慧不是指责这就是指责那，她又没别人可以诉说，我就成了她当然的垃圾桶了。这一天过得我简直是求生不得、求死不能的。

为了躲开她，我借口病还没好透，就不由分说地上楼歇着去了。大约过了两小时左右，李泽慧叫我下楼吃饭。

我下楼一看，还是她一人，文江翰没回来。不过桌上已经做好了中西合并、足够六七个人吃的东西。三文鱼煎得金黄油亮，还冒着丝丝的热气；小排骨整齐地码在盘子里，飘着蒜香；家常皮蛋豆腐黑白分明，还有刚烤好的戚风蛋糕、瓦罐乳鸽汤和一盘色彩明媚红黄绿三原色齐全的沙拉大拌菜。完全看得出，这顿饭她用了心。

"我们不要等姐夫回来一起吃吗？"

"他不回来了。"李泽慧简短地说，她没能掩饰住内心的伤感。

我有点同情起她来了。

"都是他爱吃的。"她默默地说。

我不知道说什么好，犹豫地问："那一会儿你去机场，谁送你呀？"

她拿起筷子，又简短地说："我已经叫了出租了。"

然后我们就没有再说什么话。以我有限的人生经验，我感觉她对文江翰余情未了，文江翰不领她的情，让她失望了。可我不明白的是，既然余情未了，为什么又要离开他嫁给别人呢？既然你已经毫不犹豫嫁给了别人，又对前夫余情未了，这岂不是对谁都不负责任？你是没事儿找事儿吃饱了撑的还是怎么着？

那晚直到很晚文江翰才回家，我因为连着昏睡了好几天，晚上一点儿困意也没有。加上文江翰和杨姐母子俩都不在，我一人守着偌大一个空房子，心里多少有些忐忑，于是把所有房间的灯都打亮，楼上楼下反复地去看有没有人回来？这个时候，一下就显出大房子的不好来了，上下两层楼，近三百平米，还是室内面积，还不算车库，这么大谁受得了？

这要是在北京，就是一个月家里没人我也不会怕。关键是这地方你不光怕坏人，它还有熊和郊狼之类的东西呢！万一他们都不在的时候，动物们来了怎么办？我躲哪儿？真闹心！

凌晨一点左右的时候，我远远从窗户看见有一道车光朝我们这儿开来，我悬着的心终于放了下来。等车开到家门口，我确信是家里的人回来了，才快步上楼，假装已睡。当晚迈克尔刘把文江翰送到家门口，文江翰看着像是喝酒了。他上楼来的时候，脚步有点沉重，我听着他的脚步在李泽慧住过的那间屋前停留了片刻，然后，一声悠长的轻叹。

都说一日夫妻百日恩，何况他们夫妻十年，还有过一个孩子。

我想，那样坚决地拒绝，对他，也是一种不好受的考验吧。离婚夫妻的纠缠，往往一不小心就是一辈子的心酸。

6

收到意外邀请

自从李泽慧来过以后，文江翰对我的态度又恢复到了以前那样，每天除了见个面打个招呼，其他时候就当我不存在一样。有时候会收到他放在桌上留给我的纸条，诸如：我去上班了。冰箱里有杨姐包的饺子，十美元三十个，可以自取，到时把钱给杨姐就行了。或者：今天可能有快递送来的包裹，请帮我签收一下。

我也比较忌讳他，自觉维持住我们俩之间的冷淡，免得又给人说三道四的机会。即使有时候家里只剩我们俩，也是他在他的房间看电脑，我在我的房间玩手机，我们能不说话就不说话。

苏小慧已经习惯了我不在的日子，虽然我们每天还是会抽出空来视频聊天，可是聊天的时间已经远远不像刚开始时那么长了。甚至有些天她跟着出团，我们竟然一个星期都没有联系。

家里每个人都有事情，只有我，病好了以后就一直无所事事。每天我最开心的时刻，就是晚上文江翰、杨姐和杨姐的儿子小岩都回到家里来的时候，家里那时候会有音乐声、有人的说话声和走动声。就像如果你在空气污浊的地方待久了，新鲜的空气会让你醉氧一样，在热闹的北京待惯了，猛地冷清起来，也觉得挺难熬的。

有时候为了打发时间，我锁上门走到社区里去到处转。转了几天之后，周围邻居家的情况我便有了一些了解。

　　我们左边邻居是一对白人夫妇，男的特别胖，我估摸着怎么也得有三百斤的样子。他家里有两个孩子和一条金毛犬。有次刚出门，就遇上他们一家四口也从门内出来，孩子们的妈妈大概三四十岁，她温文尔雅地向我打招呼，我也赶紧礼貌地回应。但我的英语不好，怕他们跟我说太多的话我听不懂，一打完招呼，我就紧走几步躲开他们了。

　　事后杨姐告诉我，那家人是二婚，那夫妻俩各带了一个孩子结的婚，男的是微软的工程师，英国来的，女的是附近小学里的老师，本地人。两人住的房子不是自己买的，是租的。美国人好多都是租房子住，他们每隔几年就想换一个地方生活。不像我们，没房子好像心里就没着没落似的。所以租来的房子他们也房前屋后地打理，我本来以为那就是他们的房子呢。

　　我们右边的邻居是一个白人老太太。说是邻居，因为隔着马路，各家门前又都是树啊、花草之类的，也隔着得有两百米远。有天从她家门前走过，看她戴着草帽顶着大太阳侍弄她的花。她看见我热情地向我招手，然后对我说了一大堆话，我心慌意乱地，总共没听懂几句。

　　我面红耳赤地一个劲儿跟她说 sorry，她一看我的样子，马上就明白了我的处境，当即从她的花园剪了几枝鲜艳欲滴的蔷薇送给我，然后就主动跟我说拜拜了。这么慈祥的一个老太太，我真后悔以前上学的时候尽想着怎么玩了，没好好把英语学好，唉！不过我把花插在瓶中养在我房里，好几天屋里都香喷喷的。

　　沿着车道往南走大约十分钟，有一个小湖，湖边有个林荫小步道，终日绿草萋萋，偶尔有人跑步，非常幽静。我因此很愿意每天都到那里走一走。每次走的时候都想，要是李泽铭在就好了，要是苏小慧在就好了，要是爸爸妈妈在就好了。可惜他们谁都不在，真可惜了这么好的一个地方。

往北走不到十分钟，能进入一片森林，也很幽静。有次我从家里出来，要往森林里去，文江翰忍不住对我说，别往里面走太远了，第一容易迷路，第二里面可能有熊啊、狐狸啊之类的动物。他不说还好，他这么一说，我心里痒痒的，巴不得马上就能碰见这些动物，这得是多新奇的经历啊！

这里每周三来一趟垃圾车收垃圾，我们会周二晚上就把存放了一周的三个分类大垃圾桶推到道路边上去。假如周三你忘了把垃圾桶放到应放的地方，那么对不起，您就等着垃圾在桶里发酵生蛆好了。我来的头一个礼拜，我们就发生了这种人间惨剧，因为我生病，他们怕我挂了，结果就把这件重要的事给忘得一干二净。

文江翰跟我说过森林里可能有熊的第二天，是个周二。当晚我们把垃圾桶推到了路边，结果早上起来一看，垃圾桶不知道被哪个讨厌鬼给粗鲁地推翻在地，里面的垃圾搞得到处都是。我们正在生气，却听新闻里报道说，昨晚从山里下来了三只黑熊，到处找吃的，光顾了这一片街区，因此好多人家的垃圾桶发生了跟我们一样的事情。

文江翰公事公办地借机教育我说："看到了吧，如果在野外碰到这种大型野生动物，你千万不要以为它很可爱，它看见你的第一反应很可能是，你很好吃。"他的话让我从此再也不敢一个人到后山去探险了。

文江翰每天早上九点钟出门去上班，晚上五点多回来，生活很有规律。本来我以为他在哪个公司上班，西雅图的国际大公司很多，除了微软以外，还有波音总部、亚马逊总部、星巴克总部等。

有天，我在后院，看见文江翰正随意在一张纸上画一幅钢笔画，画得就是院子里的花和院墙外的树，虽然我不怎么懂画，但他下笔熟练而简洁，线条流畅又精确，一看就是专业的。桌上旁边散开的画夹里，另有几张建筑物的图。我忍不住好奇地上前问他："能让我看看你的画吗？"

他回头看了我一眼，淡淡地说："看吧。"

我拿起那些图，立刻认出这些图都是我们周围邻居的房子素描。他画得那么栩栩如生，连门廊前的小狗在叫和孩子在跑跳都简笔画上，我惊叹地问他："你到底是干什么工作的？"

他一边画一边说："干什么工作不能爱好画画呀？"

"你是艺术家？"我心中充满了崇拜之情。

听了我的话他不以为然地笑了，说："什么艺术家，就是画着玩的。"

"可是，你画得真的很传神呢。你一定练过。"

"当然练过，"他的脸上有了一种回味的表情，但那表情转瞬即逝，随之而来的是一种无奈和自嘲，"我以前学建筑的，工艺美术是必修课，本以为能当建筑工程师的，现在只剩自娱自乐了。"他叹口气，像是不愿意多说，把画得挺好的画揉成一团往旁边垃圾桶一扔，然后起身走开了。

原来他差点当上建筑师。他这么一说，我盯着他的背影一琢磨，我想象着他穿着工装戴着安全帽的样子，我还真觉得他有些建筑师的派头。不明白的是，他怎么没当建筑师呢？见他已进家门，我把他扔掉的画作捡起来铺在桌上看，这一草一木，画得这么逼真传神，都是我熟悉的风景，为什么要扔掉呢？我用手将画尽量抚平，拿着它进屋，把它压在了床头的一本厚书里。

我从李泽铭那儿知道，文江翰是卖房子的。卖房子的哪能跟设计房子的职业比呢？我不由得为文江翰觉得可惜了。

转眼间，我已经到美国三个星期了。三个星期以来，除了每天到处乱逛，我什么事也没有，简直快无聊死了。现在是我每天四处打电话，四处给人留言，我都快闲出毛病来了。

这天我正百无聊赖地在后院看院墙上的两只松鼠打架，突然我的手机响了，我一看，竟然是崔哥的电话，天啊，他居然还记得我！抑制不住内心的惊喜，赶忙接了电话。

崔哥说晚上他有个聚会，是西雅图的北京同乡会办的，问我想不想参加？可以携家带口一起去。我当然想参加啦！那么多天一个人闷在家里，我都快闷出毛病来了。有个热闹的地方认识些新朋友、有些新经历，对我那就是救命稻草啊！我当即答应了崔哥，说到时一准参加。

可是放下电话，我却为难了。我不会开车，也不认路，人生地不熟的，除了求助文江翰陪我，我没有任何别的办法成行。想来想去，禁不住去凑热闹的诱惑，终于鼓起勇气敲响了文江翰的房门。

"什么事？"他打开门皱着眉头问。

我听见屋里有小女孩的声音问："谁呀爸爸？"才注意到他正在跟一个小姑娘视频。

我猜想那就是他女儿了，于是赶忙说："没事没事，你们先说话，我有点小事跟你商量，我可以等。"说完，我主动客气地替他关上了门。

我又到后院去坐着，那两个争干果的松鼠早已不见了。大约过了五分钟的样子，文江翰出来了，他说："抱歉，每天这个时候我女儿放学，我们会视频一会儿。有什么事儿吗？"

我鼓起勇气把崔哥邀请我去参加聚会的事儿说了，我问他能不能陪我一起去？他诧异地看着我，说："没想到你认识的人还挺多。崔哥可是我们这儿的名人。他居然会邀请你？"

我尽量不让自己表现得太自得，平淡地说："你愿意陪我去下吗？你也可以趁机认识一些新朋友的。"

他想了想，说："几点？"

于是，下午五点左右，我就坐着他的车出发去参加北美华人的聚会了。在这里我要专门说一下文江翰的形象。他这个人给人的第一印象是修长、沉静。他话不多，总是一身休闲的装扮，整个人看起来淡定又有些懒散。可是参加聚会，大家都身着正装，他于是也换了一身正装。

说真的，当时乍一看见穿了正装的他从屋内出来的模样，我都惊住了。可以毫不客气地说，这是个很有气质、很帅的男人。他以他惯常的冷静和疏远，阻止了我激烈的内心波动。但是他在开车载我出发的路上，我忍不住偷偷看了他好一阵，直到他板着脸说："你看够了没有？"

我的脸顿时尴尬得跟被火烧着了一样。

聚会的地点是在山顶的一座豪宅里，到时夕阳正好，我们居高临下，四周山河壮美，风光别提有多好了。连以卖房为生的文江翰都不禁感叹："越来越感觉到咱国家人有钱了。只要是好地段、好房子，主人都少不了中国人。"

门前已停了不少车，相比较而言，我们的车略显得有些寒酸。我老远就看见崔哥被一群人围着正说着什么，大家被他的话逗得哈哈大笑。我笑着伸手向他打招呼，他拉着一个大约五十岁左右的男人向我们走过来，他说："欢迎欢迎。"然后他向那男人介绍我说：

"老杨，这是我在机场认识的一个咱北京的小朋友，叫方颜。"然后他看向文江翰："这位是……"

我一路上都在想怎么向他介绍文江翰，最后的结果是，我毫不犹豫地对他说："这是我姐夫，文江翰。"

崔哥热情地向文江翰伸出手："欢迎欢迎，姐姐怎么没一块儿来？"

文江翰猝不及防地解释："她现在在波士顿。"

崔哥说："好好好，下回咱们还有得聚。我给你们介绍一下，这是咱们这次聚会的头号主人老杨，杨总，做进出口贸易的。"

大家一番寒暄握手，听着到处都是熟悉的北京腔，我立刻就找到了回家的感觉，心里暖得不得了。我一扭头，看见了迈克尔刘，迈克尔刘正端着一杯酒从屋内出来，他也看见了我们，惊喜地迎上来："嘿，你们也来了？"

崔哥说："看，有收获吧？我跟你说文江翰，你我是第一次见啊，这异国他乡，咱同乡人就得三不五常地聚聚，我正准备给你们介绍迈克尔刘呢。"

迈克尔刘笑着对崔哥介绍文江翰说："这是我最好的哥们儿啊！这位方颜，你知道她是谁吧？"

我怕他说漏了，忙说："我已经自我介绍过了。"

文江翰意味深长地对迈克尔刘说："我是她姐夫。"

他不顾迈克尔刘张大的嘴，推着他往前走，说："看样子你不是第一回来了，还不赶紧带我参观参观。"

杨总被人拉走了，崔哥热心地对我说："走，我带你认识一下其他人。"他说着，把我拉进了一堆叽叽喳喳正聊着什么开心事的女人堆里，先把我介绍给大家，然后又一一指着她们报上她们的英文名，我对英文名向来没感觉，所以介绍完以后，我竟一个也对不上号。不过大家都很热情，一个四十来岁的大姐上来就问我："有对象了吗？"

崔哥立刻说："这你得靠后，我这儿已经有人了。"

听到他们这样的对话，我好惊诧。崔哥把我从人堆里拉走，笑着说："我这人有一毛病，见不得人单身。我有一咖啡馆儿，开那咖啡馆儿的目的没别的，一是朋友聚会方便，二是我喜欢给人介绍对象。为保险起见，我还是问你一句，你有男朋友吗？"

我正不知该如何回答，一个三十岁左右白白净净的男人走过来拍了崔哥一下。他叫了一声"崔哥"，然后目光停留在我身上。

崔哥笑："嘿，我正找你呢。给你介绍个北京姑娘，方颜。方颜这是梁帅，我哥们儿，咱西雅图地区著名的房地产经纪人。"

梁帅向我伸出手，彬彬有礼地说："你好。"

我万万没想到我这就被人介绍上对象了，原来崔哥邀请我来的目的是红娘病犯了，这是拿我来过瘾来了。顿时感到心理负担好重。我迟疑地向他伸出手，勉强一笑说："你好。"

崔哥笑着拍拍梁帅，意味深长地说："好，梁子，线儿哥哥给你拉上了，剩下的就看你自己的了。"

我心里大急，正不知该如何往下进行的时候，文江翰及时地给我送来一杯酒。崔哥看到他说："我给你小姨子介绍个对象，梁帅，不知道你们认不认识？"

文江翰惊讶地说："哎哟崔哥，您搭错线儿了这回，我小姨子已经有对象了，人在波士顿读博士呢，她没跟你说？"

崔哥顿时一脸惊诧，我赶忙说："对不起崔哥，我本来想告诉你的，可是没来得及说。"

　　崔哥大度地说："嗨，你看我这乱点鸳鸯谱了！没事儿梁帅，是哥哥大意了，没问清楚，下回再给你介绍别的姑娘，我这认识的单身姑娘还多着呢。"

　　我对梁帅说："抱歉。"他有点尴尬，当即红了脸不好意思地说："没事没事。"扭头就和崔哥走到旁处去了。我长长松了一口气，文江翰看着我问："还要待下去吗？一般情况下，一个谎言总要准备十个左右的谎言去掩饰。我只帮你准备了一个。"

　　我沮丧地说："好吧，那我们走吧。"

　　回去时天已经完全黑了，北美的夜极安静，我的心却极沮丧。路上没有路灯，只有路上的发光线将路延长到无穷远，我们俩坐在车里匀速前行，那感觉不像真的在行走，而像是在玩赛车游戏，随着发光线的高低起伏，我们也跟着高低起伏，有时前面是下坡，你就会觉得突然看不见任何东西，心就会一直在嗓子眼儿那儿悬着，一直到重新看到路为止。

　　文江翰打破了沉默："以现在我们俩的情况，你不宜多出门与人交往。你也知道，咱中国人喜欢扎堆儿，扎堆儿是热闹，可人多嘴杂，到时候再一个不小心，把咱的情况说漏了。说漏了单自己人知道也没问题，可要是万一被移民局知道了，那事情可就麻烦了。"

　　"我知道你的话都对，可是我从来了之后就只是待在家里，见到的人除了你就是杨姐，再不就只能打电话、上微信看朋友圈，我觉得我都快不会跟人说话了。我并不是想要骗谁什么，我就是想有一些人能跟我说说话，能让我感受到我还生活在社会中。"

　　"敢情你来之前什么困难也没打算遇到？"

　　我生气地反驳说："我来之前我怎么知道会遇到什么？"

　　文江翰看我疾言厉色的，也不高兴地回敬我说："又不是我让你来的！"

他这一句话，把我一晚上的委屈全给勾出来了。我一想到我这背井离乡的，连跟能说中国话的人一块儿聚聚都不行，我就心里难受，我一难受，眼泪不知怎么就下来了。

他烦恼地说："你别哭哭啼啼的好不好？弄得好像我怎么你了似的。"

"你没怎么我吗？"

"你不要乱说话！"

"我去聚会，只是让你开车送我一下，我想怎么说就怎么说，你管我那么多干嘛？我自己说的谎我自己会圆，我用不着你管！你干嘛说这些气我？"

"还你自己说的谎你自己会圆？那崔哥给你介绍对象的时候你张口结舌的干什么？我要不管你你的谎你打算怎么圆？"

"那我也用不着你管！你停车，我要下车，我不坐你的车，整天盛气凌人，你有什么了不起的！"

我要开车门，他气愤地说："你别胡来啊，我这开着车呢！"

我说："你停车！"

文江翰气急败坏地把车一个急刹停在路边，他一把推开车门，警告地说："好，我停车，你下车！"

我立刻跳下了车，示威地瞪着他。

文江翰见我真下了车，有些不知道该怎么收场了。他佯装上车要走，吓唬我说："好，咱们就此别过。不过我必须提前告诉你，这里不比北京，路边森林可能会有熊或者狼出没，熊拍你不犯法，你打熊是不行的。"

我一愣，想到几个大垃圾桶被熊扯得乱七八糟的景象。

一时间我上车也不是，不上也不是。见他发动车真的要走，我急眉瞪眼地摸出手机打电话给李泽铭，我大哭着向他诉苦："我要回家，我不在这儿待了，谁都欺负我！我本来在北京好好的，我为什么要到这个破地方来受别人的羞辱啊？都怪你！要不是为了你，我干嘛要受这份气呀？"

李泽铭好不容易才搞清楚事情的来龙去脉，在电话里劝了我半天。又挂了我的电话打给文江翰，不知道他跟文江翰说了什么，我只听见文江翰说："我没赶她下车，是她自己半路要下车的。"过了几分钟，他挂了电话。走过来跟我说："上车，要发脾气回家发去，这么晚了，遇上野生动物还跑得了，遇上歹徒，咱俩都得玩儿完。"

我脾气也发得差不多了，见他这么说，终于有了台阶下。怕真遇到歹徒，便板着脸上了车。他叹了一口气，上车对我发牢骚："你就是找着法儿让李泽慧打电话来骂我，我出力不讨好，也不知道我上辈子作了什么孽，这辈子怎么还不完你们的债呢？"

我不想搭他的腔，心里只觉得好忧伤。想一想以后还要很长的时间跟他在一起，我就发愁，这么别扭，那日子可怎么熬下去啊？

本来，如果只是为了拿个婚姻绿卡，我可以跟文江翰领了证后回国去等的。可是，李泽慧和李泽铭都说我应该留在这里尽快适应美国生活，我也怕让父母知道我其实是嫁给了别人的事实，所以，一念之差，我来了，现在我连后悔的余地也没有。可是我真不知道往后的日子我究竟该怎么打发啊？

我打电话骚扰李泽铭的时候，他开导我说："你可以去学英语啊。找个社区学校，每天去学学免费的语言什么的。"

我想想也是，一切的心里不痛快都来源于我太闲了。闲极无聊、闲来生事，都是这么来的。如果有个事情干干，可能我的日子会过得好些，那样也不用天天看文江翰的脸色了。听李泽铭说话声音很疲倦，他时不时地都要打个哈欠。

我问："你是不是又打工又上课太辛苦了？"

他无奈地说："是啊，每天睡眠时间只有五六个小时。再加上这学期还要补语言，课我不是都能听得懂，时间就更少了。"

"要不然就把洗盘子的工作先辞了，我给你寄些钱过去，等下学期再说？"

"说了我能对付，你不用担心我。对了，昨天中午替别人去送了次外卖，结果被抢了。"

"啊？怎么会这样呢？"

"唉，说来话长，昨天叫外卖的人特别多，老板看一个外卖离餐馆比较近，就让我徒步送过去六份外卖，我也想不费什么事，又可以挣到额外的小费，马上就答应了。结果那是个二十几层的公寓楼，只有外面一个大门，我按了门铃，客人开了门让我送上八楼，没想到电梯坏了，我刚走到八楼，一个小伙子就迎上来接走了外卖，说802付钱。我当时也没想那么多，就走到802敲门，没想到里面的人说他没收到外卖为什么付钱？等我回头找拿走我外卖的人时，他已经顺着楼梯跑下楼不知进哪间屋了。"

我非常生气，又很心疼："那你怎么样？没什么事儿吧？"

他沮丧地说："我倒没什么事，就是白跑一趟，六份盒饭被骗，我得负责一半的钱而已。"

"怎么有这么讨厌的人啊？要不别干了吧。"

李泽铭苦笑一声："别再劝我了，你赶紧去学英文，等你学好了，你去找个工作，到时候我再不干了。不然咱们两个坐吃山空，到时候谁都没法过了。"

　　我暗下决心一定要赶紧学英文，好能早点帮李泽铭的忙，减轻他的生活负担。于是我马上就把想学英语的事跟文江翰说了。

　　可是文江翰却在皱了一下眉头之后冷静地告诉我："一切免费学习的条件都要等你拿到绿卡之后，以你现在的身份，你是免不了费的。而且，我家附近根本没有社区学校。"

　　我非常受挫。我愁眉不展地打电话给苏小慧，苏小慧为我出主意："你要实在心疼李泽铭，你可以到附近的餐馆啊或者其他什么不需要语言的地方找个工作，把他换下来。可是你这种在家你妈连刷个碗都怕把你累坏了的人，你能去干什么工作呢？"

　　我更发愁了。我闷闷不乐地把自己关进房间，一时间我心里好烦。想想在北京，每天跟一帮同事啊、朋友啊，不是吃饭聚会，就是卡拉 OK，日子那叫一个开心欢腾。我为什么要来美国呢？这里是好，可是没有家好。我没有朋友、没人说话，甚至，我没事儿可干，想想我就想哭。我长这么大，从来没觉得生活这么苦这么难，好像每天都在数着秒过似的，这日子真不知道要熬到哪一天。

　　最悲催的是每次妈妈跟我通话时问我怎么样啊？我都乐呵呵地告诉她，说我挺好的，这儿好那儿好哪儿都好，让她不用担心。每次放下报喜的电话，我都只有叹气的份儿。我感觉，我被什么东西给牢牢地困住了，我挣不脱、跑不掉，这根本就不是我想要的生活。唉！

7

杨　姐

　　我现在彻底明白，为什么生活在国外的人说国外是：好山好水

好寂寞，国内是：好脏好乱好快活了。因为情形真的是这样。既然
无法上学，也无法工作，生活总要继续啊。我开始没事儿给自己找
事儿干，我总不能每天早上起来就自怨自艾沉沦下去吧？为了排遣
寂寞，我主动向杨姐示好，杨姐快言快语，倒是很快就成了一个能
说话的人。

　　刚来那天偷听到杨姐跟文江翰的对话，我一直以为她是个单亲
妈妈，熟了才发现，根本就不是那么回事。她有老公，她老公是文
江翰的发小。她因为跟文江翰认识太久了，太熟了，说话才那么熟
不拘礼的。两口子在北京是开餐厅的，小康有余，孩子刚十二岁就
送出来读书了。夫妻俩拿着陪读签证，一人半年陪孩子，已经坚持
了快两年了。偶尔时间错不开，孩子就跟着文江翰过。

　　据杨姐说她包饺子卖实属巧合。刚到美国那会儿，语言不通，
非常寂寞，哪个华人家办 party，于她就跟过年似的。她自告奋勇
跑去帮人做饭，久而久之，大家都赞她包的饺子是一绝，于是有人
就向她定制，不好意思白吃，就给她钱。因为住的地方靠近微软，
有很多华人工程师家庭，于是她歪打正着地打开了局面。儿子上学
时她就在家包饺子，日子过得充实得要命。据说她现在每个月卖的
饺子钱付她儿子的私立学校学费绰绰有余。

　　在带我去超市的车上我建议她说："你其实可以考虑在这儿开
个饺子馆。"

　　她乐呵呵地说："我真有这个打算。"

　　我们一言即合让我不免有些激动，因为如果她要是开饺子馆的
话，我就可以帮她，那样就相当于我不费吹灰之力就找着工作了，
说不定李泽铭就因此不用再去餐馆打工了呢。于是我迫不及待地催
促她："那你赶紧开吧杨姐，我在家也无聊得要命了，你开了饺子

馆我好到你那儿去打工。"

她笑说:"你打什么工?有文江翰一个人挣钱就够了,他一年随便做点什么也能挣个十万八万美元,那够我包多少饺子的!"

我一下就愣住了,我忘了在她眼中我是文江翰的妻子。是的,作为文江翰的妻子,我是完全没必要给谁打工的,我只在家做我的甩手小太太就够了。

而她在说这话时有意观察了我一眼,我知道她不相信我和文江翰的婚姻,只是我们还没熟到可以交心的分上,她不好意思直接问我罢了。我觉得有一点杨姐还是挺让我佩服的,平常我和文江翰住在楼上,她和她儿子小岩住楼下。她如果不相信我们婚姻,她上楼来刺探一下我们住的情况就明白了。可是她从不越雷池一步,平常也不刻意向我打探,这些教养让我对她有了好感。

她问我:"听说李泽慧来过?"

我说:"是,她来看过我。"

杨姐带着一脸鄙夷说:"那个女人,你了解吗?"

我心念一动,含糊地问她:"怎么?"

杨姐说:"你知道她有多坏吗?"

我一愣。

杨姐摇摇头说:"这个文江翰嘴最紧了,连这他都不告诉你。"

我更好奇了,催着她说:"你就快说吧。"

我们本来要去一个华人超市买东西的,结果杨姐把车开到一个社区小公园门前,我们就下车边逛边聊开了。也不知道为什么,我挺想多了解一些文江翰的。那晚听到他拒绝李泽慧的事时常在我脑海中浮现,就觉得单凭这一点,他就赢得了我的尊敬。当然我这么想也真是挺奇怪的。

"他清华毕业的，正经的建筑设计专业。"杨姐说。

"什么？清华毕业的跑到美国来卖房子？"

"这有什么稀奇？这名牌大学毕业的人多得是，我还北师大毕业的呢，我这不也卖饺子了吗？前天来帮咱们通下水道的那个还是北大的呢。"

我的汗都流出来了，生怕杨姐接下来问我是哪个学校毕业的。幸好杨姐只是想说文江翰，对我没有太多兴趣，要不然我只能找个地缝钻进去了。

"他们俩是大学同学，文江翰是北京的，李泽慧是外地的。大学毕业后文江翰直接工作了，李泽慧拼命考托福想出国，本来她有男朋友，人家回老家了，她就跟人分了手。结果她当年国外的学校也没考上，又耽误了考国内的研究生，于是，她就跟文江翰结了婚。当时我们去参加他们婚礼，就明显感觉这女的太精了，文江翰跟她一比，那就是个没长大的小孩子。"

"怎么这么说呢？"

"你听我说完后面的事儿啊。她跟文江翰结婚以后，她就算留在北京了，住在文江翰家，文江翰上班养着她，她就专心接着考美国的学校。一年后她还真考上了，当时文江翰还为她骄傲得不得了，觉得自己实现不了的事老婆实现了。"

"原来文江翰是跟着李泽慧来美国的。"

杨姐瞪了我一眼："李泽慧是半奖来美国的，文江翰得在北京挣她那一半学费。当时工资都不高，他一个普通公务员，哪来那么多钱供一个在美国读书的人？那时他没少向我们借钱，有回从我这儿没借着钱，他立刻在单位报名献血，因为献血单位能给两千块补助。他妈都骂他傻，自己舍不得吃舍不得喝，挣点儿钱全给老婆花了。他们单位的献血名额只要没人，他立刻就上，他都成献血专业户了。有回刚献完血，他拿着钱就来还我，谁敢要他卖血的钱啊？我不成黄世仁了？真闹心死人了我告诉你！"

我忍不住哈哈大笑，杨姐也笑了。

笑罢我说："那李泽慧毕业了，文江翰就能守得云开见月明了。"

"狗屁！好不容易她毕业了，文江翰能跟她去美国了，李泽慧她妈又得癌症了。她不回来照顾她妈，里里外外都让文江翰管，从她妈第一回来北京看病，一直到她妈死，整整两年时间，全是文江翰！"

我很震惊："什么癌啊？"

"肝癌。"

我二大妈就是得肝癌死的，我知道这种病有多折磨人，不光折磨病人，也特别折磨照顾病人的人。杨姐这么一说，我对文江翰真是肃然起敬。那又不是亲妈，丈母娘而已，他能身体力行地一直照顾到最后，没有点过人的毅力是完全不可能的。可见他当初确实是真心地爱着李泽慧，不然谁能坚持？

"那李泽慧真该好好珍惜他啊。"

"珍惜？哼！"杨姐冷笑一声，"好不容易帮她实现所有人生愿望，夫妻俩在美国团聚了，刚过两年，她就嫌文江翰水平低，各种给脸色、各种嫌弃。你能想象到那种情况下文江翰的压抑吗？有回她又没事儿找事儿，文江翰受不了了，动手给了她一巴掌。就那一巴掌，她让法官给他下了限制令，还给文江翰安上个有暴力倾向的罪名，两人因为这个离的婚。刚离婚不到半年，她马上就嫁给了她现在的老公，一个美国人。"

我真的很震惊。李泽慧原来是这样的人，怪不得文江翰对我也没什么好感。

　　杨姐看着我，意味深长地说："我不知道他为什么跟你结婚，我就说谁要能嫁给他，真心对他好，那才真是有眼光。"

　　杨姐的这些话让我的心里充满了羞愧，我真不知道要怎么跟她说才好。有那么一瞬，我真觉得自己跟李泽慧一样不是人。我跟人假结婚，就为了能利用人家拿一张绿卡，而人家就是心软，就是好心，我利用的其实是人家对人的善意，我越想越觉得难受。一冲动，没忍住，我就把实情一五一十地向杨姐说了。

　　杨姐诧异得眼珠子都快瞪出来了："什么？你说什么？你是李泽慧的弟媳妇儿？居然是她安排的要你和文江翰结婚？哎哟，不要脸，这家人真太不要脸了！"杨姐立马跟我翻了脸，她怒视着我吼道："你们害得他还不够吗？怎么只要有机可乘，谁都来揩他一把油呢？你们有没有良心？"

　　我又羞愧又惶惑，涨红了脸着急解释："不是你想的那样杨姐，我跟李泽慧不是一伙儿的，真的，我要是早知道她对文江翰做过那么多恶心的事，我是说什么也不会到这儿来的，我现在都快羞愧死了！"

　　我向她解释了好半天，我怎么当初不愿意来，怎么最后不想放弃自己的爱情不得不来，我的心路历程、我的煎熬和难过，我全说了。杨姐听罢看了我好一会儿，才终于确定我没有骗她。她叹口气，怜悯地看着我说："你这姑娘看着挺聪明一人，你怎么会选择想嫁给那家人？"

　　我好尴尬。我解释说："李泽铭跟他姐姐不一样。"

　　杨姐露出一个嗤之以鼻的表情："不一样？他同意他姐姐这么安排你，他就跟他姐姐一样势利！他在利用你，你要没这点利用价值，他们姐弟俩就会抛弃你。你连这点也看不出来？"

杨姐的话，像针一样狠狠扎中了我的心。

"你这孩子呀，你真是没眼光我告诉你。"

我这个人平时就非常容易受别人看法的影响。虽然我一个劲儿地告诉自己，我和李泽铭是为了我们纯洁无瑕的爱情，才无奈选择走这一步的，他绝对是个值得我爱的人。可不知道为什么，听了杨姐的话后，我的心拔凉拔凉的，我都想哭了！实际上回到家我就把自己关进卧室，越想越伤心，忍不住好好哭了一场。

杨姐迫使我面对现实好好想想自己了。我打电话给李泽铭，我说我想去看他，我有些事情想跟他求证一下。结果他急着去上课，回我说别胡思乱想了，好好在姐夫家住着，等以后拿到绿卡，什么事都没了。我听到他说"绿卡"两个字，失望之极地挂了他的电话。虽然后来他又打过来了，可是我已经什么也不想说了。再接着电话又响，我拿起话筒烦恼地说："你烦不烦啊？"

没想到电话那头一个北京腔的老太太，她迟疑地说："是我打错了？这里不是文江翰家吗？"

我一惊，赶忙调整心态："是，是，对不起，我以为是别人。您是……"

她说："哦，我以为打错了呢。我是文江翰的妈妈，他不在吗？"

我抱歉地说："他现在不在家，如果有事，我可以帮您转达。"

老太太有些失望，但还是打起精神说："你是……"

"我，那个，我是他的房客。"

"哦，没事。如果可能的话，你告诉他我想他了，叫他抽空打个电话回家。"

"好的好的，我一定转达。"

老太太那边挂了电话。听到那样有些颤巍巍的声音，我的心里充满了同情。我突然想到，如果以后我在美国留下了，我妈想我的时候，也应该是这样有点可怜巴巴地给我打电话吧？我的心一阵揪痛。正在这时，文江翰从外面进来了。我马上告诉他："你妈打电话过来，说想你了。你赶快回个电话给她吧。"

文江翰一愣，说："好，谢谢。"然后马上就拿起电话拨回去了。片刻就看见他脸上一片罕见的柔和，声音也瞬间充满了亲密和深情，简直像完全变了一个人似的："妈，是我。"

这一声妈让我好感动。在了解了一个人之后，他的一切，我都有了不一样的看法。随着对文江翰越来越了解，我发现自己欠人家的越来越多，我这人特别怕欠别人的什么，心里很是不安。

回到自己屋中，眼光无意中看见前日夹在书中的那张画，我把它拿出来，它已经被重新抚得平平展展了。望着那张画，感慨文江翰他画得真的好。一时不禁想，假如他当初没跟着李泽慧来美国，那么他现在在北京，一定是早就出人头地的著名建筑设计师了吧？或者，来了美国，他不必为家庭琐事所困扰，一门心思地再继续深造几年，他也能实现自己的理想了吧？可是，一切都错了，命运为何如此捉弄他？真为他心酸啊。

傍晚我正沿着湖边散步，一边走一边心事重重地叹气，李泽铭又打电话过来，说他一天都在上课，有些课程还有点跟不上，所以中午对我说话的态度不够耐心。听他这么解释，我又理解他的难处了，我把从杨姐那儿听到的事情跟他交流。

他说："我姐夫确实是个特别好的人。我妈直到死都对我说，以后就算对姐姐不好，也要对姐夫好，因为他真的比我这个亲儿子为我们家做得还多。我也不知道姐姐怎么想的，非要跟他离婚。"

"你就没劝过你姐？"

"我倒是想劝啊，不过我姐那人你也知道，她独断专行惯了，她是离完婚后才通知我们的。"

"你就不觉得她很无情？"

李泽铭叹一口气，说："你保留你的看法好了，我不好说什么的。这么多年，我的一切都是姐姐给的。她要做什么，我是没有发言权的。"

我想想，他说得也都没有错。我们瞎聊了一阵子，本来我想跟他说我特别寂寞，要是生活里多些内容就好了。可是我怕我一说，他又说给他姐听，然后他姐又给文江翰施加压力，就忍着告诉他自己一切都好，然后就挂了。

挂了电话之后，我一个人在幽静的湖边边走边想，这个世界真的很怪，有些人在别人眼里一无是处，可在其他人眼里，他就是块罕见的珍宝；有些人，在别人眼里是珍宝，可在其他人眼里，却一无是处。

人如果独处的时间久了，思考得就也多了起来，我忍不住又想，以李泽铭的个性来说，我有些遗憾他没有太多自己的主见和血性，从认识他以来，他的生活态度就不是很积极，他习惯于被人安排好一切。而我，虽然学没有他上得好，但我的生活一直在自己的掌握之中，我一直都过得很快乐，直到为了他来美国。理性地说，我不觉得这对我们是什么好事情，可是我也没有什么解决办法。

我就这么东想西想着走回了家。

没想到一进门就碰到文江翰，往常他会点一下头走他的，但这回他主动开口跟我说："谢谢你告诉我妈妈来电话了。"

我说："没事儿。老太太得有六七十了吧？"

他有些伤感地说："七十多了。"显然他不想继续这个话题，话锋一转，说："刚才跟杨姐聊了一会儿，她有的时候喜欢乱说话，我已经说她了，希望她没有影响到你。"

我忙说："不会不会。"

他说："那就好。"

我准备要走，他又说："那天从崔哥那儿回来，我想了想，是我的问题。怎么说我也是主人，我有义务给你安排一些有趣点儿的生活内容。"

我一惊："是不是李泽慧跟你说什么了？"

他奇怪地看着我说："没有呀。"

"那是李泽铭给你打了电话？"

"谁也没有给我打过电话。怎么了？"

我松了一口气："哦，没什么，没什么。"

"我明白了，看来是我这个主人做得不好，不过，幸好还没有人提醒我，我自己先想到了，我主动改正。"

我不好意思地说："不是的，真不是的。"

他笑一笑，大度地一挥手，不去纠缠刚才的话题："是这样的，迈克尔刘是开旅行社的，他那个旅行社里还有我的一点股份，我算个小股东。我跟他说了，让他带你出去玩几天，他最近自己带团在玩呢。"

我心头一亮："哦，是吗？我还真没在美国观光过。"

文江翰说："那你有福气了。迈克尔刘明天正好要跑的是一趟跨国长行程，一拨在温哥华开会的北京人，要游一下美国，首站西雅图，然后往南去旧金山、洛杉矶，直到圣地亚哥，相当于把整个美国西部都游了一遍，行程一周。你行吗？"

我心里好激动,忙说:"行,当然行,反正我也没什么事儿。旅行该多少钱我都会给他,你告诉我数额就好了。"

文江翰说:"他已经答应行程不收你任何费用,你只要把自己的饭费和住宿费付了就好了。"

我太开心了,除了说谢谢,我不知道还能怎么表达我的感激。我一直以为文江翰根本不在乎我呢,没想到他还是惦记我的,要不然不可能安排我去跟迈克尔刘旅行。见我刚才还愁眉不展,一转眼就眉开眼笑起来,他也忍不住笑了。嘱咐我说第二天上午一大早就得把我送到迈克尔刘那儿去,要早点休息。嘱咐完我,他依然觉得好笑地扭头回他房间了,我望着他离去,此时一点儿也不觉得他没人情味儿了,心情不觉大好。

8
给自己找了份工作

一大早,文江翰就把我送到跟迈克尔刘说好的地点。可是约定的时间都过去快半个小时了,迈克尔刘还没来。打电话过去,他说有个团员吃早饭的时候手机丢了,耽误了一阵子,可能要晚一小时才到。我和文江翰便下车在路边溜达。我看他不时看手表,生怕又耽误了他什么事儿,心里很不安,便主动说:"你要是有事,你就把我搁这儿,反正迈克尔刘知道到这儿来接我。"

他看了我一眼,说:"你知道这是什么区吗?国外许多地方很乱的,真把你一个单身小姑娘放在这儿,没准第二天你就上了本地报纸了。"

我有点诧异："上了本地报纸？"

他说："华人女孩被流浪汉抢劫，或者，出了人命。"

我目瞪口呆。

见把我吓住了，他笑了，说："没事儿，我陪你一块儿等他好了。"

我也笑了，说："你开玩笑的对不对？"

他没看我，看着远方红彤彤的朝霞和淡墨晕染般的重重远山，平淡地说："大概十年前吧，李泽慧在迈阿密那边的一所大学做研究，我陪读。有天晚上她快十二点了还没回家，我有点不放心，心说反正路又不远，就决定走着过去接她。其实我不去接，她自己开车回来可能反而没什么事。已经走到校园的路上了，迎面走来三个黑人年轻人，他们在路那边，我在路这边，提前没有任何征兆，我被他们其中一人突然一脚踹倒，我醒来的时候是在医院，发现李泽慧在哭，而我，断了三根肋骨。"

他久久地伫立着，在火样的朝霞和远山中，他的剪影显得这么孤独、这么沉默。我震惊地望着他，一时间胸中充满一种说不清道不明的怜惜和心痛。这个男人——这个我名义上的丈夫身上，到底还有多少我不知道的故事？我不能不承认，每当我多了解他一点，我对他的戒备和抵触就减少了一点；每当我多了解他一点，我对他的愧疚和自责就更加深了一点。

他回过头来温和地看着我："有时候想想，如果在北京，是很难想象这种事会发生在我这样一个大男人身上的吧？"

我感觉到了他深深的思乡之情。他轻叹一声，又立刻掩藏了自己，可是他说话时的样子，却让我受到深深的触动。不离开家，根本不知道家的好，大概只有真的离开的人，才能真正体会其中的含义吧。

直到迈克尔刘赶到，我们也没再说什么话，但是他却把我的思乡之情给勾起来了。真想北京，真想爸爸妈妈啊。

迈克尔刘三十一岁，他当初跟父母来美国时才六七岁，所以中文的水平只限于听和说，完全不会写不会认。他用两辆大巴车和流利的中英文沟通能力，跟一个台湾人合开了一家旅行社，专门接待大陆和台湾来的旅行团，因此，一个全部人加起来不超过十个人的旅行社，就被冠以 ** 国际旅行有限公司，听起来名头很大，其实忙起来老板随时就要变身导游或者司机。我因为是真的大旅行公司出来的，知道内情之后就觉得很好笑。

派克市场一百多年前只是一个小渔村里的小集市，人们在这里卖一些海里打来的鱼，或者是出售一些家里种的蔬菜水果，在现代化日益繁盛的今天，买鱼买菜早就可以就近在超市里实现了，可人们还是喜欢到人多的地方来接个地气，凑个热闹。因此，这个农贸市场就被当成一个有趣的地方保存了下来。来西雅图旅游的人，别的地方可以不去，派克市场是一定会来的，要不然就相当于你到了北京却没去王府井。

一下车，我就被眼前的异域风情给迷住了，一来美国就直接住到了郊外，没想到这儿也有这么热闹的地方。只见到处人头攒动，人们手里不是拿着花束就是拿着各种东西。我被市场入口处一头铜铸的猪吸引住了，这头猪被铸得一脸福相，被来往的人群摸得已经金光瓦亮。猪边儿上有一个雅痞样的中年音乐家在拨弄着乐器卖唱，虽然唱的什么听不懂，但他投入的表情和声音还是让我忍不住往他面前敞开的包里放了一美元。

正听着歌，旁边突然就开始了飞鱼表演，人们一下就围了上去，只见雪山般的冰铺柜台上摆满大大小小说不出名字的新鲜海鱼，一个穿着背带防水服的卖鱼大汉站在柜台外，另一个人站在柜台里，两人嘴里大声地喊着什么，里面的凌空将一条大鱼扔了出来，外面的不管怎样，总能稳稳地接住。

别人都在捉对儿互拍，我没对儿，只能拿着手机自拍，突然迈克尔刘过来接过我的手机说："我来帮你。"

他大概每年来这儿无数次，竟然跟飞鱼表演的人认识，他叫了卖鱼大汉一声，向他示意了一下手里的手机，没想到卖鱼大汉竟然笑着举着一条大鱼站到了我的身边，我意外惊喜地跟飞鱼表演者合了张影。

星巴克总店就在派克市场旁边，是一家很小很小的店面。这是第二个来西雅图必去的景点。也许是被来自世界各地的人们参观惯了，店里除了卖咖啡之外，还卖它特有的标志的咖啡杯，每个价钱都不菲。因为有个团员在派克市场掉了队，看迈克尔刘分不开身，我主动地告诉他我可以帮着回去找人。

等再回到咖啡厅时，见我们的团员不仅人手买了一个杯子，还纷纷照了相留了影，原汁原味的咖啡倒没人想要喝一口。我是半路进的团，不知怎么，掉队的团员大妈就把我当导游了，本想坐下来喝杯拿铁照个相在朋友圈嘚瑟一下的，结果团员大妈又是让我帮着照相，又是让我帮着买杯子，完全主人样地支使起我来了，所以直到离开，我也没能完成自己的心愿。

还好迈克尔刘注意到了这一点，临走前，他把这叽叽喳喳明显已经让店里其他消费者开始侧目的一群人支去了外面，然后，对一脸沮丧的我一指柜台边的总店标志圆柱，说："来，站到这里，我帮你照个相。"

他向柜台里正在工作的老美服务员打了声招呼，我的照片就出来了。拿过手机一看，里面所有的服务员都在各自的工作岗位上对着我的镜头配合地露出笑容。我开心极了："谢谢你大刘！"

迈克尔刘说："我还要谢谢你呢，要不是你帮我去找回掉队的大妈，我一个人还真分不开身去找她。"

我们在西雅图玩了一天半，其他的倒也罢了，西雅图西边有座奥林匹克山，山中是温带森林，里面的奇景是我以前完全没有见过的，简直就像置身《指环王》里的精灵迷宫一样，很幽静很神奇，有机会的人一定要亲眼去看一下。我还第一次参观波音公司，看到飞机是怎么造出来的；第一次进到微软公司的办公室去，看工程师们是怎样编程序的。

七天的时间，我们穿过太平洋沿岸风景优美的一号公路，在旧金山的渔人码头吃过螃蟹、在洛杉矶的星光大道留过影、在圣地亚哥的航空母舰上一日游，玩得太嗨了，嗨得我忘了所有的烦恼，每到一个地方我都照相、发微信，生活顿时重新充满了激情。每天和迈克尔刘一起为大家解决各种问题，同甘共苦的经历，让我们很快就变成了亲密无间的朋友。

大约是我们这趟行程的第四天，大家玩了一整天都累了，就准备上车回预订好的酒店休息。结果上车之前我看到迈克尔刘在很严肃地手机通话，因为我有过这方面的经验，所以一看就知道肯定是哪儿出问题了。上了车后别人都在车上休息，我悄悄问他发生了什么事？他这才告诉我，说酒店系统出错，原本订好住两天的酒店房间已经住上了别人，旅游旺季，现在既没有房间可住，也没有酒店可订了。

"头一回遇上这种事，我现在有点乱，不知道该怎么办了？"

这下我的优势一下就显示出来了，谁让我之前也是做旅游行业的呢。这种问题我肯定不是第一次遇到了，作为一个合格的后勤，我就是专门为旅行在外的同事们解决这种问题的。

"别着急，"我说，"你先安排大家去吃晚餐，我看我能不能帮你解决这个问题。"

迈克尔刘惊讶地看着我："你？"

我说："你先按我说的办，我需要一两个小时的时间。如果到时候我也没有解决办法，你再告诉大家，看怎么解决这个问题。"

他难以置信地看着我，说："好吧，现在这种情况，也只能死马当活马医了。"

我一看表，北京应该是上午十一点左右，太好了。我马上就给苏小慧打了电话，我向她简单说了一下情况，要她马上调动所有的资讯，必须两小时以内帮我解决我的问题。

这时候我都觉得火烧眉毛了，苏小慧还不忘跟我开玩笑，说："你这么起劲，那迈克尔刘该不会是个帅哥吧？"

当时迈克尔刘正满怀期待地站在我身边，我只能含糊地告诉她："还行，可以给你留着用。"

苏小慧那边哈哈大笑，迈克尔刘也不知道我们在说什么，就插嘴说："只要你们那边可以帮我解决问题，我这里只要有用的，尽管拿去。"

我和苏小慧又是一阵大笑。

整个吃饭的过程迈克尔刘都魂不守舍的，不停地看表，一会儿就示意我打电话问，我也有点着急，生怕到最后没能帮上他的忙，还白耽误了人家的时间。可是每回我打电话回去，苏小慧都告诉我还没协调好，让我再等等。这时大部分人都已经吃完饭准备要走了，我们还假装若无其事地坐在那里焦急地等电话。

终于，有团员开始不耐烦了："我们为什么干坐在这里不回酒店休息？"

迈克尔刘撑不住了，他绝望地看了我一眼，准备站起来要告诉大家实情的时候，我捂住肚子一边往卫生间走一边很急地向大家说："对不起，是我的问题，请大家再等我一下。"我看了迈克尔刘一眼，用眼神示意他再等等。

我进卫生间再给苏小慧打电话，我告诉她再不给我解决问题我这里就要出人命了！她神奇地说："我正要给你打过去，你就心有灵犀地打过来了。"

我紧张不已："到底怎么样？"

她说："你知道我威逼利诱地动用了多少关系吗？"

"你快说结果！"

她说："你那不就十来个人吗？都解决了。"

大社就有大社的好处，资讯共享啊。原来国内另一大社有个豪华自助游的团，租了几辆房车去拉斯维加斯，本来订好了赌完回洛杉矶来住的，结果赌高兴了，竟然不回来了，但酒店只能住不给退，因此，现在，我们就能去住了。原本我们团订的都是四星酒店，这下一下变成豪华大五星不说，还全部都是免费的。迈克尔刘知道情况后激动不已，对我千恩万谢，当即把我交的团费退给我了，我不收，他差点跟我翻脸。

这件事之后，迈克尔刘不仅把我当朋友，还把我当同行待了。

我们在圣地亚哥结束行程，将团友们送上回国的飞机。回去的路上，一整个大车厢里，就只有我和迈克尔刘两个人了。

他欢快地说："你知道吗？你的性格真的很可爱。其实当初刚见你第一面的时候，就觉得你是个有趣的人。国内的姑娘都跟你一样吗？"

我得意地说："哪儿啊？我可是百里挑一的。"

我们一起大笑。

他说："要不是知道你已经有男朋友了，我都要告诉你我喜欢上你了。"

我极力保持自己的淡定，假装不以为然："有机会我一定要把我在国内的闺蜜介绍给你，比我好的姑娘挺多的。"

他笑说："好啊。"

我想到我要和他单独走两天的路程，心里正有点不安，毕竟孤男寡女，他又对我存着明显的好感。正在我尴尬之际，文江翰的电话及时打来了。他是打到迈克尔刘的手机上的，迈克尔刘将车停到路边，我听到文江翰问他我们回程的打算，他建议可以在哪儿吃饭、在哪儿住宿之类的，迈克尔刘应声答应。我松了一口气，他这样其实是在不显山不露水地提醒迈克尔刘，我是个有主的人。

打完了电话以后，迈克尔刘果然克制多了。他耸耸肩，幽默地说："查岗的来了，我要好好开车带你回家了。"

我们重新开车上路。为了巩固文江翰在我们之间的作用，我主动跟他谈起了文江翰，我问："你跟文江翰认识好多年了吗？"

他说："大概有十年了吧。跟他认识的时候他还没跟李泽慧离婚。"

我好诧异，我以为他是离了婚之后才搬来西雅图的呢。

"不是，"迈克尔刘说，"李泽慧在西雅图的一个社区大学工作过一段时间，那阵子文江翰还没开始卖房子，他跟我一起干导游。

你也知道，我们干导游的总会常年在外面跑，旅游旺季的时候基本上没有时间管家里。不过，其实即使他有时间管家里，他们还是会离婚。因为李泽慧看不起他，觉得他太窝囊了。"

"那你是怎么看他的？"

"我觉得他很好啊。能吃苦，那个词怎么讲……对了，仗义。他很仗义，像个爷们儿！要不然他不会帮前妻接纳你。"

我陷入尴尬之中。

他抱歉地说："对不起，我不是要故意这样说。我的意思是说，你知道吗？他如果跟你办了结婚手续，等你们离婚了，他五年之内不可以再从国内找妻子了，因为这里的法律有规定，你以婚姻形式帮一个外国人拿到了身份，五年之内你无权再做第二次这样的事情了。"

"啊？"我很吃惊。

"一般需要五到十万美元，才会有人愿意跟你结婚帮你拿身份。这是李泽慧在利用他，那个女人总是利用他。她相当于在这件事情上一共省了十到二十万美元，因为你以后可以帮她弟弟拿身份的对吧？"

我真的不知道这些事情。

迈克尔刘开着车，根本就没有注意到我的表情。他说："我不太了解你的男朋友，大概也是个不错的人吧，所以你才愿意跟别人假结婚来帮他。不过，如果是我的话，我是不会让自己的女朋友这样做的，毕竟，爱情是纯粹的东西。往里面掺杂了太多其他东西，那就不应该叫爱情了。"等他说对不起的时候，我的心情已经沮丧到零度以下了。

我现在理解当初文江翰跟我结婚时的心情了，我理解他为什么连个戒指都不肯准备的心情了。不是他的问题，是我们的问题，是我们太过分了！是我们在欺负老实人，在无节制地占人家的便宜！可是，我还对他发过火，还嫌过他小气，我真的好愧疚！

"你相不相信来之前我根本就不知道这些的？"我羞愧万分地问迈克尔刘，我真觉得自己太丢脸了。

"不是你的问题！当然不是你的问题！看我都胡说了些什么呀？"迈克尔刘看我这样，竟手忙脚乱地不知如何安慰我了。

"我只想让你知道，我不是那样的人。"

"我知道我知道，跟你这一个星期，看你待人接物的方式，我就知道你是个什么样的人了，你不用担心。"

我松了一口气，感激地说："那就好。"然后，我就再也不想说什么话了。

为了缓解我沮丧的情绪，迈克尔刘赶忙换了话题，他说："我看你在家也没事干，现在是旅游旺季，你想不想过来帮我当导游助理，我可以每月给你发工资的。"

我诧异地说："可是我不会英文，这样也行吗？"

他说："所以我说叫导游助理。需要英文的地方我来解决，你只要像这次这样帮我就可以了。我每接一个团，都给你一定的提成，或者，你想要固定的工资也可以，我们回去商量一个数额。"

迈克尔刘的这些话，终于让我从沮丧里解脱出来了。这意味着他给了我一个工作，我以后就有事干了。我立刻就想，我可以用我自己挣的钱来还文江翰的人情，别人如何对待他我管不着，我可以尽自己的所能来弥补的。于是我立刻就答应迈克尔刘了，我们俩都很高兴！

当晚抽空我给李泽铭打了个电话，告诉他我找着工作的消息，他很高兴。我跟他说我们应该给文江翰付些钱，他的第一句话就是警惕地问我："他问你要钱了？"

我赶忙说："没有没有，我只是自己这样觉得，他什么也没有说。"

他说："那你还是听姐姐的安排吧，不要无事生非。"

我立刻抵触起来，烦恼地说："我们为什么事事都要听你姐姐的？她并不总是对的好吗？"

他愣了一下，说："肯定是文江翰问你要钱了对不对？我让姐姐跟他说，你不要管了。"

我非常生气，当即就发作了。"李泽铭！"我说，"这是我自己的主意，文江翰根本就不知道我想要付钱给他。你要跟你姐姐瞎说，让你姐姐去无端指责别人，我就跟你分手！你真的太过分了！"

他真的愣住了。我余怒未息，不想跟他再多说什么，当即就挂断了他的电话。这是我们恋爱以来我跟他说过最重的话了，可是，我一点儿都不后悔。我只觉得烦躁。

大概过了几分钟，李泽铭又打来电话，他低声下气地请求我的原谅，答应这事儿他不跟他姐姐提一个字，我想怎样就怎样好了。他软下来，我也觉得自己有点过分了，于是告诉他，我只是抵触他姐，不想什么事都让别人牵着自己的鼻子走。他说他明白我的心情。我们互相安慰了一下，又互道了思念之情，这才挂了电话，我为自己的革命取得了初步胜利而高兴。

每到一处旅游，我都想着给家里的每个人买礼物，虽然礼物都不贵，但他们接到我的礼物时，都显得意外又开心，我特别有成就感。只后悔自己买少了，应该再多买些的。杨姐感动之余，做了一桌菜来给我接风，我们四个人第一次坐在一张桌上一起吃了顿饭。

得知我以后就跟着迈克尔刘工作了，文江翰和杨姐都很惊叹。文江翰说他刚来美国找第一份工作时，整整用了三个月，杨姐说她想到卖饺子用了半年。我哈哈大笑着得意地想，看样子我比他们都能干。

"不过呢，你要注意一点，"文江翰说，"你这可是在打黑工。虽然我们结了婚，可你还没拿到正式的绿卡文件，以你现在的身份，是不适合工作的。"

杨姐反驳他说："照你这么说，我这种人就活该在家饿死了？"

文江翰笑说："我只是陈述事实，我又没说不让她去。反正一般情况下没人会查你，尤其是你那多好隐藏啊，没警察的时候你是导游，警察一来你立刻就变成游客了，他们没地儿查去。"

杨姐大大咧咧地说："就是！要有人来查我，我肯定说我包的饺子是自己吃的。其实根本就没人查，人警察每天有那么多枪击案还忙不过来呢，哪有工夫管咱们这些闲事。"

杨姐的儿子小岩也带点小激动地问我："姐姐，我假期的时候能不能跟你一起到处去玩？"

我说："当然啦，只要你妈不反对就行。"

杨姐佯嗔着小岩，说："没大没小，你叫文江翰叔叔，就得叫方颜阿姨，怎么叫姐姐呀？"

我笑说："我不介意啦！"

杨姐笑着说："那岂不乱了辈分了？"

文江翰瞥她一眼说："你那么较劲干嘛？孩子想怎么叫就怎么叫，随你，啊，小岩。"

小岩见大人们不认真，一脸调皮的表情："那我就不客气了姐姐。"

我们都笑了起来。

　　自从我来了之后，这是家里第一次充满欢声笑语，我好喜欢这种气氛，家其实应该天天是这样的。吃完饭，文江翰和杨姐的儿子小岩围在电视机前看西雅图海鹰队的比赛转播，两个人大呼小叫的。我跟杨姐一起洗碗，她突然放下碗，转过身来抱住了我，我一时有些不知所措。

　　杨姐叹着气感慨地望着我说："你知道吗？我来这个家两年了，我很少看文江翰那么开心。我今天好高兴，你是个招人喜欢的姑娘。"

　　我好意外，我也好感动。不知不觉间，我已经开始把这个地方当成是家了。我对这里有了家的感觉，我不再觉得这是个陌生的地方了。

　　当我把第一个月所挣的三千美元工资递给文江翰时，他吃惊地问："这是干什么？"

　　我说："我已经决定了，你帮我拿身份，我要付你钱。"

　　他依旧诧异地看着我："李泽慧让你付的？"

　　我说："我自己要付你的。"

　　他说："不用。"

　　我着急地说："我真的要付给你，你就收下吧。"

　　他说："你真的不用付给我，李泽慧答应我，以后每个假期，孩子都可以跟我待一整个月，这就足够了。"

　　我说："那个不会变，她答应的是她的，我应该付的是我的，我跟她不是一伙儿的。"

　　文江翰琢磨地看着我，忍不住笑了，他一语双关地说："我看出来了，你跟她确实不是一伙儿的。"

　　我把钱往前一送："那你收下吧，我一共会付你五万美元，这是三千美元，我有信心在我拿到绿卡以前把这些钱付清。"

他把钱往我手里一推，坦诚地说："钱就不要了，说好的事，我一定会帮你帮到底。不过，你可以拿你自己挣的钱买辆车，学个驾照，再抽空报个英语班学学英语。"他的口气半真半假的，"你给我少添点麻烦，就相当于给我付了报酬了。"

我还要再说什么，他一挥手就扭头走了。

虽然到最后他也不肯要我的钱，但我们俩的关系变得正常了，他不再冷淡我，我也无须躲避他，我们该说说，该笑笑，和平常的熟人朋友一样相处，我就是成心要把李泽慧忘到脑后去的。

9
开始融入新生活

在北京因为没多大必要，我没买过车，也没学过车。可是到了美国，地儿大人少，没有车几乎寸步难行。每次上班，我不能总让迈克尔刘来家接我或者让文江翰开车送我。我决定学开车。美国的二手车便宜，我用自己带来的钱和刚发的工资，大概八千美元不到，就买到了一辆看着八成新的日本车。我担心不知道上哪儿去报驾校，万一驾校教练说英文我听不懂可怎么办？

文江翰大笑，说美国驾校学车只学几个小时就让你参加考试了，一般情况下都是自己家人用自己家车先练，觉得技术差不多了，上交管部门去考试，基本合格，就给发驾照了。他还告诉我，连考试用的车都用自己家的，考试场所不提供车。我听了真是大吃一惊。这才告诉他，我其实是学过车的，因为考了三次都折在科目二上，信心全无，所以才告诉别人我压根儿没学过车。

文江翰看着我，一脸怜悯地摇着头，说："好吧，看样子帮你重建信心的事儿，责无旁贷地就落到我头上了。"

我笑嘻嘻冲口就说："可不吗？要是我在这儿也考不过，我只能赖你一辈子了。"说完了才发现自己说得不合适。

不过文江翰假装没听见，指着我的小车说："上车。"

我这就钻进车里，直接在他的指挥下歪歪扭扭地上路了。文江翰说我是他教过的最没有悟性的女司机了。有回我把油门当成刹车，把邻居家垃圾桶给撞翻了，赔了钱不说，还被他好一顿痛骂，都把我骂哭了。我暗恨自己怎么就是心慌，怎么就记不住油门刹车？被骂过几次之后，我脸皮也厚了，竟然也能有点小胆上路开了。

有回文江翰骂过了我之后，我心情沮丧，他把我带到一个日本料理店吃饭，我说我不饿，你自己吃吧。他笑了一下，自己往那儿一坐，说："你不想知道你来我家头一天生病那晚，你跟我说什么了吗？"

我一听，立刻好奇地坐下了。这事儿我问过他好几次，他都不说，现在他竟然主动要告诉我了。我赶紧问："我跟你说什么了？"

他问："那你吃不吃饭？"

我妥协地说："我吃。"

他就笑着点了两份餐，跟我说："本来你病了我不想管你的，我没管你的义务。不过呢，我还是不忍心了。毕竟咱在人帝国主义地面儿上，多少也算是一国同胞，尤其咱还都是北京的。"

"你就直接跳到我到底跟你说了什么那件事上吧！本来你对我态度挺恶劣的，后来你突然就对我客气起来了，为什么？"

他沉吟了下，像是无奈才不得已说了似的："我本来想，你要再不好，就让李泽慧来把你领走，这病病歪歪的太给人添麻烦，我要退货。可那晚你发烧烧到三十九度了，怕货还没退，折我手里就麻烦了。所以一晚上我都没敢睡，只能在你身边守着。你当时是糊涂的，人特别脆弱，动不动就哭了。"

"人家那是想家！"

"听出来了，一边哭一边叫妈，说你把我妈叫来，我想我妈了。问你想不想吃什么东西？说只想吃妈做的粥。我手忙脚乱地冒充你妈给你熬了半锅粥来，你又糊里糊涂睡过去了。"

想到那时候初来乍到时的情景，我禁不住深表同情地叹了口气。

"半夜醒来看见床边是我，立马又伤心起来，说你出去，叫我妈进来，我不想看见你。"

看他说的一本正经的样子，我忍不住笑了起来，不好意思地问："我真这么直白啊？"

"可不？"文江翰说，"你说，你凭什么对我这个态度啊？又不是我想来美国的，要不是为了李泽铭，谁逼我我也不会嫁给你这种大叔的！"

我心慌地掩起了嘴："我真这么说了？"

文江翰恨恨地瞪着我："想听录音吗？"

我忍不住笑了起来。

他说："我当时听见有人把我这么气宇轩昂年轻有为的人称为大叔，我都出离愤怒了！"

看他吹胡子瞪眼的样子，我简直哈哈大笑。我说："我当时肯定是烧糊涂了才说的实话。"

"什么？"

"不过就我现在非常清醒的情况下，我也觉得，你离我说的那个词吧，距离不太远。"

"找打你！"他佯装举手吓唬我。我们俩都笑了。

我说："我说的都是实话，嫁给你不是我的主意，我没有那么多心眼儿。是李泽慧威胁说，要不照着她的话做，她就要让李泽铭跟我分手。"

"这么说你还真挺爱李泽铭的。"

我叹口气："他就是太没主见了，什么都听他姐的。一想起这个，我就心里好烦。李泽慧那么自以为是的人，不知道以前你们是怎么过两口子的？"

文江翰笑一笑，没再说什么。

我也不想再进行这个话题，便说："鉴于你今天向我坦白了一些事情，那我也就跟你实话实说了。"

他诧异地看着我问："什么？"

我认真地说："你为什么要卖房子啊？难道你找不着其他工作吗？"

"卖房子怎么了？"

"我看到你跟人正经说话时的样子，我觉得你挺有范儿的，侃侃而谈、有理有据，感觉以前是做过大公司的。而卖房子，我总觉得不是什么正经工作。不好意思，我真的不是歧视。"

"你这还不是歧视？这是赤裸裸的歧视好吗？"他笑着说。

他这么说让我多少有点不好意思，但我还是坚持把我的看法都说出来了："我不知道在美国怎么样，你知道在国内，一提到说一个人是卖房子的，就表示那个人可能实在没别的可干了。我在北京的时候，我家楼下的底商就有好几家买卖房子的，业务员们守在小区门口，见人就发传单，在我心目中，真的觉得他们挺不招人待见的。"

他看着我，若有所思地点了点头："嗯，首先，我要纠正你一个观念。美国的房屋经纪人不是谁都能当的，这里有一整套准入机制，你要通过严格的考试，不仅要懂房子，还要懂税、懂保险、懂心理学，所以大部人都是受过高等教育之后才能获得；国内不一样，国内基本上随便培训一下就能当经纪人了对吧？可能有些人连培训都没有。"

哦，原来是这样。

"其次，对我而言，这只是一种谋生的手段，我卖房子，主要是为了工作时间自由，那样在我女儿放假过来时，我可以想陪她多久就陪她多久。这对我来说，才是最重要的。"

我难以理解："可是，据我所知，她并不是每个假期都来跟你见面啊。"

"但只要她来了，我就肯定有时间陪她。"

我没有当过父母，所以不能对他的话有更深的体会。但是，我还是被感动到了。不过我还是有点不甘心："你上回告诉我说你是学建筑的，你的理想是当个建筑设计师，难道你就甘心一辈子卖房子吗？"

文江翰看了看我，犹豫了一下，好像在琢磨着什么似的。他说："卖一辈子房子和实现我的理想没什么冲突的地方啊。"

"现在我把你当朋友了，你愿意听我几句劝告吗？"我说。

"你说。"

"你有没有觉得，如果你花一点时间去努力一下当个建筑师，你能让自己有更稳定、更体面的生活，以李泽慧的价值观而言，她会更容易让孩子来接近你？"

也许没有人这么对他说过，他愣了一下："你确定你不是她的说客？她确实这么跟我说过。"

我赶忙澄清："绝对不是！这是我真心话。今天你要不跟我说我那晚跟你说的胡话，我也不会跟你说这些的。其实我觉得，你根本不用担心等孩子来了你会没时间陪孩子。你只要每天按时下班回家陪她，周末带她各处去玩玩就足够了。真的，家里有杨姐，你女儿跟小岩差不了几岁，两人就能玩到一起。孩子需要跟孩子玩儿，你想每天二十四小时陪人家，可人家不一定愿意二十四小时都让你陪啊。我离少年儿童期比你近，你一定要相信我的话。"

他看着我，像是终于下定了决心似的，说："本来不想让你知道那么多的，可是真的忍不住了。走，我带你去一个地方，让你知道一下我对谁也没透露过的秘密。"

我好奇不已，赶忙起身跟上他："什么秘密？"

他说："到了你就知道了。"

我们开车东拐西拐，到了一个风景优美的社区，我们在一处荒地处停了下来，这里地方不大，又被一块大约四五米高的山岩给分成了两部分，山岩边上到处都是荒草和杂乱的植物，没有任何特别的地方。我们下了车，文江翰以少有的兴奋告诉我："我以很便宜的价格买了一块地。"

我四处认真看了一下。虽然我对在美国买地没什么研究，但是还是觉得，这么一小块地，再便宜，能干什么呢？

"你是不是觉得这块地很小，没什么大用场？"

他说出了我的心里话。我耸耸肩："你既然买下了它，又这么开心的样子，这里一定有它有价值的地方。不过我确实看不出这个地方有什么特别让人兴奋的。"

他说:"你跟我来。"然后便拨开杂草拉住树枝往山岩上爬去,我吃惊地看着那些杂草,见我爬上去有困难,他伸出一只手来给我,我拉住了他的手,他的手温暖而有力,一下就把我拉了上去。等我一站到山岩上,才发现这竟然是一处视野极开阔的地方,杂草和杂树之外,竟然可以看到大片的湖面以及远处的城市高楼。

"有什么感想?"他急切地望着我,希望我能说出他想要的东西。可是,我脑子里一片茫然。

"有什么感想?我不知道。"

"这片山岩加下面这片空地大约有五百平米,但山岩就占了一多半,你一定会想,下面这片空地顶多只有一百平米,我能拿它做什么?"

"是啊。"我看着他。据我所知,美国的房子除了城市中心的公寓楼,普通住宅很少有低于一百五十平米的,都是两三百平米的面积。文江翰要拿这百十平米的一小片空地干什么?盖房子?怎么盖啊?

文江翰把手里的一张图纸在我面前展开,我这时才发现他手里竟然拿着一圈图纸。图纸上是一处非常简洁时尚的房屋设计图。可是,我看不太懂这和我们现在站的这个地方有什么关系?

我抱歉地摇摇头:"对不起,我看不太懂。"

文江翰无奈地耸耸肩,说:"好吧,我讲给你听。你看,山岩下的这片空地大约一百平米,这片山岩最高处离下面的平地有五米,我把山岩上的这些杂草和杂树清理干净,再人为铲平到四米左右,就能扩展出约二百平米的地面。这样,下面那一百平米是我的一楼,上面这二百平米是我的二楼……"

他的话还没有说完,我的眼前不禁一亮,天啊,这是多好的一个计划啊！我赶忙抓过他刚才给我看我却没看懂的图纸。被他解释过后再看，我一下就看明白了。这是设计多合理、外形多漂亮的一栋房子啊！

"天啊！"我惊叹着，不由得对文江翰刮目相看。有才华的人干什么都能展露才华，我不由得想，其实这才是他本来的真面目呢！

文江翰一脸憧憬的表情，他指着远方让我看："你再想象一下，到时候房子我建成了，我们现在站在这个地方，我会建个露天的平台，到时候，对着一湖美景看夕阳西下，那该是多美的事情！"

我被他陶醉的表情深深地打动了，连我似乎都能看到那"面朝大海、春暖花开"的景象了。我感动不已地拍了拍他，由衷地说："我相信你一定能成功！期待有一天跟你一起站在这个平台上，对着一湖美景看夕阳西下！"

话一出口，马上就想到有点不太合适，可是已经说出口收不回来了，我有点尴尬。他也意识到了，帮我岔开了话题说："这个事我连杨姐都没有说，我想趁雨季到来以前施工完成，到时候给他们个惊喜，你千万不要提前告诉她。"

"好的，这是我们的秘密，我一定保守。"

我俩相视一笑，然后上车回家了。

有了这次谈话，我和文江翰的关系真的就成朋友了。我问他既然能设计出那么好的房子，为什么一直没有找个专门的设计公司去上班。他笑说哪那么容易，他那个学历在国内还勉强凑合，可是在美国，是没人认的。我又问他为什么当初来时没有直接学下去？他苦笑笑，说要养孩子要养家，只能什么挣钱就立刻干什么，哪里有选择的余地？

我现在是真真切切地明白了，我面对的，是一个既负责任，又有担当的好男人。只可惜我认识他的时间太晚了。因为我太感慨了，就忍不住要把夸文江翰的话说给苏小慧听，说得多了，有回我跟苏小慧通电话，她就忍不住跟我说："你把他说得一朵花似的，不如把他介绍给我得了。"

我被她的话说得茅塞顿开，立刻动了当红娘的心。

这天练车，机会来了。因为我对自己没信心，他要带我去看三文鱼洄游，说要让我见识一下什么是困难，什么是必胜的勇气。于是，我们来到一个山边。

我们的车开到山前一处停车带，我跟文江翰一起下了车。穿过一片茂密的森林，我听到了淙淙的流水声。转过拐角，眼前出现一条不宽的溪流，溪流边上有英文大字写着：安静！

文江翰在前我在后，他向我一招手，我便跟他默不出声地走到了溪流边，水非常浅，我们沿着溪流溯源而上，看见前面不远处有些人在对着溪水拍照，我们赶快走了过去，这时，我看见了毕生难忘的最奇异的事情。

只见浅浅的溪水中，一群身体半红的三文鱼趴在水草上，每一条都有一个成人的手臂那样长，因为水很浅，它们的背脊都露在水外面。

文江翰悄声说："它们要逆流而上，现在正在休息。"

文江翰没说我还没发现，他一说我才注意到，所有鱼的头果然都朝着逆流的方向。我正准备说这不叫游动，因为水草和小溪中的石子泥土会磨破它们的身体。突然之间一条鱼剧烈扭动着自己的身体，摩擦着地面，向前猛地前进了好几米。然后它又停在那里休息。其他的鱼也不甘落后，都争先恐后地也奋力往前蹿行。

文江翰指着溪流边的水草让我看，我这才注意到，那儿有一条精疲力尽的鱼半翻肚皮，像是已经累死了。正在我怜悯不已的时候，没想到这条半死的鱼也突然将身子转正，歪歪斜斜地也向前蹿去。

"天啊！"我悄声惊叹。

文江翰又向我一招手，我跟着他悄然再往前走，一路上都是这种百折不挠、不到黄河誓不罢休的情景。场面实在太震撼了。

一条几百米的小溪，我们边走边看，竟然走了个把小时。跟着文江翰回到车旁，看我一脸严肃感慨万千的样子，文江翰问："很励志吧？"

"整个人生观简直都重塑了！"我说，"就为了产个子，一路上冒着被鸟吃、被熊祸巴，不怕累死、痛死，也一定要回到自己出生的地方去，意志真是太顽强了！"

"它们其实游到上游一产完子，马上就死了。"

"太可惜了！这一路那么难！"

"是不是觉得，没俩金刚钻，还真当不了三文鱼？"

"可不！"我感触良多地说。

"嗯，能有这番领悟，就没白来。现在是不是觉得跟当个三文鱼相比，学个车实在太容易了。"

我点点头："现在觉得，跟当个三文鱼相比，学个车实在太不算什么了。"

我们俩沿着原路往回走，我趁机问他："你跟李泽慧离婚好几年了，为什么不再找个女孩成个家？"

他警惕地瞟了我一眼："这不是你该操心的问题。你现在需要操心的是怎么一次性通过驾照考试。"

我嬉皮笑脸地打蛇随棍上："你要没有中意的女孩，我给你介绍一个怎么样？"说着我拿出手机给他看早就准备好的苏小慧的美颜照，"这是我最好的朋友苏小慧，二十六岁，长得比我好，脾气也特别随和，要不是靠得住的人我真舍不得把她介绍出去……"

他简单地说："你打住。"

"为什么？"

"你是来干嘛的？"

"拿绿卡的。"

"咱们俩什么关系？"

"法律上的夫妻关系。"

"那你觉得你跟我还有婚约呢，你又把你的好朋友介绍给我当女朋友合适吗？"

"我不介意。"

"我介意！"

"我都不介意你有什么可介意的？你们俩先互相了解一下，苏小慧真是个特别好的女孩，你过了这个村就没那个店儿了，我跟你说追她的人可多了……"

"你再说我就把你一个人扔在这儿自己开回家。"他头也不回地在前面走了。

看着他没有丝毫商量余地的背影，我恨恨地跺了一下脚。真是好心没好报！难道他就这么喜欢一个人的生活？我把结果告诉苏小慧的时候，苏小慧一口咬定文江翰一定是生理有毛病，再不然他就是性取向发生了改变。她笃定地向我八卦说："你注意观察着点，一个男人生活里好几年没女人，那绝对不是正常人！"

唉，我真拿她没办法。

在又练习了一段日子以后，我顺利地通过了驾照考试。

拿到驾照那一刻，我简直不敢相信，以后我就能独自开车上路

了。考驾照来时是文江翰开车载我来的，回去的时候，他把车钥匙
往我手里一搁，就坐到副驾驶位置上，给自己系好安全带，他轻描
淡写地说："你已经是个有驾照的人了，这一路，我再不指挥你一
个字，你开回去吧。"

我的心在拿到车钥匙的那一刻，紧张得都不会跳了！

我好不容易把车开到家时，已经满头大汗。毕竟身上担着
两条人命呢。等把车停在家门口，我们俩都下了车，我激动地嚷：
"我开回来了！我终于成功了！"我伸出汗津津的手想跟文江翰握
一下，没想到他一把推开我，夸张地一头扑倒在草地上，带着哭腔
嚷："妈呀，能回到地上可真好！"

我涨红了脸愤然瞪着他。这真的，真的太过分了！

不管怎么说，以后我就可以自己想去哪儿就去哪儿了。杨姐做
了好些菜来庆祝，席间文江翰说了我好多学车时候把他吓得要死的
事例，他好夸张。我又气又愧地质问他为什么当时不说？他说当时
要把心里的担忧全说出来，那我的车肯定是学不成了。

杨姐公允地对我说："你知道吗方颜，在新手驾驶员旁边坐着
教开车是多么危险的事情？一般不是一家人没人愿意干这事的！"
我承认杨姐说得一点也没错，所以，认真地、恭敬地、好好地敬了
我的师父文江翰一杯酒，他才作罢。

跟杨姐一起洗碗的时候，杨姐突然跟我说："我不明白，李泽
铭到底有什么好？值得你这样对他？你知不知道，你跟文江翰真的
很合适啊。每天看你们两个说说笑笑吵吵闹闹的，你不知道有多
好。要我说，你干脆跟他假戏真做，把那什么李泽铭甩了得了！"

杨姐的话让我的心没来由地跳乱了两下，我又心慌又着急地
说："你瞎说什么呢杨姐？"

杨姐口无遮拦地说："我知道那是我一个人在做梦呢，除了身份，文江翰要什么没什么，唯一的这套房，还一大堆贷款要还，你肯定看不上他。"

"不是这样的！"

"你要跟他好了，他肯定对你比李泽铭对你好。"

我生气了："你再这么说我不理你了！"

杨姐的眼圈突然红了，她扭开脸去长叹一声，沮丧地说："是我瞎说了，对不起。碗我一个人来洗，你休息去吧。"

我无法跟她继续刚才的谈话，只能假装真的累了，放下碗就走了。可是不知道为什么，她的话让我觉得心里特别乱。我仔细回忆，是我有什么做得不妥的地方让她误会了吗？她为什么要对我说这些话？躺在床上，越想越觉得心里不安，确实，我也感到跟文江翰在一起没来由地踏实，这些日子我竟然完全没有想家，有时候甚至，李泽铭不打电话来，我都想不起给他打电话。我这是怎么了？

我的心里特别不安。

我一个人漫无目的地走出家门，来到小湖边。落日的余晖红彤彤铺在湖面上，照得湖水波光粼粼的，使我有些眼晕。我在湖边一棵大枫树下的长椅上坐下，注目着往来慢跑的人，一对老美夫妇，爸爸肩扛一个两三岁的小男孩，妈妈招呼着一只大金毛嘻嘻哈哈地从我面前走过，大金毛在我面前停下来，它好奇地打量了我一番之后，在主人的呼唤声中欢叫两声跑远了。

原本想要厘清自己纷乱的思绪，可是，我发现越想，心里就越乱。生活这么美好，我为何要这样多愁善感自寻烦恼？当夕阳的最后一丝光线隐没在水平线以下时，我拍拍双腿站了起来，原本什么事情也没有，我到底为什么要在这里思考？这么一想，心中顿觉释然开来。

自从那天我跟杨姐有过那番让我不安的对话之后，我们都假装什么也没有说过，但我觉得她心里对我有点冷淡了，见面总躲着我，我也不好说什么，也有意无意地躲着她。幸好文江翰完全不知道我们俩的事情。大概迈克尔刘向他抱怨过我的英文口语太差，还有许多事情我不能干，可我又没有时间去全职学习，于是，文江翰就一直在找让我能边工作边学习的办法。

这天我刚送走一个团回到家里，他就兴高采烈地跟我说："你不是没时间学英语吗？我给你找到业余时间学习的好方法了！"

我赶忙问："什么方法？"

他说："我邻居南希老太太你见过吧？"

我当然见过，她住在我们旁边的一套老房子里，虽然她家房子旧些，可整个社区里，就老太太家的花园打理得好，每次路过，我都羡慕得不得了。有回她还送了我一束她花园里种的花呢，真想有机会的时候跟她学学怎么把这些花草弄得那么漂亮。

文江翰说："她以前是我的房东，我刚来西雅图的时候就住在她家里，她跟她先生退休以前都是附近私立学校的老师，两人丁克了一辈子，没孩子。前年她家老头儿去世了，我有时候故意去陪她说说话，她把我当儿子一样。大概她见你从她家门前走过，就问我为什么不介绍太太给她认识，我也不想跟她解释太多。我说你英语不好，老太太非常热心，说如果你愿意，她可以每天晚上教你两小时英语。"

我惊喜不已："真的吗？无功不受禄，无偿的，我不好意思啊。"

文江翰说："我猜她其实也是想家里有个人走动，不那么孤单。你可以经常从杨姐这儿买些饺子带给她，老太太对中国食物还是挺喜欢的。"

我赶忙答应："没问题，没问题。"

文江翰说："他们外国人不太会叫我们中国人的名字，你要不要先给自己取个英文名字啊？"

我想了想："从前看电影《西雅图夜未眠》里面的女主角叫安妮，我一直很喜欢，你觉得我叫安妮好吗？"

文江翰说："好吧，一会儿我们去，我就告诉她你叫安妮了。"

我说："安妮方。"

文江翰认真地说："不，安妮文。"

我突然意识到，是我错了。在杨姐那天跟我说那番话以前，我觉得我面对文江翰没什么心理负担，可是自从她跟我说了那番话之后，也不知为什么，她的话时常让我心惊肉跳的，有时候单独面对他，他完全没有变化，可我没来由地就会心虚。所以他这么纠正我，我连他的眼睛也不敢看，假装笑一笑就走到一边去了，剩下他有些莫名其妙地站在原地琢磨我的背影。

人和人之间，在没有关系互不了解的时候，他的一事一物一举一言，你都可以做到事不关己高高挂起，可是一旦进入彼此的生活，尤其是天天生活在一个屋檐下，低头不见抬头见，你就不可能不注意他、不关心他。我很难想象，当初刚来的时候，我跟文江翰两个人谁看谁都不顺眼，现在居然真的跟一家人一样好了。命运之手真是个奇妙的东西。

我跟李泽铭的电话已经不像刚来时那样频繁了，他功课忙，还兼职做着工作，每回给他打电话，他都哈欠连天。他总是睡眠不足，我真的不忍心随便给他打电话。我安慰自己，等过两年，我们像事先安排得那样，一切进入正轨了，就好了。可是我不打给他，他竟也很少打给我，每到这时候，心里还是挺煎熬的。

　　跟南希开始上课的第二天，正值我在家休息，南希就带我去教堂参加教友们的活动，她认真地把我一一介绍给她认识的邻居们，这让我局促得不得了，因为她的朋友都是些老外，没人会说中国话，我非常担心自己没法跟他们沟通。不过事实证明，我的担心是多余的。在一大堆外国人中间，哦不，应该这么说才准确，我这个老外，在人家一大堆本国人中间，依靠手势，表情，以及我会的那一点儿英语，沟通起来也是互相能理解的。

　　等我回到家的时候，想要松弛一下紧张了一天的神经，可我万万没想到，往常家里说中文的人，竟然为了配合我的学习，都不再跟我说中文了。文江翰说南希老太太已经跟他约法三章，他们大家决定，在我学英语的头两个星期里，一句中文也不会再跟我讲了，我顿时陷入绝望之中。

　　我无助地向李泽铭控诉。

　　李泽铭说："我觉得姐夫这么做是对的，他早该这么做了。"

　　"要不要这么残酷地对我啊？"我抗议。

　　李泽铭笑说："要不然你哪能快快就把英文练好啊？我跟你说，不要怕，你一定会置之死地而后生的。别说你这个学历了，我现在也在苦练英文呢。你知道吗？我们学校随便一个打扫卫生的妇女，超市里随便一个目不识丁的收银员，还有大街上的流浪汉，只要在美国生的，他英语就比我好，我着急死了。你有这么好的条件，就应该好好练。"

　　他这是在安慰我还是在逼迫我？挂了他的电话我打给苏小慧，不得不说，还是苏小慧比较能理解我。

　　"太没有人性了！连一个说中文的人都没有？"

"可不嘛！"

"也就是说，你要不跟我说话，你基本上就不会说话了？"

"可不嘛，你说现实是不是对我太残酷了？"

"也就是说，你会在很短的时间里英语水平嗖嗖地往上涨，然后，等我去找你的时候，我根本就不用别的翻译了？"

"这个我不确定啊。"

"那你还不赶紧学啊？"

"你到底站在哪一边？"

"知道在北京找个老外学点英语一小时要多少钱吗？两百块！想一想，一天到晚你周围的人都在教你学英语，不多算，就按一天十小时算，多学一天，那就相当于你省了两千块钱，两个星期是十四天，哎呀妈呀，那就是两万八千块！不学你想死啊？"

要这么说，我的干劲儿一下就上来了。学！我要努力好好学！

可是说起来容易做起来难。家里人全体跟我说英语，我跟他们交流起来别提有多费劲了。每每我说错，总有人忍俊不禁，我的脸都被自己丢尽了。尽管如此，每天只要我坚持下来，文江翰总会在说"good night"前，表情认真地对我说："I'm so proud of you." 真拿他没办法。

每次我假装忘了规矩张口就来中文，结果这些无情的人没一个肯对我睁只眼闭只眼，他们自己对话时中英文随意转换，一碰上我就非说英文不行，真快把我逼疯了！

有所失，必有所得。两个星期后，我就已经敢开口跟街坊邻居们说话了。假如互相打了招呼后，他们有人热情地跟我说了一大堆我听不太懂的，我不会像以前那样张皇失措，我会大大方方用我已经不那么蹩脚了的英语告诉他们，非常抱歉，我还不能完全听懂。

听到我这样回答的几乎所有邻居们，基本上都耐心地教过我一些话。我感觉美国的人们真的是很善良、很友好的。

之前将近三个月的时间里，我都觉得客居他乡，时常觉得美国于我很冷淡很疏远，可就在我跟周围的街坊邻居们开始说话之后，奇迹发生了。我觉得我的生活有了质的转变，不知不觉中，我在美国的局面打开了。

10

分居夫妻

美国的暑假，是从六月份就开始放了。

在放暑假以前，我就听文江翰给李泽慧打电话，要她把女儿艾米莉送来，或者他去接也没问题。因为我住在这儿，李泽慧马上就答应了。文江翰说平常他要想看看女儿，她总是推三阻四，从来没这么痛快过。我为能帮上他的忙而感到庆幸。但不幸的是，就在临放假前的几天，艾米莉跟同学出去爬山，不小心摔伤了腿，一时半会儿就来不了了。

文江翰很沮丧，我也不知道怎么才能安慰他。

我很想李泽铭这时候能来看看我，因为我上着班，夏季又是西雅图的旅游旺季，迈克尔刘不光不放我假，还临时招了好几个假期打工的大学生来帮忙。可是李泽铭没时间，因为他也要趁这个机会好好打工挣钱，他说他下学期学业更重了，他不想上课的时候还想着打工，那样非常影响学业进度，他这学期就一心二用，有两门课差点挂科。

我默默地把自己卡里的钱转给了他，安慰他我们可以不必见面，反正以后见面的机会多得是。可是安慰完他，我自己的心情却怎么也好不起来了。

文江翰不开心，我不开心，这个家里一下就变得无趣起来。

本来每年这个时候，杨姐都会带着小岩回北京。暑假很长，她们一家三口能借机团聚整整三个月。可是，今年她的计划也泡汤了。小岩的语言课程老是跟不上，虽然他已经上了两年的ESL，程度已经从当初的A级提高到了C级，可是，他依然不能完全听懂语言程度较高的课，比如历史，写作更是他的短板，杨姐不得不给他报了个私教语言训练班，期望假期这三个月能给他补一补。

"要是回国待三个月，他准保玩足这仨月，我家这孩子我太了解了。下学期他更跟不上了！所以啊，今年我们不回了，我已经叫了他爸来，虽然这是他最忙的时候，可我们要不回去，他再不来，老不见面，这还能叫一家人吗？"杨姐说。

"就是。"我和文江翰都随声附和。我们也希望家里来个生人，给家里注入点新鲜元素，不然实在太没劲了。

于是，杨姐夫特意放下家里的生意，专门跑到西雅图来跟杨姐娘儿俩团聚来了。

杨姐夫姓孙，叫孙武，是文江翰儿时的邻居，孙武大文江翰几岁，文江翰有时叫他武哥，有时就叫他老孙，不过大部分时候，文江翰会带着发小才有的亲密，戏谑地称呼他为孙总。孙总一米八几的大个儿，五官端正，性格开朗，还做得一手好菜，他一看就是招姑娘们喜欢的那种类型。不光我喜欢他，文江翰也很喜欢他。两人天天喝酒聊天，文江翰有空就带着他四处去转，好得就跟亲兄弟一样。

　　有回我开玩笑地问杨姐："这么招女孩喜欢的老公，你怎么放心把他一个人扔在北京？"要知道全中国那些既漂亮又有才的女孩子们，都集中分布在北上广这样的大城市。像这样的中年男人，要事业有事业，要模样有模样，关键是老婆还不在身边，那还不被各色人等盯在眼中？

　　我以前旅行社有位女同事，就是专门瞄准这种男人的神枪手。她当了一个跟她爸一样大的老男人的小三儿，用了三年工夫，我们都还在苦哈哈地每天准点起床上班时，她终于熬成了在别墅里睡懒觉可以睡到自然醒的少奶奶。同事们虽然背后骂她损她，说她破坏别人家庭道德败坏，可大部分人是出于羡慕妒忌恨。

　　杨姐大大咧咧地说："哎哟，怕什么，就我们家这个，扔出去随便人捡都没人要，我才不担那个心。"

　　杨姐夫来之前，杨姐表现得非常开心，一有工夫，她就乐呵呵地跟我讲他们俩人恋爱的故事，我听得特别津津有味。杨姐一说起这些，脸上的表情都是神采飞扬的，整个人马上跟平常就不一样了。

　　"我们中学时候就认识了，那时候我在南京，他在北京。我爱写东西，中学时我是个典型的文艺少女，看不出来吧。有回我写的一篇小小说，发在一本中学生杂志上，被我家那位看见了，他就给我写信。"

　　"原来是笔友。"

　　杨姐哈哈大笑："是啊，你们现在都是网友，我们谈恋爱的时候没网，连手机都没有。那时候电脑才用 486，要是谁有台 586，那可真牛了！我们俩写信，从北京到南京，一南一北，十天一个往返，也就是说我写给他的信，五天之后他能看到，他回复我的信，十天之后就到我手里了。那时候收到他的信心里可甜蜜了，收信，就是我整个中学时代最重要的一项生活内容。"

我忍不住笑："你们这叫早恋。"

杨姐脸上带着少女才有的娇羞，她红着脸承认："就算是早恋吧，都不敢让父母知道，更不敢让老师知道。反正我这一辈子，就跟他谈过这么一场恋爱，然后跟他结了婚。我觉得也没什么不好。"

"你知道什么叫见光死吗，杨姐？"

杨姐摇头："不知道。"

我忍住笑向她解释："就是俩网友之间，互相有好感了，聊得特别好了，然后一见面，以后就再不联系了。"

"为什么呀？"杨姐万般不解的样子。

"就是突然发现真人跟网上有差异呗。看样子你们俩见面的时候没这种感觉。"

"我们当然没有！到现在我们第一次见面时的情景，我还记得真真切切的呢。要不是为了他，我肯定考上海的大学，不会往北京考的。那时我头一回来北京，我们俩要见面了，大家心里都很激动，他说好到北京站来接我，那时候北京西站刚建好，还没投入使用呢。我手里有他的照片，他也有我的，所以在火车刚进站我还没下火车，我就认出他来了。他个儿高，站在站台上有点鹤立鸡群的，加上他急切地挨个儿窗口往里看，我就确定，这就是我要来相会的人。"

杨姐说这些时我俩坐在客厅地板上，她的眼睛里闪着光，一脸幸福的模样。

"然后呢？"我迫不及待地想知道后面的剧情。

"然后，我故意磨蹭到最后才下来。我躲在窗户后面，静静地看他到处找我的样子，那时候心里好温暖。等终于全车的人都走光了，连站台上的人也所剩无几了，我才鼓起勇气下了车。我慢慢地走向他。曲终人散，他一回头，哎呀妈呀，那人原来正在灯火阑珊处！"

我忍不住哈哈大笑，杨姐说得还挺逗的，她的表情飞扬，情绪欢快，仿佛往日情景在眼前重现了一般，她笑着，有点儿不好意思，脸红扑扑的。

"当时我们俩四目相对着，我们都知道对方就是自己要找的那个人了，我心里又紧张又激动。通了三年信的人，这回终于见面了。我还记得他问我：'你在等谁呀？'我没回答他，只是把话又反问回去：'你在找谁呀？'然后，我俩忍不住都笑了。"

哦，多么纯真美好的场景！原来每个人，都有自己的爱情往事，每个人的爱情往事，只要用过心，就都这么让人甜蜜，让人舒心。

说到尽情处，杨姐冷不丁起身进屋拿出一个迷你的黄色小手袋，又从小手袋里拿出一个塑料小包装袋。她把小包装袋递给我，笑眯眯地说："看你能不能猜出来，这是什么？"

我接过那个小包装，从袋内倒出七颗小蜜枣样的圆核，圆核有点皱巴巴的了，摸上去还算圆滑，看样子是某种植物的种子似的，不过我实在猜不出是什么。

杨姐得意地笑说："小岩头一回见的时候也猜不出是什么，那时候他已经六七岁了。有回他无意中从书架里翻出这东西，连我都忘了它的存在了。"

"这到底是什么？"

"七个荔枝核。"

"一定有什么故事。"

"这就是我跟孙武头回见面时他给我买的。那时候我们都是学生，手里没什么钱，加上物流也没现在方便，南方的荔枝运到北方，价钱奇贵。我没有吃过荔枝，他也没有吃过，他送我到了学校，用了差不多半个月的饭钱，给我买了一小串荔枝送来。至今我都觉得那应该是我这辈子吃过的最甜的水果。"

"可不嘛。"我由衷地说。

"心里感动，所以把吃剩的核留下了。没想到一留就是这么多年。"

我看着那已经有二十年历史的皱巴巴的荔枝核，满心都是感动。当时我觉得，杨姐和杨姐夫，就应该是这个世界上最幸福的夫妻了。他们至今还相濡以沫，比文江翰和李泽慧要幸运多了。

可是没想到，我这一切美满幸福的概念，都在杨姐夫来之后被统统打乱了。

按说孙武和杨姐夫妻长年分居，见了面该特别起腻才是，不是有句老话也说嘛：久别胜新婚。孙武来那天我就想好了，没事儿绝不在一楼待着，一定要让他们夫妻俩好好诉诉彼此的相思之苦。可是呢，孙武来了以后，每天都拉着文江翰陪他喝酒，一天两天还行，后来文江翰坚辞不受，可是没想到，孙武没人陪自己喝也要喝醉。这真让人难以理解。

有天他又一个人在那儿喝上了，杨姐叹着气给他炒着菜，一脸的不高兴。我忍不住把文江翰拉到一边去问他："你有没有觉得他们俩不对劲？"

文江翰早就看出来了，他竖起一根手指对我"嘘"了一声，小声嘱咐我说："假装不知道就好了。"

"是不是出什么问题了？"

他佯嗔道："小孩子家，管好自己就好了，不该操的心别操。"

我想想也是，人家夫妻间的事，我又不懂，只看个表面就在那儿胡思乱想，可能有点小题大做了，没准儿姐夫正在倒时差，等时差倒过来了就好了。可是没想到，本来说好要在西雅图陪杨姐和小岩一个月的孙武，竟然刚过了一个礼拜多一点就要回北京。这真是让我难以置信，这要不是出了问题就怪了。

孙武和杨姐告诉我们的时候，我想说话，可是文江翰先说了："干嘛只住这么两天就走？这不才刚把时差倒过来？"

孙武含糊地说："家里一堆事儿，实在是走不开。"

一听这就是打马虎眼，不可能是因为那个！

"你来之前杨姐还一个劲儿地说要带你去好多地方玩儿呢！雷尼尔雪山你没爬，我和文江翰还商量明后天我休息，我们陪你们一起去爬山！"我急切地说。

孙武为难地看看杨姐，杨姐带着掩饰不住的失望和沮丧说："你们就别拦他了，家里确实有事儿，店里、店里忙不开，打电话要他回去呢。"

杨姐都这么说了，我和文江翰不好再多说什么。可我俩都看出来了，绝对不是走得开走不开的问题。肯定是发生了什么事情。

我脑子里急速地判断着：是两人吵架了？或者心里有什么解不开的结了？两人长期不见面，见了面总会有段互相适应的时间。是不是杨姐脾气不好了？或者说什么没注意，伤了孙武的自尊心？想来想去，觉得一切都有可能。可是我又没法直白地马上问。我心说这么好的两个人，有这么好的感情基础，有什么是不能解决非要离开呢？唉，真让人发愁！

文江翰把孙武送走的当天，我就看到杨姐哭了。她一边切菜一边就不由自主地掉下了眼泪，我关切地问她到底发生什么事儿了？她不肯说。只搪塞我说你小孩子不懂。可是我真的早就把她当姐姐待了，又一起生活在同一个屋檐下，我哪能眼看着她这么伤心什么都不问呢。

我央求着她告诉我："姐，你就跟我说说吧。有什么苦闷你与其憋在心里，不如跟我说出来我帮你分担一下。你跟姐夫到底发生什么事儿了？"

杨姐没精打采地放下手里的刀，长叹一声，欲言又止地终于说出了实情："不知道怎么回事，他的身体不行了。也许是我们俩分开太久，反正我也不知道具体什么原因，总之每天晚上在一起都挺难受的。"

我的脸红了。什么我都想到了，却唯独没想到这一条："可是他不是才、才刚四十出头吗？"

"我也不知道怎么回事，总之，就是不行。他说他回去就去看医生。唉！"

我不知道怎么安慰她才好，因为这种话题完全在我能力之外。想了半天，才叹口气跟杨姐说："也许当初你们不应该这么早就把孩子送美国来。北京有北京的好，至少一家人能待在一起，这对孩子的成长不是也很重要吗？"

杨姐神色沉重地说："方颜，你还太小了，等以后你有了孩子，你的孩子在国内上了学，你就不这么想了。有时候都是迫不得已的选择，我们只能两害相权取其轻。"

我被她说得一头雾水："什么两害相权？"

"我儿子吧，他小时候特别调皮，虽说每个小男孩都调皮，我们这个可能是那调皮孩子里最皮的。刚上小学那会儿，我和孙武，几乎天天轮流接受老师的训斥，不是说他踢球把教室走廊的天花板踢漏了，就是说他把哪个孩子推倒了，总之那小学老师她可厉害了，甭管你正在干多重要的事，她一个电话，你就得立马站她面前，否则，就有你孩子受的。我真的每天把孩子送去学校，心理负担都重得不得了。有一阵子我都不能听到电话铃响，我手机一响，我这心里就七上八下的，不知孩子今天又犯什么事儿了！"

我能理解杨姐说的，国内的教育就这样，我小时候的老师也很厉害。

"有回我儿子那小班主任叫买一本练习题的书，开家长会的时候，她说自愿，可买可不买。我当时想可买可不买，可能就没那么重要，所以就没盯着孩子一定要买。当时我也是太天真了。就因为我儿子没做那本书的作业，她让我儿子罚站，当众羞辱孩子，反正不知道还干了什么，弄得孩子回家哭得什么似的，说什么也不愿再去学校上学了。我家孙武受不了，到学校去质问了老师一番，问她凭什么这样对待孩子？"

我已经气得不行了："小岩太可怜了，这种人根本就不配当老师！"

"小岩他爸这一质问，可闯了大祸了。"杨姐无奈地叹口气说，"他根本不知道，你所有的负面情绪，你所有发出去的子弹和弓箭，你做的时候有多痛快，伤你孩子的时候就有多凌厉。"

"怎么会？"我很震惊。

"你听我跟你说呀。孙武去质问过那老师后，老师倒是再也不给我们打电话告孩子的状了。当时我们也觉得，早就应该当面锣对面鼓地跟她吵一架，这下终于消停了。可是，没过多久，我就发现小岩那小脸越来越黑，他每天回家都没精打采的。我就觉得奇怪，开始我问他他还不敢说，后来有一天终于受不了了，这孩子才哭着跟我说，妈妈，我到底犯了什么错，你要把我送到学校来惩罚我？我那时候才惊觉：坏事儿了！"

"到底怎么了？"

"那老师啊，她把我们七岁的小岩调到窗口去坐着，你知道北京的太阳，每天西晒有多么厉害。她不让孩子拉窗帘，说是挡光。孩子小，老师的话就是圣旨，所以就一天一天这么晒着。我知道，她是故意的。我只恨这事儿我知道得太晚了，我当时的心真的都碎了。"

我只觉得手脚冰凉，这都是什么人啊？

"所以我赶到学校，做了一件现在想起来依然觉得很痛快的事情。我当着教师办公室所有人的面，痛抽了那女的三记响亮的耳光！她跟我撒泼，我直接把她告到校长那里，然后又告到教育局。没几天，她就被开除教师队伍了。"

"太好了！"

"好什么呀？我当时也以为，只要把这种老师赶走了，我们孩子就有好日子过了。可是我万万没想到，没有人愿意再收我家孩子。校长把小岩安排到哪个班，人家都婉言拒绝，说自己教不好。我这时候才知道，我的行为，相当于自己了断了孩子在这个学校继续学习的生路，我们除了转学，再没有别的选择。"

我不知道说什么好。我也能理解杨姐所说的没人敢教小岩这个事情。有个词叫唇亡齿寒。杨姐既然能把小岩的班主任弄到开除公职的地步，谁还敢当他的第二个班主任？

我安慰杨姐："其实，可能你碰到了比较极端的类型，我觉得大部分的老师都还是不错的。"

"也许吧。"杨姐说，"反正我的心是寒了，当时就是，我们出国去，不在国内受罪了。我跟你说，我来到美国两年了，自从来到这里以后，除了偶尔去学校做个义工，或者参加个孩子的体育赛事之外，老师没有任何一次把我叫去劈头盖脸地训斥我，也从来没有任何一次告小岩的状，说他这不好那不好。小岩也像变了个孩子似的，他不是变得不调皮了，而是，他喜欢上了他的老师，他特别愿意让他的老师也喜欢他！"

"我早就听说国外的老师对孩子都特别有耐心。我觉得教育人的人，如果别人都不喜欢你，尤其是小孩子，他怎么可能听你的话？这是小岩找着喜欢的人了。"

"可不是嘛！所以虽然我跟他爸老这么分着不好，可是一想到孩子舒服，我们也就只能认了。"

唉，可怜天下父母心。我从杨姐身上看到了国内中产阶层人群的无奈，生活条件好了，有选择余地了，却只能夫妻离散，有家不能回，想想真是让人心酸。小岩才十二岁，杨姐说等他到十五岁，世界观和价值观都成型了，能离开妈妈了，她再把孩子送私立学校，那时候她才能回北京跟孙武团聚。

"还有三年，其实三年一晃就过去了。"杨姐以自己也无法相信的口气说。

本来杨姐和孙武的事在我这儿就这么过去了，没想到有一天苏小慧给我打了个神秘的电话，她说到了孙武。因为孙武在北京开了家挺有名的中餐馆，我就告诉苏小慧了，那餐馆离我们单位不算太远，有天苏小慧就带单位的同事一起过去吃饭。她肯定地告诉我，孙武有外遇。

"你没凭没据别在那儿瞎说！"我有点不高兴。

她说："谁说我没凭没据？"说着就给我发过来一张照片。

那照片上竟然是孙武一手搂着一个年轻女人，一手放在年轻女人的肚子上。那年轻女人的肚子竟然像是怀着孕。看着那照片我简直惊呆了。

"你、你怎么拍到的？"

苏小慧嗔怪地说："还我怎么拍到的？人家就在餐厅里那么光明正大的！我说我找你们老板，我本来想告诉他我跟你是朋友，好让他给我们打个折什么的，没想到有服务员直接就把那怀孕的女的给叫过来了，说这是我们老板娘，有什么事你向她反映。"

我想着杨姐说她跟孙武谈恋爱时那幸福的表情，我无法接受苏小慧说的这些，我几乎是粗鲁地抢白苏小慧："也有可能是他亲戚或者朋友的妻子之类的，这也不能说明什么！"好像犯错的是苏小慧似的。

幸好苏小慧了解我，耐着性子跟我解释说："我就是怕出错，所以才多留了个心眼儿，我没告诉他们我跟你的关系，我只说让他们给打折。那孙武出来就关切不已地把那孕妇老板娘给拉走了。如果不是一般的关系，你认为谁会让一个不沾边儿的男人把手放在自己肚子上，还露出这么坦然的表情？"

我的心都揪起来了。我比听到自己被人背叛还坐立不安。我首先想的是，怎么办？上次孙武来时就觉得他有什么不对劲，现在我明白了，一切都说得通了。可是，怎么办？一方面我非常想帮杨姐维护她的家庭，另一方面我又为孙武对杨姐的不忠感到无比的气愤。一想到他还装身体不适我就恶心！他有个鬼的病！他是心怀鬼胎，明知自己早已背叛，他是不好意思面对杨姐！

这件事搅得我寝食不安，数次话到嘴边想告诉杨姐，要她什么也不要管了，立刻回北京去！可是，一看到她毫无防备的眼神，我就又像哑了似的完全张不开嘴了。可我毕竟不是铁打的，这种事埋在心里我会发疯的。为了避免自己发疯，我选择在某天杨姐不在家时，把事情的原委告诉了文江翰。

我一发而不可收，把心里全部的龌龊秘密全部都向他倾吐了出去。在说完的一刹那，我就像卸下了千斤重担一样长舒了一口气。这段时间我真快被这件事给压死了！而文江翰就像我当初刚听到这事时一样目瞪口呆。

他看着苏小慧拍来的照片，沉默了好半天。

我问他："你说怎么办？"

他慎重地说："你先不要跟杨姐说，让我跟孙武谈一谈。"

现在我听到孙武这名字我就心烦，我重重吐出一口气，没好气地说："好。不过你要快一点。因为我现在每次见到杨姐我都觉得心里欠她的，我怕我哪天真会忍不住说出来，等那时候说什么也晚了！"

当初，刚得知文江翰和李泽慧的婚姻真相时，我非常震惊，但因为那时我跟文江翰的关系还很一般，所以我除了觉得李泽慧没什么道德感和文江翰这人值得尊敬之外，没产生什么其他感受。这次不同，杨姐是在我生病的时候照顾我、帮我拿主意、陪我说笑的姐姐，在与父母隔着千山万水之外的地方，我早已把她当成了家人。她的一悲一喜、一怒一乐，此刻都牵着我的心。所以我告诫自己，无论怎么样，都不能让她无端受到伤害。

我焦急得一夜都没能睡好，一心等着文江翰给我新的消息。第二天下午的时候，杨姐出门去给客户送饺子，文江翰告诉我，他跟孙武谈过了。

"他怎么说？"

"首先，他非常羞愧。作为多年老友、哥们儿，我没拐弯抹角，他真的很震惊也很羞愧。其次，他请我无论如何不要把这件事告诉杨姐，他说他会处理好的。"

"什么他会处理好的？那个人都孕妇了，他怎么处理？"

文江翰皱着眉头看了看我，看得出他也觉得有些棘手，他眨巴了几下眼睛，安抚我："这个事儿……总之，我把能说的，都已经说了，他是成年人，他知道哪头轻哪头重。他说他能处理好，我们不妨就先相信他……"

我打断了文江翰的话："我真的很难相信他！"

"那你的意思是什么？"

"不如我们先不跟杨姐说实情，想个什么主意，让她回北京去。那样孙武就没办法跟那女的在一起了。"

"然后呢？他们俩就能和好如初了？"

文江翰看着我，我语塞了。

看得出文江翰的心情也不好，他烦恼地叹了口气："我想了，这事儿咱们还真不能轻举妄动，只能走一步看一步。武子那人我了解，我们一块儿长大的，他不是什么坏人，仁义，也重感情，他肯定是一时糊涂。你想，老婆孩子都不在身边，他一个人在北京，平常还好，逢年过节的，别人都团聚，他除了去父母那儿，回到家就一个人。人到这个年纪，真就得老婆孩子都在一起，不能老这么分着……唉！"

他不说话了，我也不说话了。可是我真不知道该怎么面对杨姐啊。

"杨姐那儿你千万不能露出什么破绽来，听见没有？咱们等一等，也许过段时间，孙武把问题处理好了，他不说，咱俩不说，他们还是和和美美的一家三口。杨姐平常一个人在这儿守着孩子，也挺辛苦的，咱能帮她担的，就帮她担着吧。你说呢？"

我还能说什么？

大约过了一个星期，苏小慧那边传来消息，说餐厅里那年轻孕妇不见了。她和她委托的同事接连去了好多天，那个孕妇再也没有出现。孙武告诉文江翰，说事情他已经处理圆满了，这事儿无论如何就当没发生过一样，他以后还会一如既往地跟杨姐和小岩相亲相爱地过下去的。文江翰安慰我说："他既然这么说了，你就相信他吧，咱就当什么都不知道，什么也没有发生过。"

我真的是没经过什么事儿的人，就这些天，直到这个结果出现，我一直处于一种紧绷的状态，我连杨姐的面都不敢见，我处处躲着她，我老是感觉对不起她。现在终于有了个貌似圆满的结果，我才终于松了口气，我感觉整个人都要虚脱了似的。

孙武的事就我和文江翰知道，我对李泽铭一个字也没有说。虽然表面上看这件事就这么过去了，可我相信文江翰跟我一样，自此都提了心，不能再像以前那样无忧无虑地过了。有天我忍不住，含蓄地劝杨姐："要不然你把小岩放在这儿我帮你带着，你回家去跟姐夫在一起好了。"

她笑着说："为什么？"

我努力镇定地说："我跟小岩挺聊得来的，我觉得我照顾他没什么大问题。"

结果她说："那也得小岩同意啊！这孩子，从出生起就没离开过我和他爸，只要我们俩都不在身边，那他算是什么也玩不转了。

你别看他这么大个子，打心底那还只是个需要妈的孩子，他哪能离开我呀？”

“那姐夫跟你老这么分着也不是事儿啊！”我都着急了。

她笑说："唉，我都习惯了。再忍忍吧，总有团聚的那一天。"

我不能再说话了，再说我就露馅儿了。估计这时候要躲开去吐，定能吐出几口血来。

杨姐是个心胸宽阔大大咧咧的人，她丝毫也没有注意到我跟她说这些话的本意。她手里干着各种活儿，洗个水果，沏个茶什么的，她看都不看我。等她忙完了，她笑着把一把水果又贴心又自然地递到我手里，乐呵呵地说："我跟你说个特别好笑的事儿吧。"

我强打起精神："什么好笑的事？"

她左右看一眼，没人，这才得意地笑说："你知道吗？就我这把年纪，还有人追求我。"

我不由得一愣。

她不好意思地说："跟咱这儿隔一个街区，有个社区公园你知道吧？平常没事儿的时候，我喜欢到那公园里去遛个弯儿、散个步啥的。有个老外吧，他老主动来跟我说话。后来知道他是附近小学里的一个老师，我以前也当过老师，所以越聊还越有共同话题了。本来我也没太往心里去。咱中国人没戴戒指的习惯，他们老外结了婚都戴着戒指，所以不会出这问题，我没戴，他以为我是单身呢，结果他就误会了，他今天，竟然给我送了一大把玫瑰花儿，说挺喜欢我的什么的。"

我不知道说什么好，但我总得沉住气说点儿什么："……花儿呢？"

杨姐脸涨得通红："回来路上我扔了。"

"干嘛扔了？"

杨姐说："那哪好意思拿回来呀？我已经跟他说我结婚了，只是老公不在身边而已。以后不会再跟他来往了。这老外，一言不合就送花儿！你说这事儿闹的。"杨姐脸上泛着羞涩的红光，那感觉就像她跟我说当年她跟孙武谈恋爱时一样。她嘴里说着全不在意，可她脸上的表情却全不是这么回事，她拿着叉子扎水果吃，一边吃一边回味着什么，然后不由自主地就微微笑了。

这难道就是分居夫妻的宿命吗？不知为何，我有点悲哀。我默默地注视着杨姐，突然之间，我心里一凛，想到我跟李泽铭其实也已经分开有四个多月了。

11

梦想照进现实

日子一切照旧。孙武的事我不说，文江翰不说，仿佛真的就这么过去了。可是我自己却觉得，我好像对复杂的人性又多了些领悟和理解。人大概就是这么一天天长大的吧。

也许是为了让我快速从孙武事件里摆脱出来，这天文江翰当众宣布，说他要给我们大家一个惊喜。看他那样子我又惊奇又迷惑，难道他的房子盖好了？又觉这么短的时间不太可能。可是，当他真把我们带到他买的那片临湖山脚处时，我惊得简直合不上嘴了。

原本一片山岩和杂树的地方，已经被一栋线条简洁、造型完美的崭新灰青色建筑所代替。我完全无法相信眼见的事实。杨姐和小岩的惊叹还情有可原，我的惊叹，文江翰是必须要仔细说明一下的。

"也就短短两个月时间，你是怎么让这儿变出一栋房子来的？"

文江翰莞尔一笑："其实在带你来看这里时，我已经在政府规划部门办好了各种手续，实际上我申请，然后等有关部门论证花的时间，比建屋的时间还要长一些。只要手续齐全，有专业的建筑公司来做，用不了一个月，房子就能建成。"

"用不了一个月？"这真让人难以置信。

"没有什么难以置信，"文江翰侃侃而谈，"说起来其实很简单。这里建房的地下基础工程和国内没有太大差别，就是用水泥和钢筋浇筑，因为是自己买的水泥和钢筋，所以这房的地基应该比一般房子要牢固。地基上面的部分呢，都是现成的材料，大卡车一运来，就可以像搭积木一样把材料组合起来。门窗也是现成的，所以速度就很快。"

在我们说话的工夫，杨姐和小岩已经迫不及待地进屋内去参观了，虽然我站在门口，我也能听见她和小岩在里面发出的一声声惊喜的叫声。杨姐一脸惊喜地从里面跑出来："哎呀小文，你这房真是太好了！方颜你还站在这儿傻聊？快到后面平台上去看云彩，简直能把我美哭了！"

听她这么说，我再也等不及，立刻就扔下文江翰进到屋里去了。整个屋中已经设施完备，但是还没有进家具。米灰色的墙面，青灰色的大理石地板，整个房间给人的感觉是明快和雅致。一楼如之前我们所料的一样，面积不大，可是，文江翰只设计了厨房和客厅及一个洗手间，一面墙三分之二都是落地大百叶窗，光线十足，让人完全感觉不到空间不够宽敞。

上到二楼，视觉顿时开阔起来，三个卧室，每一间都宽敞明亮，主卧一间目测得有五十平米，看着就好舒心。我注意到主卫的浴缸上竟然能看见外面一望无际的大湖。

杨姐不知何时跟了进来，她拉着我急切地说："这算什么，你跟我到三楼看一看。"

我诧异："还有三楼？"

文江翰说："本来没有想建三楼，可是后来发现实在是风景优美，如果阳台建小了就可惜了，而且我们的地基如此稳固，别说建三层，就是四层五层问题也不大。"

我们说着已经沿宽敞的楼梯上到三层去了。进门一个大房间。

文江翰解释说："这里光线特别充足，可以做书房，也可以当第四间卧室，也有独立的卫生间。"

我想象着这个房间三壁摆满书架，书架上摆满书籍，书架前一张橡木或松木的大书桌，文江翰站在书桌前全神贯注地拿着笔和尺画图纸的样子，不禁一阵欣慰。正想着，文江翰上前拉开了通往阳台的门，一股带着水汽的清新空气迎面扑来。我跟着他走了出去——

天啊！那么宽阔、开朗，漫天云霞，无比壮丽。

走上去，立刻有种站在高高的船头凭海远眺的感觉，立刻就觉《泰坦尼克号》里站在船舷双手平举的露丝附体！露台上，一把夺目的红色遮阳伞，仿佛秋天红了的枫叶，既能在一湖美景中增加一抹亮丽之色，又与周围的美景浑然天成，毫无违和之感。伞下四张蓝白相间条纹的长椅。颜色搭得简直绝了，让人看着就那么明媚又舒心。

小岩舒服地躺在一张椅子上，望着远方波光粼粼的湖面，除了舒心地叹气，还是叹气。我和杨姐也像他一样，除了安静地享受这自然的美，实在再也不想说一句多余的话。我们四个人一字排开，一人一把躺椅，或坐或躺，都面对着湖面，就这样默默地、开心地待着。

如果不是文江翰慧眼独具，这一片被人荒弃多年的废地，怎么可能焕发这奇妙的使用魅力！我现在真的开始佩服他了，我这种平凡之人，是永远也不会具有这种化腐朽为神奇的能力的。我越发深信，他不做建筑师，真的太可惜了。

这时杨姐突然问他："这房花了多少钱？"

"大概五十万美元。"

杨姐皱眉："你哪儿来的钱？"

文江翰略微不安地看了看我们俩："我把咱们现在住的房抵押给银行了。"

我愣住了。杨姐有点着急："你的意思是说到时候咱们搬来这里住？这房间也住不下呀！再说，这离小岩的学校那么远，上学也完全不方便了。"

"不是，我们不搬家。这房我建来不是自己住的，我还没有这么奢侈。我已经打算把它挂牌卖掉了。"

"可是我喜欢这个房子！这个阳台那么大，风景那么好，我真舍不得离开了！"我这时候实在忍不住发表自己的意见了。

文江翰对杨姐解释："来美这十年，一直为家、为孩子活着，仔细想了一想，竟从来没有为自己活一回。所以，我建了这栋房子，我打算把它卖掉，我已经打听好了，这附近的房价都在七十五万左右，而我这是新房，我可以加点价，卖到八十万，那样，不仅我们现在住的房子能保住，我还能有三十万的盈余，那三十万，足够我踏踏实实上几年学了。"

"上几年学？上什么学？"杨姐一脸的不解。

可是我的心里却不由得狂跳起来。

"我已经报名了，我想考华盛顿大学的建筑系研究生。"他说。

我好感动。原来他不光听进去了我的话，他还一步步开始在悄悄地实施他的建筑师梦想了。一时之间，我的心里充满了温暖。我立刻举起双手大声说："好！我支持你！"

杨姐一脸严肃地看看他，又看看我，她有点发愣。

"我怎么觉得不对啊，"晚上一起做饭的时候杨姐一脸琢磨看着我说，"你们俩是什么时候站到一条战线上，而我却被蒙在鼓里去的？"

"哪有。"我闪烁其词。

她突然笑了说："这样也好。"

我急了："什么这样也好。"

"你们俩这样啊。"

"你不要乱想啊杨姐，"我心慌意乱地向她解释，"前段时间我们一直在那儿练车，所以单独相处的时间多了一些，人在一起总要说话的嘛，就东拉西扯的，他说他买了块地，想要盖个房子什么的，其他的我也是今天才知道的。"

杨姐猫劝老鼠似的笑看着我，说："你跟我解释什么，我又不是李泽慧，我觉得挺好的。"

这话我实在听不下去了，我扭头就走："不跟你说了。"

杨姐的声音笑眯眯地追着我："我真觉得挺好的。"

直到躲进自己屋里，我还能听见我的心跟擂鼓似的"咕咚咕咚"跳着。自从李泽慧来那次不客气地提点我说，要注意言行，不要轻浮之类的，我再次感到不安。也不知怎么了，看到文江翰能为自己活着，我心里特别高兴，就好像他要解放了似的。虽然这跟我没太大关系，可我就是觉得开心。现在想来，这种开心，应该有所收敛，毕竟，还是有点不太合适的。一想到这个，我不由得叹了口气，深为自己目前的处境感到无奈。

自从头一次给李泽铭补贴钱他要了以后，下回再给他，他就没那么挣扎了。他把餐厅洗碗的活儿辞了，可以专心上课了。我们俩刚来的时候几乎每天都通电话，现在早已变成隔三岔五才通一次。我明显感觉到，我们所聊的共同话题没那么多了，都是各聊各的生活。苏小慧提醒我说当初她跟王昊宇分手之前也是这种状态，弄得我有点着急。不过她又说李泽铭跟王昊宇是两种人，王是花花公子一枚，而李泽铭不是。虽然如此，我仍然常常为不知道什么时候才能相见而感到忧心。

但更让我忧心的事不知不觉就到了眼前。

文江翰的房子在挂牌半个月之后竟然无人问津。这是很不妙的事。一般来讲，一间房子在挂牌上市之后，一个星期之内就会有人前来看房，如果半个月了还没什么人关注，那十有八九在随后的一段时间内也是这种结果。文江翰有点沉不住气了。

每回我问："今天有人来看房吗？"

他都说："没有。"

在我问了三次之后，他一脸无奈地看着我说："我都不急你急什么？"

可我明明看出他是急的，他这么说是嫌我过于关注这事儿，反而给他压力了。

这么漂亮的房子，怎么就会没人要呢？我真是想不通！

有天跟迈克尔刘一起出车的时候，他告诉我，文江翰找了他一些业内的朋友去评估了一下那房子，那些人有的是卖房子的专家，有些就是他的建筑师朋友。他说那些建筑师朋友们都说这房建得漂亮，可那些卖房子的专家们却说这房并不好卖。

"为什么？"

"你知道在美国，房子并不值钱，值钱的是地，懂吗？"迈克尔刘看着我认真地说，"他那块地太小了！除了停车的地方，几乎没有什么房前屋后，更不要说后院了。"

我想了想，可不吗？我当初只是看房子觉得它无敌海景美不胜收，可这不经细琢磨，那房子最大的缺点确实是地儿小了。饺子天天吃你还会腻呢，无敌海景天天看，肯定也没什么感觉了。

"何况美国人都是非常喜欢打理植物的，你这就相当于完全摒除了人家这种可能性，这相当于是让人选择缺乏乐趣的生活，谁会买呀？"

我真害怕什么都被迈克尔刘说对了，强词夺理地反驳说："也不能这么说，我们不一定非要卖给美国人，我们可以卖给中国人呀！"

他说："那你就更不懂中国人了！到这里来买房的都是中国的土豪，那基本都是从北上深过来的人，他为什么好好的自己的城市不住，非要跑到外国来买房子呀？就是因为这儿房子带土地，他看中的还是土地，我发现作为一个中国人，你还没有我了解中国人呢。"

我不说话了，因为觉得他说得有道理。

杨姐说文江翰现在每月要还不少贷款，还要按月给女儿生活费，那湖景房一天卖不出去，他的压力就无法解除。虽然文江翰从来没有表现出压力很大的样子，可是我知道，他肯定压力山大。我甚至有天听到杨姐背着我们给孙武打电话，要他多打点儿钱过来，她要把下半年的房费提前给文江翰付了。我这个从来没经过事儿的人突然之间遭遇这样的事，有一种天快要塌了的恐惧感，心中乱得真不知道该怎么办了。

我不敢把文江翰的情况告诉李泽铭，我怕他跟他姐说了，他姐会跑过来骂文江翰。这事儿我也有责任，如果不是我当初说什么人要有理想，要为自己的理想奋斗之类的话，他也不会自己建房卖，是我害了他，我只觉得很对不起文江翰。

苏小慧安慰我说："你不要这样自责，你也是为他好。我觉得这事儿主要责任在他，他在房子这市场那么多年了，自己把握不准，这是他的问题，你不用心理负担太大了。"

有天我实在忍不住，看文江翰一个人坐在后院安静地素描，我向他走了过去。

我说："你如果用钱紧张，我这里有一些现金，都是迈克尔刘给我的，你拿去用。"

他扭头看看我，和气地说："谁说我用钱紧张。"

"你要还房款还要给艾米莉生活费……"

"不用担心，我是有计划的人。如果当初贷款建那房我没有做好最坏的打算，那我就白在美国混这么多年了。放心吧，这段日子我还能应付。"

听他这么轻描淡写的，又看他的表情自然而放松，我有点迷惑了："我还以为这房子要卖不出去你就要破产了，我在想你要是破产了我们可怎么办？万一银行再把咱们住的这房子给收了，咱们住哪儿？"

他哈哈大笑："又是杨姐给你制造的紧张空气吧？放心吧，有我在，什么也不用怕。"

他说完，扭头就进屋了。不知为何，他那么坦然地说出"有我在，什么也不用怕"这句话时，让我的心里一暖。在压抑、紧张了这么长时间之后，突然听到这么靠谱、这么让人放心的话，我的眼泪都快要出来了。

许多时候，人的坚强和所谓的内心强大，绝对不是表面上看起来声势夺人，或者盛气十足，而是在那些艰难的时刻，在那些你觉得都已经过不去的时刻，他还淡定地默默坚持着，明明敌人大军压境，他却仍能举重若轻；明明自己肩扛大山，却仍然给同伴保留一方宁静的港湾。我觉得文江翰就是这种人。

这天，我和杨姐正一起修剪门前花丛的枯枝败叶，文江翰开车回来了。我俩直起身看他，一脸淡定的微笑模样。他说："正好你们俩都在，能帮我个忙吗？"

"什么忙？"杨姐问。

"肯定是你俩能帮上的忙。"他抬腕看了一下表，对杨姐说，"我知道今天小岩会留在学校打球，不会耽误你去接他的。"

于是，我们俩就上了他的车。没想到他把我们直接就拉到他的新房子来了。我总觉得他好像有什么没告诉我们的事，等他开门进了大厅，我才发现，他把屋里都买好了家具，沙发、地毯、餐桌、冰箱、洗衣机、烘干机、电视，居家需要配备的东西全都配齐了，甚至厨房台面上锅碗瓢盆都一应俱全。我惊讶不已，杨姐的惊讶完全不亚于我的。

"你这是要干什么？"杨姐张口结舌地问，"真要搬过来了？"

"这房子你不卖了？"我着急，"那贷款你怎么还？"

"我明白了！"杨姐叹了口气，"我能理解你。"

"你理解什么？"我完全不知道她在说什么。

杨姐拍拍我，安慰地说："其实我们住到这边来也好，这里的房子卖不出去，我们现在住的房子往外卖是没问题的，以后我们还省了打理了呢，反正那些花花草草我早就弄够了，哪天忘了剪草，动不动就有人举报，麻烦！这里好！咱搬这儿来，我没意见。"

我难以置信地看着文江翰，内心充满了疑问。

文江翰忍不住一笑："你要往哪儿搬啊杨姐？我不是让你们过来住的，我是请你们来帮我把床铺一下，把被子枕头什么的都帮我摆摆好。那么多房间呢，我一个人忙不过来，明天就有人过来住了。"

我一下子惊喜起来，脱口而出："你把房子卖出去了？"

"没有啊。"他说。

"那谁要过来住？"

看我和杨姐都急得不行了，他才慢条斯理地向我们解释："这房如果卖给普通的人家当主要居住房来说，条件是有点不够理想。我想了一些日子，换了个思路。如果这房我不卖，租出去给人当度假屋或者给旅行的人做个临时居住的地方，那些没有院子、不能打理花草之类的缺点，就一下都变成了这房子的优点。所以，我把这房子跟 Airbnb 挂上钩了。"

"什么 bnb？"我一头雾水。

"就是美国的一个租房网站。比如你要到哪儿出差啊、玩儿啊，你想自己做饭、短暂地在那儿待几天，又不愿意去住酒店，你就上这个网站上去租个房子。"

"哦，还有这种地儿呢？"因为没有过租房经历，所以我完全不知道还有这样的网站，不过听起来倒是满亲民的。

"租出去啊？"杨姐担心地问，"咱还有那么多贷款要还，你还想出去上学，这点租金能够你开支的吗？"

杨姐的疑问也是我的疑问。如果房子卖掉，不仅能立刻缓解文江翰的压力，将抵押出去的房子再赎回来，他还能在手里有一大笔可支配的闲钱，那样他上学也好、养女儿也好，都不成什么问题。可现在他只是把这房子租出去了，租金是要一个月一个月地收的，万一哪个月断租，连租金收入也跟着断了，这怎么能跟卖出去比呢？

"不要担心。"文江翰微笑着看着我们俩，"我说过了，只要我在，就什么也不用怕。你们知道在租房网站上我这房子的租金一天要多少吗？"

"多少？"

"一天五百美元。"

"多少？"我瞪大了眼睛。

"一天五百美元。"

杨姐一脸的难以置信："能、能有人租？"

文江翰拿出手机，翻到他房子的页面，只见页面上显示的是一份月历，细看之下，有的日期上显示灰色被划了一道，有的日期就是正常的显示，只不过他手机上所显示的两个月的月历上，正常显示的日期稀稀落落没有几天。我完全看不懂。

文江翰向我们解释："看见了吗？我这房是上个礼拜挂上去出租的，这个月和下个月，订单已经基本上满了。"他指着那稀稀落落没几天的正常显示说："这些能正常显示的日期，就表示是还能出租的日期，其他被划了一道线的，就表示已经租出去了。"

我和杨姐呆住了。

杨姐直白地看着文江翰，不太相信地问："你收着钱啦？"

文江翰说："已经收到了第一笔，从明天起一周时间，我这房被一个来自中国的家庭包下来了，他们一共付了我三千五百美元。"

我长舒一口气，我心里的那块大石头终于落了地。这表示，文江翰还能接着实现他的理想，我鼓动他去实现理想的主意并不算馊主意。

杨姐像自己拿到了这么多钱似的，激动不已："这就是说你这房咱用不着卖了，咱一个月就能挣两三万美元！"

"也没有那么多，除了交税，我还得请一个人来打扫卫生。这事儿我就委托给你了杨姐，你问一问谁家有闲着的人，可以来我这儿来做小时工，我会接次付款。"

杨姐大大咧咧地说："找什么小时工？这事儿我来做就可以了。"

"那怎么行？"

"怎么就不行？我不要你付我钱，以后我住在你家我就名正言顺地不付你钱了就成。"

文江翰笑了起来："随你。"

我就喜欢这种皆大欢喜的场面，多让人欣慰呀！那天我和杨姐干劲十足，我们不仅把四个房间的床铺得特别整洁，还把地吸了，窗台擦了，总之每个地方都纤尘不染的，简直完美极了。杨姐到点儿要去接小岩下学，我和文江翰善后。当我们把一切都安排妥当，文江翰提议说："夕阳要下山了，一起到我们的无敌大阳台上去看夕阳吧？"

我也正有此意，我们俩端着一壶茶就上了阳台了。

其实夕阳已经下了山了，只在天之尽头还有些许落日的余晖，此时天边的云彩倒是最艳丽的时刻，有红的、有黑的、有金的、有紫的，像一幅晕染的水彩画，好看极了。远山如黛，对岸的城市灯光与高楼，跟远山一起倒映在水中，阳台上的我们，望着眼前的种种，真有一种醉了的感觉。

"我在想，"我忍不住感慨地说，"假如说当初我没有跟李泽铭来美国，无论如何我也想象不出我的生活中还有这番景象。"

"所以有句话叫：读万卷书，不如行万里路。因为只要在路上，每天都会有不一样的风景，每天都会有不一样的事发生。"

"我现在知道了，你们这些离家在外的人，每年发生在你们身上的事情，都抵得上我们这些一直在家里的人的一生。"

"离开家未必不好，不离开家也未必都坏，凡事都有它的两面。假如当年我没有离开北京，我现在也许就过着呼朋引伴、热火朝天的另一种生活。"

"是啊，像你这个年纪，大家都已经不知不觉成了各个单位的中坚力量，上有老、下有小，每天会有吃不完的饭、喝不完的酒、永远也推不干净的应酬。你可能妻子孩子都在身边，却完全没有时间关注她们；更有可能的是，你的妻子孩子会像杨姐和小岩一样，被你送到美国来，然后你一个人在北京，过着小岩他爸那样的日子。与那样的人生相比，我觉得你更应该是现在的你。"

他惊讶地看着我："我发现，你比我想象得要成熟多了，竟然说得出这么有哲理的话。"

他说得我都不好意思了，我笑道："难道你不这么认为吗？现在的你，找到了自己，完全可以按自己想要的方式来生活了。难道你会想要被周围的人和事绑架着往前走吗？难道每天呼朋引伴、热火朝天的日子就一定好吗？"

他点点头："你说得对。哪一种人生都有那一种人生的意义，既然已经走到了这里，就无须左思右想，沿着今天的路，每天认真地走下去就好。条条大路通罗马。"

"是的。"我深吸一口气，点了点头。

我从来没有这样一本正经地跟任何人说过什么人生、道路这样大而空的话，我甚至不知道，自己能不假思索地说出这么多有思想、有辩证意味的话。可是，我现在却感觉，我们说这些很有意思。假如换一个地方认识文江翰，他肯定就完全不是现在这个他了，而我绝对不愿出现那样的事情。

"谢谢你。"他看着远方说。

"谢我什么？"我有点惊讶。

"知道你和杨姐暗地里为我担了不少心，虽然我自己心里有数，明白不至于就过不下去了，可是，有人关心着，心里还是很温暖。"

我也看着远方，由衷地说："我早知道老天不会薄待你，因为好人一定会有好报。"

他忍不住笑了。

回去的路上，文江翰告诉我，因为设计了这套房子，一家建筑设计公司已经向他投出了橄榄枝，这无疑是对他的审美和技术的一种认可。

他说："我固然可以接受这样一份工作，马上去实践自己的梦想，同时还可以立即缓解目前的经济压力，但是，我还是决定要去再系统地学习一下建筑设计。建筑就是凝固的音乐，我太爱这种美了。因为真心喜爱，所以愿意放弃眼前的利益，花几年工夫，认真地、集中欣赏和学习这种美。到那时候，我再从事这样一份工作，我会站在不一样的起点，会有不一样的选择和机会，来传承和发扬这种美。"

他说这话时脸上充满自信，他把从没有对别人说过的知心话都说给了我听。我从来没见他这么神采飞扬过，望着他因为充满希望与憧憬而开心的脸庞，我深为感动。我深信，他总有一天会实现他的梦想的，我真心愿他成功。

12
律师乌芸

因为有了那番交心的谈话，我自觉已经跟文江翰的关系再进一步，我认他为知心朋友。有时候人很怪，虽在心中认文江翰为知心朋友，却又时常有点没来由地心虚，不敢深想这一层关系，怕想到什么不该存在的成分。于是就尽量不去想它，假装一切都不存在。而这一切假装，全被一个人的突然到来给打乱了。

这天带完一个团，迈克尔刘顺道把我放在离家不远的步道上，就自己走了。我急于上卫生间，便三步并作两步地快快往家走。突然，小岩不知从哪儿钻了出来，他一下冲到我面前，把我吓了一大跳。

"颜姐！"

我捂住胸口埋怨他："哎呀妈呀小岩，狼来了还是怎么着？可以不要这么一惊一乍地吓姐姐吗？"

他不容我多说，把我拉到一边，一脸着急地说："我妈送饺子去了，走之前她说你马上就回来，让我一定在这儿截住你，先不要急于进家。"

我奇怪地看着他："为什么呀？"

"乌姐姐来了。"

我听得莫名其妙："哪个乌姐姐？"

"你不认识。她是温哥华的律师。"

我不明白："我不能见她是吗？"

小岩虽然只有十二岁，可情窦初开的小男孩也是心智比较成熟的，他怜悯地看着我，做出感情的事他门儿清的无奈表情说："算了，我还是跟你实话实说吧。这位乌姐姐，喜欢文叔叔好多年了，你没来以前，我妈最想让文叔叔跟她结婚了。今天她突然来了，又突然发现文叔叔已经跟你结婚了，所以我妈让我出来告诉你，可以先到附近星巴克坐坐，等她走了再回家。"

"哦。"我愣住了。从来没人告诉过我还有过这种事呢，我的心没来由地感觉一沉。"你这位乌姐姐有多大了？"

"应该三十多了。"

我设想了一下，一个三十多岁的老姑娘王，暗恋多年的白马王子被人横刀夺爱了，老姑娘王又是个身经百战见过大世面的律师，那我的下场可想而知。只不过，我这横刀夺爱的人是假的，如果她真的跟文江翰很合适，我这么躲出去，不是正好耽误文江翰了？我郁闷地叹了口气。

可是随即我又想，杨姐和迈克尔刘这些不相干的人都知道我是文江翰的假夫人，为什么这个乌姐姐不能知道真相？

我明白了，这只有一种解释，乌姐姐爱文江翰，可是文江翰却对她无感，不然满可以告诉她我是个冒牌货的。现在显然，文江翰告诉她自己已经结婚了，是拿了我来当挡箭牌了。好吧，我躲躲去。

可是慢着！我着急去卫生间怎么办？

小岩说他们都在客厅呢,他可以先过去侦察一下,然后掩护我从后门进家先去上个洗手间。我万万没想到我还当上特工了!我们俩猫着腰从后门先溜进院儿,一路祈祷我们这情景别被哪个邻居从窗口看见,要不然人家说不定就要报警来抓我们了。小岩先进屋,等他在门内向我一招手,我立刻悄悄进门,余光中依稀瞥见客厅背对我的地方坐着文江翰和一个女人,文江翰看见我的样子一脸惊奇,我慌忙低头,一溜烟地小跑上了楼。

等我从楼上出来准备悄无声息地再原路离开的时候,乌律师将我抓了个正着。原来跟各种犯罪分子打过交道的她,明察秋毫,当事人的一举手一投足甚至细到人的每个表情,她都能准确地嗅出真意。应该是我进去时文江翰看见我的表情出卖了我,因此,她正等机会抓我现行,我就傻傻地自投罗网来了。

我正在她身后屏住呼吸蹑手蹑脚地走,生怕被她发现。没想到她毫无征兆地突然回头正对了我问:"哦,你就是传说中的方颜吧?"

文江翰一脸尴尬地起身介绍:"方颜,这是我朋友乌芸。"

我当时的姿势让我只想找个地洞好一头钻进去,真是太丢脸了。我看见小岩从他不远处的卧室向我递来一个摇头失望的表情后,就把门关上了。既如此,我只能硬着头皮、厚着脸皮,假装什么事儿也没发生一样露出微笑,同时向她伸出手:"你好。"

这位乌芸律师表情很友好,但是她却让我的手凭空晾在那里,她成功地打击了我的自尊,一见面就给了我个下马威。她言不由衷地夸奖我说:"嗯,很漂亮的一个姑娘嘛。"然后就扭过头去面对文江翰了。我的心一下就堵住了。

文江翰打着圆场对我说:"你是不是还要去南希那儿上课啊?

我陪乌律师就好了，你去你的。"他知道我今天没课，他是想找个
借口好让我成功脱身。

可是乌芸却说："别呀，一起坐会儿聊聊嘛。"然后她对我说：
"我跟你说语言这个东西你千万别特别当回事儿地去学，你看刚出生
的小孩子，他懂什么？只要有环境，常听常说，自然就会了，不是
什么高深的东西。我不常来，难得遇见，我还想多了解了解你呢。"

我看文江翰的表情是想让我走，可是这个女人让我有些心烦，
怪不得文江翰不喜欢她，我从她的做派已经看出来了，这脾气性格
不就是李泽慧第二嘛！我心说他前妻我都不怕，我还怕你个前女友
啊？你给谁下马威呢？

我这人就这样，遇到对方友好时，我就会生怕怠慢人家，可是
遇到有人故意找事儿，那我肯定也不会客气了。欺负谁呢？于是我
也面带微笑，完全不管文江翰不停向我使眼色让我走的表情，我稳
稳地坐在了文江翰身边，不仅如此，我还破天荒当这浓眉大眼性格
刚烈的女人的面，拉住了文江翰的手。

文江翰想躲，被我暗自使劲儿地拉住。我就是要让这个故意找
我麻烦的人看一看，现在谁才是正主儿？

果然，我和文江翰的手一拉，她的表情立刻就盛气凌人不起来
了。我得体地微笑着说："乌姐姐好精致，从来没听文江翰说起过
你呢。"

她一时之间难掩沮丧，本来密不透风的话不免露出一大截破
绽。她说："是啊，你降临得太突然了，要不是我过来，还不知道
事情已经到这一步了呢。"

文江翰抱歉地望着乌芸，不快地把我的手松开。松开就松开，
反正我已经成功报了被人晾在那儿的仇了。

也许是她自己也发现沮丧起来了，便不再愿意跟我说话，成心用英语语速很快地跟文江翰交谈起来了。你说就说吧，反正我也不稀罕听，于是我一笑说："你们聊，我去做饭。乌姐姐你一定要在这儿吃我做的饭哦，文江翰说从来没吃过比我更好的手艺呢。"

文江翰气愤地看着我，我不看他，得意地走到厨房去了。等到了厨房没人看着了，我突然回过神来。为什么我这么较真？以前我不是这种人啊。以前有人跟我较劲，我根本就不会理，今天我这是怎么了？这么一想，心里不免有几分不安和郁闷。我想来想去，觉得这不是我的问题，如果不是这位乌律师一见面就急着给我难堪，我是不会这么胡来的。可真的只是她的问题吗？

文江翰趁到冰箱来拿冷饮的工夫，看也不看我，问："为什么？"

我不知道该怎么回答他，就咬住嘴唇没说话。

"没什么事你可以忙自己的去了。"

"凭什么？"

他瞪着我。因为乌芸就在不远处看着我们，他不能大声说话，看着他气得吹胡子瞪眼却拿我没办法的样子，我觉得很好笑。

"你根本不知道自己在干什么！"他再次警告。

"我当然知道。"我轻描淡写。

"你过界了。"他口气很冷，表情从未有过的严肃，"你不要以为我们说说笑笑，你就是这个家里想当然的一分子了，有些事情我来处理就好了，请不要太自以为是了。小心弄巧成拙，**搬起石头砸**了自己的脚。"

他的话像一股寒流，瞬间击中我的心脏。我觉得我的自尊再次受到打击，而这次打击比乌芸给我的重多了。我明白自己为何内心不安了，我过界了。我以为这段时间我们相处得很愉快，我以为自己因此就可以进入他的生活了，但是他不这么想。我不过是个外人，我根本就没有权利像刚才那样做。乌芸不知内幕，可我自己是知道的。

一时间羞愧、难过和一些我完全无法描述的情感一起涌上头来，我无地自容，只能仓促地说一声"抱歉"，然后扭头我就走到后院里去了。见我这样，他显然有些不忍，但他欲言又止，终于什么也没有说。

不知道为什么，我特别想哭，我极力抑制着这种感觉，命令自己冷静！必须冷静！

从后门离开家，漫无目的地往前走，这些日子积累下来的所有轻松愉快亲切温暖，不知不觉又变得全部陌生起来。我暗恨自己真的太自以为是了，可是心里不快，却完全不想给李泽铭打电话倾诉。我来到湖边，百无聊赖地找个长椅坐下，不知道这样坐在那里发了多久的呆，突然就听到文江翰的声音了。

"乌芸走了。"

我诧异地看着他："哦。"

"说好了给客人做饭吃的，怎么一个人跑到这么个没人的地方来躲着。"

我不想说话。

文江翰脸上的表情有些抱歉，他干咳了一声，说："有时候我说话没经大脑，可能说重了，不要介意啊。"

经过一番思前想后，这时候我的心早就冷下来了，我说："没关系，我已经习惯了。"

他难为情地说："你这么说，我更觉得自己做错了。"

我烦恼地说："我都说了没关系的。"

　　我的口气很不好，话出口我马上就后悔了，可又不知如何将气氛转换回来。他愣了愣，轻咳了一声，说："你不了解乌芸，你根本不知道你的哪句话会让她抓住把柄，她是个律师。我是怕……"

　　这种话题，继续下去是想怎样呢？我暗怪他。但又不想跟他吵架，态度坚决地扯开了话题："好了，我们不说这个了。我也有点累了，明天还要跟迈克尔刘去黄石几天，我想回去休息了。"

　　他隐忍地说了句："好。"

　　我们就一前一后地往家走去，将近一公里的路，路上谁也没跟谁再说一句话。一到家杨姐就把我扯到她房里去了，她带着一脸的兴奋，好奇不已地对我说："小岩说你把乌律师给气走了？乌律师是个石头一样硬的女人，你能把她给气走？那我平常真是小看你了！快说说怎么回事？"

　　我说："我没有气她，是她先欺负我。"

　　杨姐理所当然地说："她是律师，嘴特能说，一般人被她欺负是正常的，不服她的欺负就算了，你还反欺负回去，这是很不正常的知道吗？以前她来我们家，哦不，她来咱们家……"

　　我说："不，这是文江翰的家。"

　　杨姐大大咧咧地说："还不是一样？以前她来这个家，根本就没有我们其他人说话的份儿，所有话全她一个人说了。你知道吗？她办过的案子太多了，她说过的那些案例和她的处理方法，我们都佩服死了。要不是你突然出现在我们这个家里，我一直张罗着让文江翰娶她呢！"

　　"干嘛不娶啊？"

　　"缘分没到啊。"

　　"什么叫缘分没到？"

"文江翰说跟她做朋友行，过一家子不行。"

"为什么？"

"你没发现她个性很强，行事独断吗？可话又说回来了，人家是律师啊，个性不强，行事婆婆妈妈能行吗？只是文江翰说一个李泽慧已经让他受得够够的了，不想这辈子再娶个同样的女人。"

果然跟我预料的一样。我心里的结慢慢解开了。可还是想知道更多一些他和她的事情："但是不像啊，我觉得文江翰对她好像很用心呢。"

"什么呀？"杨姐说，"那是出于尊敬，知道吗？乌芸对我们大家来说可是个特别有用的人。她在美国读的书，可最后她却移民去了加拿大。"

"我知道，她在温哥华。"

"对。温哥华华人比咱这儿多的不是一星半点儿，她在那边华人圈可是个很有名的女律师呢。家里的房子在维多利亚岛上，比咱这房好太多了，可惜你没去过，我跟你说那才叫豪宅呢！"

我心中悻悻的感觉又不自觉地出来了："这么优秀的人，文江翰真不应该放弃她呀。"

"没事儿，"杨姐说，"等你这事儿一完，咱俩一起说服文江翰跟她好啊。"

我的心咯噔一声，我都忘了，我跟文江翰的事不过一两年的工夫，早晚有完的时候。我再次提醒自己，以后千万别太不把自己当外人了。我不由得长叹一声，心里的郁闷无人能懂。但马上我又立刻警醒地问自己，你苦恼什么？好好拿你的绿卡，别在那儿无事生非，没事儿找事儿了！

"我跟你说她办得最让我们觉得痛快的一个案子吧。伊萨阔你知道吧？就上回文江翰带你去看三文鱼洄游的地方？那儿有个老中医，老婆死了，就回国接了个带着一个女儿的小寡妇回来。老中医以为娶了个比自己小三十岁的年轻媳妇儿占了大便宜，对她们母女俩特别好。可是没想到小寡妇另有所图，绿卡一拿到手，就要离婚。老中医不离，小寡妇竟然诬陷老中医对她十二岁的女儿不轨。你知道在美国这种事会判重刑的吧？"

我很震惊："竟然有这种人？那后来呢？"

"小寡妇不仅要离婚，还要老中医奋斗一辈子才买下来的房子，要不给，她就威胁去告他，即使最后警察能查清事实真相，老中医也会面临官司和身败名裂。老中医知道其中的利害，有回我去老中医那儿看病，老头儿向我哭诉，我把事儿告诉了文江翰，文江翰就给乌芸打电话，看她能有什么建议，好帮老头儿渡过一关，不要被坏人这么欺负。"

"你快说结果，结果怎么样？"

杨姐笑说："你别急嘛，这事儿一定要说过程的，结果肯定是乌芸帮忙成功了，老中医现在还在伊萨阔行医呢，哪天有空我带你过去见见他。"

"好。"我认真地听。

"乌律师本来以老中医朋友的身份，想劝小寡妇及时收手，离婚就离婚，就别贪人的房子了，可小寡妇不听，因为她认定自己赢定了。如果有了房子，卖也好，住也罢，相当于她和她女儿以后的生活就有保障了，她才舍不得丢下这口到嘴的肥肉呢。是她的贪婪把乌律师惹火了。乌律师就告诉老中医，你这么着这么着这么着，于是，老中医二话不说，一一照乌律师的嘱咐办了。"

"乌律师跟他说了什么？"

杨姐笑着得意地说："这要不懂美国的法律，咱普通人怎么也想不到该怎么办。当时小寡妇为了来美国，在身份材料上造了假。老中医邀请小寡妇跟他一起去温哥华吃分手宴，据说小寡妇特别爱吃温哥华一家华人餐馆做的大螃蟹。小寡妇见老中医答应了离婚的所有条件，以为自己赢定了，就放松了警惕，跟着老中医就去了。她万万没想到，她一出美国边境，这边老中医的家人就把她举报了，说她诈骗移民。"

"哇！"

"所以等她吃完大螃蟹，在温哥华买了一大堆东西，满心以为好日子就要来临的时候，她在入关美国时被截住了。小地方来的女人哪见过这种大场面？警察三问两不问，她就崩溃了。还没入关，就被从加拿大递解出境，并且，永远限制她再来美国。"

"天哪！"

"乌律师厉害吧？这叫以其人之道还治其人之身。为了帮老中医，乌律师也是冒了风险的，据说这边的律师是不能利用法律武器这么办事儿的，所以都是她告诉我，我再告诉老中医怎么办的。我告诉你得罪谁也不能得罪律师，因为你根本不知道人家会在哪儿等着你呢，到时候你自己怎么死的你都不知道。"

杨姐只顾自己说得开心，完全不顾我已经变了脸色。我突然想到了自己，我很心慌："她、她应该完全不知我和文江翰的关系是假的吧？"

杨姐愣了一下："哎哟，这事你最好别被她知道，她要知道你是李泽慧家的人，你们一家都在占文江翰的便宜，不定她会对你干出什么事儿来。"

我突然明白文江翰不让我胡乱插手他跟乌律师之间的事的原因

了。他怕我言多必失，给自己造成不必要的麻烦。我不知道乌大律师的厉害，他是知道的。我这才发现，我误解他的好心了。可是误会已经存在，是我自己没给他解释的机会，现在知道了这些，也只能放在心里，等以后有机会再处理了。

晚上跟苏小慧视频，她说我："唉，你真是图样图森破啊（too young too simple 太年轻太天真了）！"

谁说不是呢？唉，人要活到老学到老啊。

我真的快郁闷死了。

13
突如其来的灾难

我本来以为，在跟乌律师闹过这么不愉快的见面后，我不会再见到她了，而跟文江翰的误会，也会在时间的磨合中渐渐愈合。可是我万万没想到，事情完全不像我想得那么美好。当时我正在和迈克尔刘拉着一大卡车客人从黄石公园返西雅图的路上，杨姐的电话打到我的手机上，她的声音听起来很急很慌，说："方颜，你赶紧问问李泽慧怎么回事，为什么警察把文江翰抓走了？"

"什么？"我以为我听错了。

"警察把文江翰抓走了！"

"为什么？"

"我也想知道为什么，所以才让你问啊！"

"可是为什么问李泽慧？"

我这趟行程一共五天，我已经离家四天了，四天里发生过什么事我一点儿也不知道。杨姐急了："因为你走后李泽慧打电话来给文江翰，文江翰当天就飞到新泽西去了，今天回来他很沮丧，问他什么也不说，刚才警察来突然把他带走了，这肯定跟李泽慧有关系呀！"

我急忙挂断杨姐的电话，立刻打给李泽慧。电话在那头通了。我不安地问："姐姐，出什么事了？为什么警察把文江翰抓走了？"

李泽慧的声音听起来既没精打采又沙哑，她惊慌地问："什么？警察？你稍等一下……"

接着我就听到她跟旁边什么人在吵架，因为她说的是英语，还因为情绪激动又说得很快，我大部分都没听懂。然后我又听到旁边一个标准的美语男声也情绪激动地又吵回给她。两人全然不管我还在手机这边，我的耳朵都快被震聋了。然后，等他们终于吵差不多了，李泽慧气喘吁吁地对我说："对不起。"

"到底怎么回事啊？"我着急地问。

"也怪文江翰太冲动了。来美国这么多年，他怎么还一点都不会保护自己。"

我没来由地开始心烦她说的话，我好不容易才耐住了性子："到底发生什么事了？杨姐说他本来在家好好的，是你把他叫到你那儿去的。"

李泽慧那边沉默了片刻，她叹口气："不是我把他叫来的，是艾米莉，我女儿给他打的电话。我跟马特发生了点不愉快，孩子吓着了，就告诉他。谁知道他马上就来了。"

"这样警察就会抓他吗？"我无法相信。

"他打了马特，我拦不住。"

迈克尔刘突然在旁边说："在美国动手打人叫侵犯人身安全，

是重罪。"

我这才注意到他一直在旁边听。一时听到这样的消息，我的心乱了，我脑子一片空白，完全不知道该说什么了。作为文江翰很少的朋友之一，迈克尔刘气愤地叹了声气，说："我根本不相信文江翰会随便就动手打人！一定是发生了什么李泽慧没说的事情。"

我被他这一句话提醒，刚要开口问，没想到李泽慧比我先开口了，她一开口，就把我惹急了。她说："我现在担心他这么做会影响你拿绿卡。"

我只觉得血往头上顶，我几乎忘了自己是在满载着乘客的车上，我对着电话冲口而出："你有什么毛病？你有没有心？这时候你竟然担心的是这个？"

全车所有的人都被我言辞激烈的声音给镇住了，大家都看我，迈克尔刘赶忙息事宁人地向大家解释："她的家事，碰上一个无情无义的人，没事儿没事儿，大家都休息吧。"

几天的时间跟车上的人一起厮磨，吃在一起玩在一起，许多人都把我当朋友来对待了，这时候就有人声援我说："没事儿小颜子，这种人绝对不能跟她客气，我们支持你！"

我哭笑不得地勉强跟大家露出个笑脸，又抱歉地向他们挥挥手，表示我知道了他们的声援。李泽慧在电话那端显然有些尴尬，因为她说话的声音顿时口吃起来了，她说："难道、难道这不是你担心的吗？"

我气愤地挂断了她的电话。这是我第一次毫不犹豫地挂断她的电话，我真的太生气了。我心里对李泽慧的鄙视第一次浮到明面上，我真的太讨厌这个人了。迈克尔刘体贴地说："还有四个小时我们就能到家，我建议你赶快给文江翰找个律师，不然他就麻烦了。"

找个律师？我第一想到的就是乌律师！她是我在这里认识的唯一一个律师，而且她又那么厉害，她应该是最合适不过的人了。可我感觉上她是加拿大籍，她能帮得了文江翰的忙吗？这事儿在我到家以后，被杨姐解释开了。她说虽然乌芸现在是加拿大籍，可她在西雅图所属的华盛顿州立大学学的法律，这里的律师好多都是她的同学，找她一定是有用的。

于是，我们第一时间给乌律师打电话。可是，她的手机无人接听，办公室的电话也是应答机。这个关键的时候，不知道她到哪里去了。好心的迈克尔刘也找了个律师去打探文江翰的情况。完了他跑过来，神色很是严峻。我一看他的表情，就知道情况不太妙。

"律师说他当着两个儿童的面打人，而且邻居也看见了，他已承认打了人，再加上对方的律师态度坚决，还拿出了马特医生的受伤鉴定之类，所以，这事儿难办了。"

我紧张地问："结果会怎么样？会判刑吗？"

"十有八九会啊。"

一时间我瞠目结舌，愣住了。

"判、判多久啊？"杨姐的声音都不对了。

"这可不好说。多了五六年，少了一两年，全看律师会不会辩了。"

我的头好晕。

迈克尔刘突然一拍脑门："对了，差点忘了重要的了。律师还说，保释金三万美元，交了就能把他先领出来。"

迈克尔刘这么一说，我心里又有了希望。我觉得自己已经没了主心骨了，只要文江翰能出来，哪怕是暂时的，我们都有人可以好好商量一下。我马上算了一下，告诉大家："我带来的钱花了一些，但最近也挣了一些，加起来应该有五千。不过我卡里应该还有几万块人民币，我都可以换成美元拿出来用。"

迈克尔刘抱歉地说："不好意思，我这人平常大手大脚惯了，随挣随花，没一点存款，不过，请律师去帮我打听和见文江翰花了八百美元，这算我帮的小忙，你们也知道，美国的律师都是按小时收费的，我找的这个一小时三百美元，真的是太贵了。"

杨姐红着脸："我也是刚给小岩交过五六万美元的学费，手里只有两千美元左右的生活费。不过没关系，我这就打电话回家，让我老公赶紧换点美元给我汇出来。"杨姐说罢就直接不管北京那边还是半夜，当即就打电话给她老公说明了情况。等她交谈完了，她松了一口气说："钱的事我老公来解决，你们就不用管了。不过他说从国内汇款过来，等这边到账，再算上时差，怎么也得两天时间。"

"两天就两天，也总比我们在这儿束手无策强。"我说。见大家都在积极主动地想办法，我的心里也重新燃起了希望。

迈克尔刘说："那就只能让他先在里面关两天好好反省一下了。"

杨姐说："我觉得我们还是得去找乌律师一下，她除了是个好律师之外，还跟文江翰有私交，她如果帮忙打官司，一定会尽她最大的力量。就算她不能亲自为文江翰辩护，她也能帮我们找到靠谱的人。你们说呢？"

谁说不是呢。可一想到又要跟她见面，我的心里真有点打怵。但为了文江翰能早点没事儿，我还是勇敢地说："对，我们应该找到她。"

我们正心情沉重地商量着，李泽铭突然从门外进来了。他还是那么高、那么帅，他的脸上带着一点刚坐了几个小时飞机的疲惫，他背着一个双肩背的黑色旅行包，衣着打扮跟在北京时没太大变化。他惊喜地看着我，说："嗨！"

意外的重逢，让我就像在绝望之中看见了救星，突然之间我就哽咽了，眼泪在眼眶里打转，这还是来到美国后我第一次见他呢。我不顾杨姐还在面前，一下子扑过去，我连声问："你怎么来了？你知不知道我都快急死了？我们正不知道怎么办好呢！"

杨姐的脸色沉得能滴出水来，她重重地咳了一声。我赶忙不好意思地推开李泽铭，说："杨姐，大刘，这是李泽铭，我男朋友。"

杨姐一点也没有客气，直不棱登地就对李泽铭说："是你姐让你来的吧？我就想知道文江翰为什么动手打人？他根本就不是那种性格冲动的人，要不是发生了什么实在过不去的事，他绝对不会动手的！你姐为什么不来？"

我慌忙向李泽铭介绍："这是杨姐，跟文江翰和我就像家人一样。你赶紧告诉我们到底是怎么回事？"

迈克尔刘一句话也没跟李泽铭说，只冷淡地对他点了点头算是打了招呼，然后他就带着不动声色的挑剔上下打量李泽铭。

通过李泽铭，我们才知道了事情的原委。原来李泽慧的后老公马特最近半年一直在家带孩子。美国人就是这样，夫妻两个一个人上班，另一个人就当然留在家里带孩子。本来孩子开始是李泽慧带的，可是她觉得自己吃亏了，就闹着上班，于是换马特放弃自己的事业让老婆上班。可是，时间一久，李泽慧就拿出她当年对文江翰那一套，嫌马特没本事，不给好脸色，马特估计是没少受她的气，一次吵架后，马特动了手，把李泽慧打了。

李泽慧和文江翰的女儿艾米莉当即就给爸爸打了电话，文江翰怕他伤害女儿，一边报了警一边就马上买飞机票去了。可是李泽慧不想让马特进监狱，也不想家丑外扬，就把警察打发走了。文江翰到时指责马特，要过就好好过，别动手打人，马特不服；李泽慧训斥女儿多事，文江翰生气，就要带走女儿。马特又不让，两人打了个人仰马翻。

　　"这么说是互相打架，并不是文江翰动了手马特没动手啊？他们为什么在文江翰都到西雅图了又报警？凭什么？"杨姐生气地质问李泽铭。

　　"是啊。"我也不明白，"姐姐为什么不向警察说明情况？"

　　"因为……因为马特掉了一颗牙。你知道，美国人是很看重自己的牙的。他说什么也要把文江翰关进监狱。他已经请了律师了，姐姐怕这边没准备，所以让我过来看一下情况。"

　　杨姐愤怒地说："简直太不是人了！"

　　迈克尔刘也说："这不就等于说，文江翰打马特是为了你姐，可现在马特要告文江翰，还不把文江翰关进监狱就不罢休！你姐明明可以阻止马特这样做的呀！"

　　"对啊李泽铭，让姐姐从中劝一劝不就没事儿了吗？"我急切地看着李泽铭。

　　李泽铭的脸红一阵白一阵，他难为情地把我拉到一边，小说向我解释："实际上姐姐已经哭着求过马特不要这么做了，可是他不听姐姐的。你也知道，布鲁斯还小，姐姐还想跟马特过下去，所以她不能明着来帮这边。不过，她让我带过来一万美元，你们看看有没有合适的律师，赶紧应付一下。"

　　我失望了。可是，我还不得不去帮李泽铭向杨姐和迈克尔刘解释："杨姐，大刘，姐姐劝过没用，两口子现在也闹得天翻地覆的，估计是没有办法了。事已至此，我觉得事情怪谁已经不重要了，重要的是我们得立刻想办法解决问题才对。李泽铭带过来一万块钱，文江翰的保释金又多了一些。"

李泽铭诧异地问："什么保释金？"

我告诉了他情况，他当即为难地说："哎呀，对不起，应该多拿些钱过来的，不过我自己是个穷学生，姐姐拿过来的也是她全部的私房钱，再多也拿不出来了。"

见他态度这样诚恳，杨姐总算原谅了他，迈克尔刘看他的目光也没那么挑剔了。李泽铭提醒我说："咱们找律师了吗？一定要找个特别好的律师啊，马特那边请的可是知名的律师，要是这边的律师不行，文江翰就毁了。"

见他这么关心文江翰，我心里很是安慰，我告诉他："我们正在商量这个事情，当然要找最好的律师了。"

没想到他紧接着就心事重重地说："一定要把官司打赢，把文江翰的损失降到最低，绝对不能让他去蹲监狱，要不然他把咱们俩的前途也耽误了。"

他的这句话，让我和杨姐还有迈克尔刘不由自主地都把目光投向他。我明白了，他千里迢迢奉命跑来，又出钱又出力的，我本来以为是李泽慧觉得事因自己而起，想要努力挽回一下，原来说到头还是怕耽误了我们。他们心里压根儿就没有文江翰。我在想，文江翰为什么要这么傻？马特打老婆，关他什么事？打得又不是他的老婆，他为什么要去管闲事给自己惹一堆麻烦呀？

在我还没有说话以前，杨姐盛怒地冲李泽铭就嚷开了："你们还是人吗？"

迈克尔刘怒视着李泽铭。然后他受伤并责怪地看向我，我避开他的目光，感觉自己无地自容。

杨姐上前动手猛推李泽铭："你给我滚出去！"

我从来没见过杨姐发过那么大的火。杨姐连推带搡毫不客气地把李泽铭一路趔趄地推出了家门，李泽铭一个劲向我求救："她这是怎么了？方颜你告诉她，我是来帮忙的？我哪儿做错了？"

我眼睁睁看着杨姐把我的男朋友赶出了家门，我站在原地没动。我羞愧万分地对杨姐说："对不起。"

杨姐哭了，她不看我，只是数落文江翰："他就是活该他！人家打老婆，关他什么事啦？要我说打死才好呢！你说他是不是贱啊？他巴巴地跑过去让人给告了。他就是活该！"

"世界上怎么会有这么自私自利的人？这一家人真是奇葩！"迈克尔刘也不客气地冲门外的李泽铭嚷。

我的眼泪流下来了，但我所能做的只能是对着迈克尔刘说："对不起……"

我真的很想找个地缝立刻一头钻进去！

杨姐痛骂李泽慧："这是什么不要脸的女人啊？想着文江翰出事儿了，她把弟弟派来要帮忙，还要给钱，我才刚说感动一下，她就来这一套！我告诉你方颜，你就是瞎了眼了，没别的，你记住我的话！"

杨姐说罢流着泪进她自己的房间，把门"哐当"一声摔上了。李泽铭在外面敲着门，他想进来，我抹掉眼泪对迈克尔刘无力地嘱咐："麻烦你去告诉他，让他到外面找个酒店去住吧！"

迈克尔刘二话不说，拉开门，不顾李泽铭的反抗，强拽着他就把他推上了车。文质彬彬的李泽铭哪里是运动员一般的迈克尔刘的对手。我只来得及看见他上车前向我謦来委屈不已的一眼，然后，车就载着他飞快地开走了。

我从来没想到事情会变成今天这样，我也不知道到底我是为谁，反正我内心茫然只觉伤心不已地站在那儿哭了一会儿。然后，我想，这时候不能乱，我得赶紧想办法给文江翰找律师。于是，我鼓起勇气，拿起杨姐放在桌上的乌律师的名片，重新开始给她打电话。

功夫不负有心人，手机还是没人接，但我终于打通她办公室的电话了。那边一位女声"哈喽"一声，我激动得已经不行了。

"Hello, can you speak Chinese?"

"可以，你好。"

我赶忙说明原委，原来这是乌芸办公室的接电话人员。她告诉我说乌芸这一周正在度假，她已经明确交代了，不允许任何人打扰她。在我一再的肯求下，对方终于心软了，她告诉了我乌芸的度假地址，然后千叮万嘱，要我一定保密，不要告诉任何人这是她告诉我的。我千恩万谢地挂了电话。

拿着乌芸的地址，我敲了杨姐的门。这个地址在温哥华的维多利亚岛上，我记得文江翰之前跟我说过坐船两个小时就能从西雅图过去。我的护照上有现成的加拿大签证，过境去加拿大是没问题的。我要亲自去找乌芸一趟，可是我得要人送我去码头。

"一小时后还有最后一班船去维多利亚，你现在就送我去码头。"

杨姐叹口气，望着我感慨万千地问我："你到底是图什么？"然后，她终于把如火的目光投到别处去了。她又叹一口气，平和了情绪，告诉我："我现在查一下 GPS 怎么走，你去准备一下，该带的证件带上，五分钟之后我们就可以出发。"

　　我把证件和足够来回的钱装进包里，其他的什么也没带。我走出门外时，杨姐已经将车发动着了。此时我心里只有一个特别特别强烈的愿望，那就是，我绝不能让文江翰进监狱，我要尽我一切努力救他！要不然，我和他们俩，就没有一个好东西了。

　　直到上了船，我的心才平静了下来。这时候我才注意到周围全是陌生人和陌生的语言。上船时已是傍晚，等到了维多利亚，天肯定已经黑了，我这时候才开始发愁，没有人接，如果又打不着车，我该怎么去乌芸家？正在我忐忑不安的时候，迈克尔刘给我打来了电话。他说他已联系了岛上的朋友来接我了，随即把对方的电话发到了我的手机上。

　　我心里非常感动。平常迈克尔刘看着大大咧咧，完全不像个细心的人，可是，他常常能用类似体贴的小举动感动到我。我心里想，如果有可能，我要把苏小慧介绍给他，他真的是个特别贴心的暖男呢。

　　李泽铭没有给我打电话，他应该正在某个酒店生我的气呢。他或许在想，他大老远坐了五个小时的飞机过来帮忙，可是，我却跟别人一样辜负了他。我任凭迈克尔刘和杨姐赶走他，这是他的自尊心所不能接受的。

　　这时候我突然有点可怜起他来了，我奇怪自己以前怎么没发现，在许多人情世故的处理上，他都没有正确的是非观。他的所有是非，都以对自己有没有利来做判断。但我又能理解他，这不是他的错，是他从小就生活在这样的生活准则中，他以为别人跟他是一样的。我不知道在我有生之年能不能改变他了？

　　突然想到乌芸，我心里着实犹豫要不要告诉她我和文江翰的实际情形？如果告诉了她，她当然会更加全心全意帮助文江翰，可同时她会不会伤害到我呢？如果我因此被她公报私仇给遣送回国了，我这几个月的努力真的就白费了。一这么想，我心里就很慌。思来想去，我决定还是选择性地向她陈述事实比较好，不牵扯到我的，我没必要什么都告诉她。

就这么胡思乱想着，船靠了岸。等上了岸要过海关时我才意识到，我竟然还没填入境单。从美国去加拿大也算是出国啊，一路上神思不属，我都不知道船员是什么时候发的入境单。没有入境单的我被一个敦实的警察带进一间办公室，要我当场填写。

心里本来就着急的我一看那一大张单子上需要填写的密密麻麻的条框，简直都要崩溃了。但被警察守着，只能硬着头皮填写。这阵子虽然已经学了不少英语，但长进的基本都是听和说的能力。我发现入境单上有行字我不认识，不知道那是要我填什么，迫不得已，只得硬着头皮用本来已经熟练，但面对警察一紧张又退化了不少的英文询问守着我的这位警官。

"我不知道这是什么意思？"

警察是个好警察，他听懂了我的问话，马上就为我解释，可是他解释的我也没怎么懂。见我一脸茫然的表情，他略一思索，简短地问："你带枪了吗？"

哦，我懂了，这一行问的应该是我有没有带违禁品？

一明白，我的心情顿时就松弛了下来，看警察生怕我这句也听不懂，一脸启发期待的表情，我赶忙回答："No！"

我这么一说，不知怎的，我和警察忍不住都笑了。然后，和蔼的警察叔叔随便问了我几句常规要问的，就收下我的入境单，把我从后门放出关了。我本以为会让接我的人在外面等很久，但事实是，我比那些正常排队过关的人出来得还要早一些，我的心情因此竟然变得有些愉快起来了。

　　等我敲响乌芸家门的时候，已经晚上十点多了。怕闯空门，迈克尔刘派来接我的人陪我在侧，直到有人来应了门，他才放心地走了。来开门的正是乌芸本人。见到我，她诧异地摇了一下头，仿佛想搞清楚这是不是在做梦。

　　当我向她说明来意，她什么话也没跟我说，立刻开始用英文打电话。她在门内，我在门外，她不仅没让我进门，好像压根儿就忘了我的存在了。不过看她这么紧张立刻就开始为文江翰奔走，我一直提在嗓子眼儿的心一下就放下来了。我知道，自己找对人了。这一天的奔波操劳，没吃饭，也忘了喝水，这时候突然之间焦渴和饥饿的感觉一起袭来。我不请自来地径直走进门找冰箱，然后从里面拿出一大块吃剩的蛋糕，找个桌子坐下，就狼吞虎咽地吃了起来。

　　乌芸正表情严肃地打着电话，看到我的样子，一脸难以置信的困惑表情。她对我无声地摊了一下手耸了耸肩表示抗议。

　　“不好意思，”我嘴里满含着食物向她解释，“我有低血糖，我怕昏倒在你家门口。”

　　她顾不上跟我多纠缠，又叽里呱啦语速极快地对电话说了一会儿英文，这才收了手机。她盯着我看，我这时已经大吃特吃了一阵子，忐忑地站了起来，心说有这些蛋糕垫底，就是现在被赶出门也关系不大了。没想到，她看了我一会儿，无奈地叹一口气，转身从冰箱里拿出果汁给我倒了一杯。我完全没想到她会这么做，心里一暖，我竟然脆弱地哽咽起来了。

　　她烦恼地看着我，带着一脸不耐烦的表情说：“你不用担心，我已经开始处理了。我不明白为什么几乎所有女人在遇到问题的时候不首先想着怎么解决问题，而是哭？哭如果有用，你就不用来找我了。"

她虽然话说得不够体贴，但我明白她心里其实认为这是在安慰我。我赶忙抹掉眼泪，不好意思地说："我知道，我知道，我只是没忍住，心里太担心了而已。你觉得他会因此蹲监狱吗？"

"这要看情况，我现在还不能确定，不过我已经对文江翰采取了必要的保护措施。"

"谢谢，太谢谢了。"

她傲慢地瞟了我一眼，口气依旧够生硬："我不是为了你，我是为了你在这件事上做得聪明。你再晚一小时告诉我情况，文江翰必蹲监狱无疑了。"

"谢天谢地！"我松了口气说，"这一天怎么辛苦都值了。"

"你住哪儿？我这就把你送走。"

我一愣，难为情地告诉她："实际上，今天一天我几乎都在路上，我直接到这儿，没订酒店。"

"你无须这么可怜巴巴地看着我，我家里从来不接待外人。"乌芸原本铁板一块的脸上露出一丝惊慌。

我真心诚意地说："没关系，哪怕今晚我要露宿街头也值了，只要文江翰的事情能解决，我怎么都好说。"

我这么说让她很气愤，这相当于把她逼到了墙角，她如果不帮我，就显得太不人道了。她接连无奈地吐了好几口气，脸都涨红了，才实在赖不过地说："楼上左手第一间是客房，明早五点我会准时叫你起床。"

在我们家，我妈脾气极硬，说话极不好听，基本上所有的亲戚朋友都不敢惹她，可最后我家大事做决定的，都是我爸。我爸从小就悄悄告诉我一条人生哲理：对付强硬的人，不能硬碰硬，必须得要有点儿韧性。

我抿住嘴唇，露出了笑脸。

乌芸的家主色为黑白金，只在不起眼的墙角搁一束红骨朵的干枝梅或在门边柜子上搁一尊赭红的石头作为色彩点缀，整个房间高端大气、时尚豪华，从家具到摆设，处处都能体现出这是一个单身精英女人的家。比之文江翰家的温和随意，这儿更显得端庄规矩。有人说家貌即是人貌，这话一点儿也不假。

法律的细节就无须赘述了，总之乌芸一上马，文江翰立刻就被保释出来了。不仅如此，在她有理有利攻防自如的手段下，马特那边自觉理亏，被迫答应和解。最终文江翰被宣告有罪，需要服刑三天，两百个小时的强制社区劳动，一年内完成。罚款五千美元。对于这个结果，文江翰觉得憋气，我却很满意。在我的想法中，只要不用去蹲监狱，怎么都行。

事后我才知道，这样的结果并不是乌芸一个人的努力才能达成的，李泽慧也在女儿离家出走的威胁下，被迫从中做了不少马特的工作。不管怎样，一切终于尘埃落定。

李泽铭半个月都没有理我，精神松弛下来后，我才发现当时自己对他做得也有点过火。虽然他说错了话，可毕竟他是来帮忙的，说什么我也不该看着别人把他赶出家。于是我主动给他打了电话，我们俩交流了一下当时的情景，话说开了，就没事儿了，还是彼此思念，后悔白白错过了一次见面。

文江翰宣判无事那天，我和杨姐在家办了个欢庆 party，我们把整个社区认识的人都请来了，我的老师南希、隔壁微软的胖子夫妻、乌芸、迈克尔刘，还有我没上班这些天帮忙顶替我的一个华人姐姐克丽丝汀娜王。杨姐拿出她的中国手艺，做了各种让老外们赞不绝口的好吃的，我们都喝多了。

看到大家还能聚在家里这么热闹，我心里特别高兴。感慨之余，我一个人走到二楼的凉台上，在安静里品味大家在楼下开心。不料，文江翰悄悄地跟了过来。

"这些天给你添麻烦了。"他说。

我回过身，只见他端着两杯红酒，脸已有些绯红，他递了一杯给我："听说你连夜跑去找乌芸，全然不管人家欢不欢迎。"

我接过了酒说："是啊，你以后还是不要那么冲动了，真让人操碎了心。"

这话一出口，我突然感觉到了不好意思，这口气真的好像我妈训我爸。

他显然也感觉到了，默默地望着我，欲言又止。清亮的月光下，我迎着他的目光看过去，竟有一种说不清的东西让我心中一动。可是转眼的工夫，他便躲开我探询的目光，拿酒杯与我一碰："我这人不会说好听的话，都在酒里了。"

他碰完杯子将杯中的酒一饮而尽，我也赶紧借喝酒遮掩自己的心慌。

"还听说你跟李泽铭闹不愉快了，我很过意不去，千错万错，都是我的错，你们和好了吧。"

哦，我的心一顿，原来是为了这个。

我勉强笑了一笑："好，听你的。"

"那就好。"他显得讷讷的，像是不知道接下来该说什么了似的，"你在这儿待着，不用下去了，一会儿他们走了我和杨姐收拾就行了。"说罢，不等我说什么，他就匆匆地大步走了。望着他的背影，我的心没来由就感觉怅怅然的。显然是他的话没有说完，我的话也没有说，但都不敢说了。

　　有了这段共患难的日子，我才发现，文江翰已经成了我生活中无法想象将要或缺的一部分，但这感觉也只能在心里千回百转，跟谁我也不敢流露。我理性地质问自己：方颜，你到底在干什么？我强迫自己面对事实，强迫自己冷静。

　　本来月是故乡明，可是真的，来到美国以后，我发现这里的月亮不光比北京的明亮，还显得比北京的大，有时候不知为何，月亮还带着点红和黄的彩色。今晚的月亮便是如此。楼下的人声渐小渐息，望着那轮又圆又大的月亮，薄暮轻寒，风剪剪拂过脸庞，惊觉为何夜间竟这般凉了？

　　乌芸这晚醉酒，早上下楼才知她是在家里住了一夜。她围着个大披巾，坐在桌前，显得有点没精打采的，文江翰正从烤箱里拿出刚烤好的土司放到她面前，他动作麻利而又熟练地给她从电饭煲里舀粥，像极了一个贴心暖男："胃还难受吗？你真不应该喝那么多红酒。"

　　"我高兴。"

　　"我没给你倒牛奶，我觉得喝点粥胃里可能会更舒服一点。"

　　"行。"

　　两个人一个递一个接，手不小心碰在一起，乌芸意味深长地看一眼文江翰，叹一口气，缩回了手。文江翰的表情宽和却又饱含歉意。我突然想，他们俩在一起也许很好啊，虽然乌芸人强势，可是她爱他，还能保护他，这多重要啊！相比较而言，我处处要胜人家一筹，打心眼儿里对人家存着戒备，我是多么自私啊！为了文江翰好，我应该帮助他们走到一起啊！

　　"你起啦？"

突然文江翰跟我打招呼，我仓促地应答着走下楼梯："早。"

乌芸看也没看我，开始吃她面前的东西，文江翰抱歉地耸耸肩，我示意他没关系，我早就习惯她的态度了。我坦然地在乌芸面前坐下，文江翰把早已煎好的鸡蛋和培根也端上了桌。

"杨姐呢？还没起啊？"

"她送小岩上课去了。"

"哦。都忘了今天不是周末了。昨晚睡得好吗？"我微笑着问乌芸。

"还行。"她勉强回答。然后她转向文江翰："我一会儿走了，还是坐船，你送我去码头吧。"

文江翰说："没问题。不过我还想你在我家多休息两天呢，你回去一个人也不做饭，我保证你在这里顿顿吃现成的。我和杨姐都能下厨。"

"我也会。"我说。

乌芸不动声色地戗我："想用几顿家常饭抵律师费啊？放心，我会把天价账单寄给你们的。"

文江翰笑了，我咬住嘴唇有点不敢说话了。我知道以她的工作量，这些日子如果按小时算的话，怎么也得两三万美元了。

文江翰安慰地拍拍我，对乌芸笑说："你只管把账单寄来就是了，一分也不会少你的。"

乌芸瞥了我和文江翰一眼："得了，你们俩别在我面前秀恩爱了。"

"哪有啊？"我忙说。我实在忍不住了，"我还是告诉你实话吧，乌芸姐……"

文江翰本来站在我俩中间，一听我说这话，立刻坐到了我面前，他情急地一把抓住了我在桌上的手，而且握得很用力，他看着我意味深长地说："你好好吃你的饭吧。"

他竟然不让我说！我愣住了，疑惑地看着他。乌芸看着我们俩拉在一起的手，泄气地"哦"了一声，起身说："你们俩真是够了，我饱了。"

文江翰这才意识到自己的动作，赶忙松开了我的手，他表情严肃地对我轻摇了一下头。

事后我问他："为什么不让我跟乌芸说实话，她明明跟你很般配。我不想因为我而耽误了你的生活。"

他难以置信地看着我说："般不般配不是你看起来那么简单的，那要两个人都情投意合才行。在她眼里，我跟你还很般配呢。"

我语塞。

他烦恼地说："以后未经我允许，不要乱点鸳鸯谱了！我跟她认识多年，要好早好了，你不用为我操这个心。"

也许是这些天乌芸在家里的缘故，他没有意识到，他说的这些话，口气跟乌芸一样生硬。"好，是我自作多情了，"我生气地盯着他想，"以后我再也不会管你的闲事，你自生自灭去好了！"

14

失业的日子

因为文江翰官司的事，耽误了我在迈克尔刘那儿的工作，他只能临时又招了新导游克丽丝汀娜王。她是个刚嫁给一个本地老外才一年的河南来的单亲妈妈。迈克尔刘告诉我，克丽丝汀娜王有一个女儿，已经八岁了。在家乡因为生了女儿，遭到婆家歧视，终至离婚。离婚后又总是被人说闲话，让她伤透了心，于是通过国际中介介绍到国外来嫁给了现在的丈夫。

她是到美国后才开始学说的美国话，因为有个美国老公天天当陪练，我觉得她说的英语已经相当不错了。迈克尔刘使坏，说当时他们见面时语言完全不通，竟然也没妨碍两个人把婚结了。为乌芸开 party 那天克丽丝汀娜王也来了，我们在院子里聊过天，她性格开朗、又善于言辞表达，一下我就被她吸引了。

她身材中等，长头发，长着一双典型亚洲人的细眼睛。说不上好看，却显得很精神。她对我说："安妮，你知道我为什么心甘情愿对我现在的丈夫这么好吗？家里什么事儿我都不让他操心，我让他吃现成的、喝现成的，我像对待国王一样地伺候他。"

我也好奇："为什么？"

"因为他对我闺女好！"她的感激发自真情，"你知道我女儿她亲爹对孩子什么样吗？"

"什么样？"

"我们孩子从出生直到我们离婚，他抱孩子的次数我都能数得清。孩子很怕他，想到这个我就气得不行。"

"我明白，相比较而言，美国人很爱孩子。"

"你算说对了！"克丽丝汀娜王点着手指头，仿佛找到了知音，"他们爱孩子是发自内心的爱，不求回报的爱。斯蒂文对我女儿视如己出你知道吗？我语言不通，他给孩子开家长会，他带孩子参加各种活动，我们孩子从小胆子就小，刚来的时候动不动就哭，有时候我都烦，可是他一点也不。他还教我，一定要对孩子有耐心、有信心。我跟你说现在我女儿跟他比跟我都亲！"

"哇，真为孩子感到高兴。"

"你说这样的人，能不让我心甘情愿对他好吗？"

"是的，太应该了。"

"所以我对他孩子也特别好。将心比心。"

"没错。两个孩子能玩到一起吗？"

"儿子大两岁，太有礼貌了，对妹妹好得很。我常常庆幸，我来美国真是来对了。不过呢，我也有一点苦恼，你帮我分析分析。"

我忙问："什么苦恼？"

"离了婚那就应该是仇人，对不对？我跟我前夫就跟仇人一样，我这辈子都不愿意再见他。你说这外国人他怎么不跟咱中国人似的呢？"

"怎么呢？"

"我现在这老公对他前妻吧，还挺照顾。我们住在肯特那边，他前妻占了他的房子，相当于我跟他结婚的时候是租房子结的。结果呢，前两天，他前妻突然生病了，他还去管；之前房子水管坏了，他也去管，昨天我不放心，偷偷跟着他去到他前妻家，你猜怎么着？我还看见他竟然给那女的把内衣还洗了。说实在的，我心里真有点受不了，我心里真挺生气的！"

听了这些活色生香带着生活的原汁原味的话，我忍不住哈哈大笑。我觉得我真挺喜欢克丽丝汀娜王的。她那么直率的性格，见个中国人就把人当娘家人诉点小苦，让我觉得好亲切。在国外，大家见面都维持着西方式的礼仪和体面，好久没人这么痛快地跟我说过家长里短了，仿佛回到了国内一般。

"你笑什么？你们没这种烦恼的人大概觉得我很窝囊吧？"

"没有没有，"我赶忙澄清，"我觉得你应该把你心里想的跟你老公谈一谈，他可能没想那么多。"

"才不是呢。我跟他谈了，可是我说不过他。"

"他怎么说呢？"

"他说如果他不去照顾他的前妻，他的儿子就会担心，而且，他说就是邻居生病没人管了，他都会搭一把手的，何况那个女人还是他儿子的母亲。"

我没想到她老公还挺会做思想工作的，禁不住又笑了："王姐，我觉得你应该想开一点，国外的这些人，好多离婚之后都不反目的，就像你说的，他们特别爱孩子，他们知道父母的哪种状态是真的为孩子好。就像你，你觉得你跟你老公反目成仇对你女儿的影响大吗？"

她想了想，说："你说得有道理。我女儿以前特别胆小，可能跟我和她爸离婚反目有很大关系。"

"所以啊，只要斯蒂文心里爱的是你，他去照顾一下生病的前妻有什么关系？我觉得你甚至可以熬锅鸡汤让他带去，我就不信，你都这么好了，他还能再重新去爱他的前妻？男人是最知道跟谁在一起生活舒服的。"

这回轮到克丽丝汀娜王哈哈大笑了，她连连说："你说得对，你说得对，我早怎么没想到这样做？不过，你知道吗，现在连斯蒂文他前妻也开始佩服我了，斯蒂文昨天晚上跟我说的。"

"怎么呢？"

她得意地笑着说："我们买房子了！我跟他结婚才一年，我们就重新买房子了。斯蒂文说他本来以为他这辈子也不会再有自己的房子了，可是他一年收入有四万块，我这样打打零工，一年怎么着也能挣两万块，孩子上学又不交钱，我们干嘛不能买自己的房子啊？尤其是，你知道吗？这儿的美国本地人，只要信用好，他们可以贷款百分之九十来买房子的。我们的房子两层楼五间卧室三个车库，才三十几万美元，你说，这要在北京，我是不是就算千万富婆了？"

"那绝对的，你可太能干了！"我由衷夸奖地说。

克丽丝汀娜王笑得更开心了："我们中国女人不都这么能干吗？从小咱就受教育，要吃苦耐劳，对不对？吃得苦中苦，方为人上人！以前斯蒂文的钱除了养孩子，还要养他前妻，他就是个月光族。可是现在我们有房子要供了，我得赶紧想办法给他前妻介绍个对象才好。你帮姐姐想着点儿，让你家文江翰也帮我留意一下，我要把他前妻给嫁出去了，那她这份赡养费我们就不用给了。"

我笑说："好，我一定帮你留意。"

"你知道吗？自从我们买了房子以后，我现在是斯蒂文他们单位的名人了。"

"是吗？"

克丽丝汀娜王一脸自豪的笑："他们单位的同事都知道，美国女人没中国女人会过，你要娶个中国女子，那肯定日子能越过越好，多难实现的梦想，咱中国女人都能搞定，所以，他们都让我给他们介绍中国媳妇儿呢。"

我又被她逗得哈哈大笑。她自己也笑得很开心。说着她的家事，她突然就把话头转到我身上来了，她问我："结婚有半年了吗？"

我含糊地答复她："快了。"

她突然压低了声音亲密地对我说："有信儿了吗？"

我一时没能明白她的话："什么信儿？"

她轻打了我一下："傻瓜！"

我一下明白了，顿时面红耳赤。

她越发笑起来了："到底是年轻，还脸红呢。我看你家文大哥年纪也不小了，你还不抓紧时间给人家生一个？"她完全不管我是不是愿意跟她讨论这个话题，就自顾自把事情扯开了，"我跟你说，有的男人表面上说有没有孩子都无所谓，可那绝对不是真话。你要真生一个给他，你就会发现，他比你在意孩子多了。"

我仓促地打断她："王姐，王姐，我们不说这个，说点别的吧。"

"姐要不把你当妹妹我就不说这不见外的话了，你叫我一声王姐，我就不能让你白叫，妹妹，姐是过来人，真的，别怕生，你这年纪就是生了也影响不了体形，反而年纪越大的人越不好恢复，你就听姐的吧！"

我完全招架不住她的热心，看杨姐走过来了，我赶紧顾左右而言他地走开了。走开好一会儿我的心才平复下来，妈呀，遇上一个太热情的人真是可怕。但是，我忍不住设想了一下，假如，真的有一个小人版的文江翰在地板上跑来跑去，那会是怎样一幅场景？看他爱他女儿那模样，他一定会跟屁虫一样跟着孩子跑来跑去，拿在手里怕摔了，含在口中怕化了吧？

——天哪，我在胡思乱想什么呀？我一时心慌意乱地就跟人都知道了我的所想似的，心虚地一个人逃上楼去了。

那天聚会结束后听杨姐说，克丽丝汀娜王执意帮忙把厨房打扫干净了才离开，所有人对她印象都很好。杨姐跟我讨论，说克丽丝汀娜王基本上算是来自中国乡村底层的人，来美国后她竟过得如鱼得水、心满意足，可见美国社会对低收入蓝领阶层的包容。我也感慨，其实哪儿都有人的活路，过不下去、过不好，可能不是你的问题，而是因为你没有找到对的地方生活而已。真为克丽丝汀娜王感到幸运。

文江翰的官司结束，我可以上班了，克丽丝汀娜王主动找到我，她恋恋不舍地要把工作还给我，同时告诉我："我照你那天跟我说的话去做了，我真的炖了一锅鸡汤让斯蒂文给他前妻端去，他前妻怎样我不知道，斯蒂文却感动得要命地搂着我，说我是世界上最好的女人。"

我真的很想帮助克丽丝汀娜王维持她来之不易的幸福。她这么一说，让我不由得脑子一热，然后我断然地告诉她，我的工作我让给她了。只要她愿意，她可以接我的班，因为她其他的工作都没这份导游赚得多，我要为她早日还清房贷做一点朋友该做的贡献。

克丽丝汀娜王感激得都要跳起来了。她激动地把我搂进怀中，不停地跟我说谢谢。然后她向我说了实话，说因为花销太多，这阵子她确实非常需要钱，再没有比现在这个工作更能解她的燃眉之急了。我一点也不后悔把工作让给她了。为此，克丽丝汀娜王和斯蒂文悄没出声地在家里准备了烧烤party，盛情邀请我、文江翰、迈克尔刘等去她家参加。我在西雅图又多了一个朋友，我心里可高兴了。

失业的原委，我没跟李泽铭细说，只简单告诉他不能在迈克尔刘那儿干了，没想到李泽铭比我还不舍那份工作，他说他正打算以后不用姐姐的钱，用我们的钱自己交学费生活费呢，那样我们就不用什么事都听姐姐的了。我听了这样的话，心里有种说不出的失败感。我郁闷地跟苏小慧通电话，苏小慧生气地问："李泽铭那家伙到底把你当什么人了？他是不是脑子读书读坏掉了？"

我不知道，我只知道我心里不高兴。

因为没有了工作，我的生活一下又闲下来了，大把的空闲时间没处打发，我就主动承担了家里一大家子人的日常采购工作，还抽空跟南希学会了做杯子蛋糕和黄油饼干，还有时间，我就跟着网上教的菜谱学做饭，最后时间还是有富余，我发现草坪上不知何时长满了蒲公英，我就决定拔掉这些蒲公英。

国内的蒲公英个儿小，开得花跟一块钱硬币那么大点儿，还是单瓣儿的。因为雨量充足，土壤肥沃，这儿的蒲公英个儿头巨大，一棵草就能占一大片地，别的草就不用长了，开出的花来重瓣不说，还又妖艳又明媚，不仔细看，那一朵朵的简直就像是菊花。这还不算什么，主要是它开完了花之后，种子呈毛毛状四处飘散，导致许多人皮肤和鼻子过敏，这是典型的害草。这里人都叫它"恶魔花"。

见我信誓旦旦要拔恶魔花，文江翰觉得是我低估了这项工程的艰巨程度，就忍不住提醒我："你知道这院子里有多少棵蒲公英吗？"

我说："反正又没别的事，多少我也要把它们拔干净了。"

他说："所谓拔干净了，可是要连根拔起才算的，不然过不几天，它又从根儿上发出新芽来了。"

我说："我知道。"

见我真下了决心，文江翰从车库拿出一把手臂长的尖铲和一个手臂长的钉耙，放到我面前说："这是专门除蒲公英的工具。走，我教你怎么使用这些。"

说着，他带着我走到后院，找到一棵很大棵蒲公英，把尖铲用力扎入蒲公英的根部，一直扎到不能再往下扎了，然后用力往上一撬，再用钉耙勾住蒲公英往外一拉，一整棵蒲公英带着根一下就出来了。他回头看着我说："这样拔出来了要拿起来扔到水泥地面上，不能让它在草坪躺着，如果你就扔在草坪上，没及时清理走，第二天你就会发现，它又悄悄把根扎在草坪里重新生长了。”

“生命力真够顽强的，”我惊叹，然后我接过他的工具，“好的，我知道怎么干了，一定把这里所有的蒲公英清理干净，一棵都不留。”

文江翰还是不为所动的样子，接着说：“不知道你是什么速度，反正每回我拔一次，把这院子里的全拔完，基本上要三天。到时候这整个胳膊基本就不能动了。”

我忍不住一笑：“你也太小看我了，我发动小岩，我们一块儿拔，我保证一天就能把这些恶魔花都给拔干净了。”

他忍不住笑了，宽容地说：“有志气，祝你们拔草愉快。”

看他的表情，他还是不相信我能说到做到。于是，在他白天去“服刑”做他的无偿社工时，我就跟小岩在家里拔蒲公英，开始我完全没把文江翰的劝告放在眼里，直到我拔得手臂酸麻，才发现自己只不过拔光了整个院子十分之一的面积，这时候，我才明白他告诉我的那是人家的经验之谈。

小岩跟我拔了不到一小时，就呼天抢地地躺在草坪上大嚷着说胳膊断了，一棵也拔不动了。我坚持拔到第二天，胳膊也累得不行了，看见蒲公英就打怵。但大话已经说出去了，文江翰一问：“还行吗？不行就算了。”我马上就大大咧咧地回答他：“当然没问题。”

每天晚上洗澡抬不起胳膊来时我就骂自己：“逞什么强呀你？都拔好几天了，才刚拔了半个院子，我看你拿剩下那半个院子怎么办？”

早上起床时一想到还要拔草，我那个沮丧就别提了，真是有苦说不出啊。这天我找借口说自己要去商场帮苏小慧采购包和化妆品寄回国内,才给可怜的胳膊们放了一个假。再不放假不行了,俩胳膊都快累断了。等我足足在外面逛完一整天回来之后,我惊奇地发现,院子里的蒲公英已经被人全拔光了。

"谁干的?"我又惊又喜地去问文江翰。

他一边在厨房料理台上切着西红柿,一边漫不经心地说:"可能是小岩吧。"

小岩?难道他良心发现了?我跑去问小岩,碰到杨姐,杨姐笑说:"你信他的?小岩才不会干。那是他看你拔不动了,还强撑着,他帮你干完的。"

我不好意思极了,主动跑去帮忙做饭,还占了便宜卖乖地说:"哎呀,本来你要不帮我干,我正准备明天一鼓作气把它全拔了呢。"

他还是那么不紧不慢地盯我一眼说:"哦,是吗?"

我忍不住不好意思地大笑。

失业的日子因为闲了,我和苏小慧的联系就勤了起来,跟她说起文江翰,我忍不住流露出赞赏之意,她敏感地说:"我发现你现在跟我说出来的话里十句有九句都是文江翰,你是不是爱上他了?"

我吓了一大跳,惊怒反驳她:"你别在那儿胡说八道!"

"我胡说八道了吗?刚去的时候你天天跟我说的都是李泽铭。自己仔细想一想,最近有主动跟我提到过一次李泽铭吗?"

我愣住了。心慌意乱地强词夺理:"那不是因为他离得远吗?我跟你说的都是日常生活,他又不在我身边,我只能说身边发生的事,可不就没他了吗?警告你,再乱说话就不理你了!"

苏小慧被我的强势压住了,她原本就是信口开河,这下只得认栽,承认自己胡说八道了。我这才心里稍微平定了一点。

可是一个人的时候,我忍不住回味她的话,平心而论,觉得自己真的对文江翰产生了一些不该产生的感情。连苏小慧万里之外都感觉到了这一点，那我真得要好好注意一下自己的言行了。想想当初什么都没有，李泽慧都会无端指责我轻浮，如果被她知道什么，那我真是没有办法再做人了。这么一想，天啊，真是太可怕了！于是当即命令自己，一定要收心敛神，要跟他保持距离，绝对不能再这么下去了。下过决心之后，心里终于轻松了一点。

于是，之后几天，我都刻意躲避开文江翰。他早上很早就出门去"服刑"，那时我还没有起床，等晚上他回来，我早早就吃了饭上楼进自己房间。之前晚饭餐桌上的说说笑笑我也不参加了，更是坚决杜绝跟他单独碰面。有天杨姐堵着我悄声问："你跟文江翰怎么了？"

我强作镇定："没怎么呀？"

"那你干嘛老躲我们？"

"你想什么呢？我跟我北京的同事约好了每天这个时候通话。"我骗她。没想到她琢磨地看看我，竟然被我骗过去了。我叹口气，这些日子不跟他们说说笑笑，我自己也觉得很闷。可是，有什么办法？

就这么坚持了几天之后，有天早晨，我像往常一样下楼，突然发现文江翰一个人在客厅待着，他竟然没有去上班。往常这个时候他肯定已经走了呀！我想退已经来不及了，他抬头向我打招呼说："早。"

我仓促地答："早。"我其实很想立刻问他怎么不去做义工了？这么快就做完义工了？可是我忍住了。

我看到餐桌上煎好的两份培根鸡蛋卷和一盘刚烤好的面包，心中一动，为什么是两份蛋卷，不会是有我一份吧？我假装没看见，开冰箱拿吃的。他果然走过来说："你不用准备了，这里有一份是给你的。"

我好感动，但理智告诉我，我得拒绝他。于是我违心地拿出一桶牛奶，笑说："哎呀，谢谢你，不过我最近正在减肥，我喝点牛奶就好了。"

我在他的注视下心慌意乱地暗骂着自己，匆匆给自己倒了半杯牛奶就想躲开。他突然说："是不是我有什么地方做得不对惹着你了？"

我慌乱地说："没有呀，你怎么这么想？"

"可是我明显感觉你最近都在躲着我。"

"我真的没有啊。"我极力抵抗。

"跟李泽铭闹别扭了？"

"不是。"

"想家了？"

"也没有。真的什么事儿也没有，你想多了。"我全盘否认。

他终于放下心来："哦，那就好，那我就放心了。不瞒你说，这几天总觉得你有什么心事似的，还一直担心是自己做错什么了？所以今天专门请了假在家。你要有什么事想要找个人谈一谈，我今天一天都有时间。顺便说一下，这是我专门给你做的早餐呢。"

他一脸坦诚的样子，我都快要哭了。我问自己，我跟他就不能做朋友吗？他就不能当我的大哥哥吗？这么好的一个人，我就因为自己心里有鬼，就拒绝人家的好意，这像话吗？

"减什么肥呀，你一点都不胖。坐下吃吧，我陪你。"他微笑着鼓动我。

我再也无法坚持下去，我决定投降。生活在一个家里，低头不见抬头见，我不能总跟他这么别别扭扭的吧？我轻叹一声，不再跟自己打仗，在餐桌边坐了下来。

"这就对了。"他笑着把一份蛋卷放到我面前，"艾米莉最喜欢吃我做的这种蛋卷了，以前每次我给她做，她都能吃一大卷。这里面不光有鸡蛋，还有培根、西红柿、青椒和起司，营养真的很丰富，肯定不会长胖，你尝尝。"

他这么说，刹那间，我有一种我爸在身边的错觉，不过这种错觉好温暖。他这是把我当成他的女儿艾米莉了吗？

我迷惑地看看他，咬了一口他做的蛋卷，你别说，做得还真不错，滋味丰富，口感超好。一大口蛋卷下肚之后，我抬眼看他，我们俩都欣慰地笑了。

好久没吃过这么可口的早餐，见我把他准备的食物全部吃光，文江翰开心地对我说："看你这段时间一个人待在家里怪闷的，要不，明天开始，你送我去马路边捡垃圾吧？你送完我以后正好去超市购物，等下午四点左右你再来接我，省得我的车在外面暴晒一整天。"

"我看出来了，你是嫌我太无聊。"

他不承认地说："没有的事，出门走走看看新鲜事，顺便也了解了解风土民情，多好。"

我知道我的疏远计划彻底泡汤了，不过我竟然很高兴。去他的什么疏远，有个挺好的人在身边，我怎么就不能偷偷地喜欢他一下呢？我想，我会掌握好分寸的，我又不是那种轻浮的人。于是，我欣然同意了文江翰的提议。

曾经追过一个美剧《绝望的主妇》，里面有一段讲某个女主劳动改造，就是在高速公路边捡垃圾，文江翰的强制社区劳动也是这个。

美国的劳改跟我们国家的劳改不一样，它是涉及社会各个阶层的每天都会发生的一种社会机制。比如酒后驾车、破坏公共设施、打老婆孩子、虐待动物等行为，除了要进行经济赔偿和必要的蹲监外，你还要被强制执行一定时间的社区服务。如果在中国你看到有人在马路边擦栏杆、去除小广告、清理高速公路边的垃圾时，那可能是在学雷锋，在美国，这绝对是在劳动改造。

第二天早上刚六点，文江翰就叫我起来了。我没想到他每天都是这么早就出门了。于是打起精神，胡乱吃了点早餐，就上车准备出发。我看他拿了一个饭盒，有点奇怪。他说："不奇怪啊，义务劳动没人管饭，去的人饭都是自己做的。"我打开他的饭盒，看到里面是个简单的三明治。

"这能坚持一天吗？"我问。

他坦然地说："勉强能坚持到下午，美国人的午餐不都这么简单吗。对了，我跟你说，跟我同去做义工的一个家伙，竟然天天都带一饭盒红烧排骨，每到中午我们一起坐在树荫下吃饭时，所有人都羡慕地看他，他可得意了。"

我有些抱歉地看着他："你不早说？红烧排骨我不会做杨姐一定会做，你让她做了给你带着啊。"

他笑说："哪里需要劳动杨姐呀？我也会做，我就是不想那么显摆而已。人本来让你去做义工，是想通过劳动改造，来达到让你洗心革面、重新做人的目的，结果你每天又是鱼又是肉的，能便于思想改造吗？咱到底干什么来了？"

他把我逗笑了。

"也是。"我笑说。

　　我把他送到集合的地方，看他跟二三十个跟他一样穿着橘黄色马甲"劳改服"的人一起上了两辆大巴车，然后目送载着他的大巴上了路。我便去当地最好的华人店逛超市。逛着逛着，我突然看到柜台后店员刚摆好一些盒装的排骨和鱼，非常新鲜的样子，我忍不住灵机一动，当即买下了最好的那盒排骨和一条鱼。我想，他能那么精心地给我做好吃的，我怎么就不能为他做一回呢？

　　于是，从超市出来我一分钟也没耽误地开车回了家，我本来想让杨姐教我怎么做排骨的，可是杨姐竟然不在家。迫不得已，自己上网查了做排骨的方法，没想到方法还挺多，有翠花排骨、酸菜排骨、糖醋排骨还有豉汁排骨。因为老爸做豉汁排骨特别好吃，一下就看中豉汁的了。看看时间，正是北京的黎明时分，怕打电话回去把老爸吓着，就自己照着网上的教法做了起来。

　　正做着，杨姐回来了，一进门她就嚷着惊喜地说："好香，你做什么呢？"

　　我给她讲了文江翰的事，杨姐袖子一挽，仗义地说了声："姐姐帮你一起做。"

　　于是她把鱼剁块儿，做了个色泽金红的糖醋鱼。等我的豉汁排骨出锅，我心虚地盛了一块排骨给杨姐尝尝，生怕她皱着眉头告诉我你做瞎了。可是没想到，她尝完之后露出惊喜的表情，夸奖说："你还真行，第一次做这味道我就挺喜欢的。明天咱这俩菜一上去，保证把其他所有人都震了，红烧排骨算什么？咱这才叫地道的中国美味呢！"

　　看杨姐得意的样儿，我都笑得不行了。

　　第二天我没让文江翰带盒饭，我告诉他我中午去给他送现成的。他说别别别，那太麻烦了，杨姐抢白他说麻烦什么麻烦，反正方颜闲着也是没事儿干。他根本就不知道，他的丰盛午饭头天我就给他准备好了。所以中午我把两个硬菜热好给他送过去的时候，他惊呆了。等我下午四点多去接他的时候，几乎所有的同行"犯人"们都向我面露笑脸竖起了大拇指。

我惊奇地问文江翰："他们干什么？"

他笑着说："从没见你露过，没想到你做的食物这么好吃。我把豉汁排骨和糖醋鱼都分给大家吃了，这些老外哪儿吃过那么好吃的中国食物啊，个个一边吃一边叫好，激动得就差泪流满面了。"

看他得意的样子，我心里好开心啊。我重新找着了生活目标，那就是，每天给文江翰不重样地做午餐，咕咾肉、手撕鸡、孜然羊肉、糖醋里脊，时不常杨姐还包了不同馅儿的饺子让我带去。因为我的美食，管教的警察一看太阳太晒，就把文江翰叫到树荫下去聊大天儿，这事儿要是发生在其他人身上，会有人提出抗议，可是发生在文江翰身上，所有人都没意见。

文江翰每天都制止我再用午餐把他搞得那么特殊，但我能感觉到，他对我的行为给他带来的一切都很享受。有回我接他的时候有个人走到我面前来向我竖大拇指，用英文对我说："You're pretty girl, best wife."然后又指着文江翰说："This gay is lucky man. Very lucky!"

我看了文江翰一眼，不好意思地笑了起来。他一脸严肃地看着我，用大家都能听懂的英文说："你看，我就说了，你不要对我这么优待吧。你每天弄得那么好，以后等咱走了，没吃的了，谁还有心在这儿干活儿啊？"

所有的人都哈哈大笑起来。我也笑了，他好像一点儿也没注意到，别人把我们当真的夫妻来对待了。

　　文江翰的"刑期"终于要结束了，当他告诉我只剩半天，他就可以成为自由人的时候，我还真有点舍不得这段日子就这么结束呢。

　　那天上午下了一场大雨，雨停后，天空竟然出现一道绚丽的彩虹。虽然只有半天，我还是如往常一样做了好多好吃的分给大家当午餐。每个人，包括管教，都一一过来跟文江翰拥抱了，没人舍得他走。他们中的许多人我都能叫上名字了，大胡子的是山姆，大胖子是卢克，还有黑人姐姐斯嘉丽，连我都舍不得跟他们分别了。斯嘉丽搂着我一个劲儿跟我说："祝你幸福，好姑娘，祝你幸福。"

　　我答应她，我会幸福的，让我们大家都幸福吧。

15

泛舟联合湖

　　回去的路上，有一阵我们谁也没有说话。他默默地开着车，我默默地坐在他旁边。这段时间，我们俩好像都忘了自己的实际身份了，一直被人误会成是两口子，谁也没去主动向人说穿。现在，随着他"刑期"的结束，这种概念的模糊化也要结束了。我能明显捕捉到自己心里的失落感，他却像是真的完全没意识到这件事一样，我看不透他。

　　我们走着走着，他拐上一条陌生的路，他说："我带你去一个地方。"

　　我没什么兴致地问："哪儿？"

　　他说："先不告诉你，去了你就知道了。"

于是，他便载着我来到了联合湖边。

西雅图是个水城：西边有连着太平洋的普吉特湾，密密麻麻行使着往来阿拉斯加和太平洋沿岸的各种渔船、游轮和远洋大海轮；中间有绿湖和联合湖，绿湖风景秀丽，离华盛顿大学很近，有很多人在湖边漫步、看书。其实我觉得联合湖翻译成团结湖更好一些，北京就有团结湖，叫起来更顺口。它是一条狭长的人工湖，为了连接普吉特湾和城市东边的华盛顿湖。因为它贯穿整个西雅图市，游玩方便，所以要说热闹，这几个湖里，还是联合湖。

文江翰将车停在一处湖景房的楼下，然后拿出钥匙，开门领我进了一处公寓。

我好奇地问："这是哪儿？"

他说："这是一个国内朋友的家，他长期不在，我会定期过来帮他照看一下。突然想起有回你说你喜欢《西雅图夜未眠》，那个电影里汤姆·汉克斯住的那个船屋就在前面，所以带你来看一下。"

我激动不已，马上就问："哪儿呢？"

他带着我穿过一个小栅栏门，一直走到湖边，指着百十米外的对岸，说："那个就是。"

只见波光粼粼的湖面上，一叶细长的扁舟，舟上一个金发的窈窕少女，居然撑支长竿在湖中央划行。湖水清澈见底，映出深蓝的天空和已经变淡的彩虹，湖对岸的房子层层叠叠倒映在水中，我深深被这奇景所打动，真的有一种要美哭了的感觉。正在这时，突然水面被一股巨大的力量划开，一艘不大的划艇飞一般地冲过来，随即，在我的目瞪口呆中真的飞上蓝天去了。

文江翰看我傻傻的样子不由得哈哈大笑，说："把那当船了吧？那是水上飞机，那边不远处有个水上飞机站。迈克尔刘没告诉你这里可以带游客过来玩的吗？"

我气愤地说："真的没有，原来好玩的地方他都自己玩了，我从来没来过这里！"

文江翰哈哈大笑，说："就是，太不够哥们儿了，回去就找他算账！这个水上飞机是西雅图的观光飞机，今天我就不带你坐飞机了。我们自己撑船去对岸。"

我惊讶不已："自己撑船？"

"走。"他带我回转身，又从小栅栏门穿回来，走到我们停车的公寓门口，开了车库门，从里面搬出一只橘红色的小舢板。对我说："还愣着干什么，墙上有救生衣，穿一件在身上。"

我真的太好奇了。赶紧穿了救生衣在身上。我难以置信地看着那个看着很小的小舢板问他："这是一个人划的还是两个人划的？"

"当然是两个人，你没看见这两个座位吗？"

"真的不会沉下去吗？"我心情激动仍然难以置信。

大约十分钟之后，我和文江翰就坐进小舢板中，一下一下地划进湖心去了。为了让我看得更清，我坐在前面，文江翰当苦力在后面划船，水线就在我身边十几厘米的地方，两边胳膊自然下垂，就能把手放进清凉的水中。这又是一种奇异的体验。虽然爱水，可完全把自己置身于波平如静的水中，这还是第一次，喜悦激动而外，更有一种目眩神迷的感觉。我做梦没想到，我们俩会处于这样奇妙的情景之中。我不敢回头看他，我怕一看，就会发现这不过真的只是一个梦。

突然，有几条十几人的皮划艇沿着湖面向前飞一般划过。我一下激动起来，从来没见过这么好玩的事情啊，我手忙脚乱地拿出手机拍照。文江翰说那是华盛顿大学划艇队的队员在练习。我催促他离得近些，我一边拍照一边冲他们挥手："hello！ hello!"

那队洋帅哥都看向我，也热情地冲我打招呼。

文江翰担心地说："你坐下，这样太危险！"

我也是太开心了，加上跟他一起单独进行这种浪漫而又新奇的活动，我太激动，所以有点失控，就完全没在乎他的话。我兴奋地起身向人摇晃我的手臂。只听文江翰最后嚷了一句："有浪来了，快坐下!"

他的话我还没听全，我们俩就一起翻船掉到水里去了。但我穿着救生衣，又会游泳，在瞬间的紧张之后很快就恢复了冷静。等我浮出水面，才发现文江翰正疯狂地大喊着我的名字，一脸惊恐地正奋力撕扯自己的救生衣。

我诧异地抹了一把脸上的水说："我在这里，你在干嘛?"

他瞪了我两秒钟，然后游过来一把把我攥在手里，所幸离岸也就五六十米的距离，他拼命把我往岸上一推，冲我吼了起来："你干什么？你到底要干什么？你怎么那么不听话？你有什么毛病？"

他的脸因为紧张而涨得通红，他又着腰一副凶神恶煞的样子。

我都被他骂愣了，真觉得他莫名其妙，他竟然这样凶狠地瞪着我，把我的好心情一下就搞没了，我又气愤又委屈地冲他嚷："不就是掉到水里了吗？你对我那么厉害干什么？我又不是不会游泳。"

他愣了愣，这才发现自己失态了，顿时有些对自己的行为不知所措："你、你会游泳?"

"废话！"

他一脸尴尬的表情，但还是气愤地说："好好好，是我的错。明知道有危险，还带你来这种地方。都是我的错行了吧？我真是多余！算了，我们回家!"

我望着自己一身湿透的样子，完全不明白他这是怎么了："我们不去对岸看汤姆·汉克斯家的房子了？"

"不去了。"

"那我们大老远跑来干嘛？"

他不理我。

一看自己这么湿漉漉的，衣服都不争气地贴在身上，我不禁又急又气，质问他："你把我掉到水里弄成这个狼狈样子就回去？你没事儿吧？我不明白你到底在紧张什么？"

他瞪着我。他没我嘴快，被我这一番连珠炮似的质问搞得张口结舌，一时没能想出怎么反击我。

这时有人还把我们的小舢板拉过来了，有人关心地问我们没事吧？还有人问要不要叫救护车来，我们赶紧告诉他们我们没事儿。然后，人家重新下水了，就我和文江翰还傻傻地站在水边。他扛起舢板自己在前朝公寓走去，我气愤地跟在他后面。

"本来好好的，为什么说不去就不去了？就为落了水？人家也都落了水，不都重新下水了吗？我都说了没事儿没事儿，你这是干嘛？"

他头也不回地对我说："你不听话，我最受不了不听话的。"

"我又不是小孩子，我自己知道分寸。"

"算我好心办坏事了好吧，反正那房子你也远远地看过了，我们现在回家。"

我简直快被他气死了，我完全不知道为什么一点小事他就紧张成这样，这真的太不可理喻了。有什么了不起的，不就是不看了要回家吗？回家就回家，以后我自己再来就是了。我赌气坐上他的车，他把舢板放进车库后发现我已经坐在车里了，闷闷地提醒我说:"公寓里可以淋浴,你这样会感冒的。"

我看也不看他:"气都要气死了,我还怕感冒啊?"

他抱歉地站在车边,欲言又止地站了一会儿,终于嗫嚅地说:"艾米莉五岁的时候跟我来划船,也是这么着不听我的话,掉水里了。我让她穿救生衣,结果安全扣她没扣好,我当时……真的以为要失去那孩子了。"

他一脸的沮丧和沉痛,仿佛时光重现。我一下子愣住了。

"不是你的错,真的,都怪我,我大意了。本来不应该让你掉水里的,幸好你不怕,又会游泳。"

原来是这样。我的心一下软了。看他一脸歉疚的样子,我也不由得缓和下来了。我问:"后来呢?"

"后来她没事了,可是李泽慧说其实我是故意把孩子置于危险境地的,因为我们那时候在闹离婚,法官因此认定我是个有潜在危险的人,所以我没能拿到孩子的抚养权。其实,我很想告诉他们,那孩子是我的命!我宁愿所有危险都由我一个人来承担,我宁愿拿我的命去换她的安全!可是没人听。"

他安静地陈述一个事实,没有任何故意煽情的成分,可是我就觉得心好痛。一阵风吹来,我不由得打了个冷战,他看见了,抱歉地请求我:"别生我气了,是我一时太急,说话没注意口气。你去洗个热水澡吧,要不然真的要感冒的。"

我什么也没说,当即就乖乖下了车。他跑去为我开门。进到公寓里,我一边淋着热水浴一边想我们落水的情景,越想越觉得可笑,可笑之余,想到他和女儿发生的那些事情,竟又异常心酸——这个男人太思念女儿了,他带我来划舢板的目的,也许根本不是想让我看什么船屋,他就想假装是带着女儿故地重游——不然我落水后他不会慌乱如此。世上有一种情是最让人无法不动容的，那就是父母对孩子的感情。实在太真挚了。

等我从浴室出来时，发现他已经理所当然地把我的衣服烘干了，而且还煮了一壶热咖啡。我喝着咖啡，叫他也去冲一下，我帮他把衣服弄干，他却内敛地说没事，他可以回家再洗，只要我干了就好。

他耐心地等我喝完咖啡，叫我别动，他收拾杯子，又井井有条地将我们用过的物品一一归位。看着他忙碌的修长瘦削的背影，我心里涌起一股说不出的忧伤。这真的是一个非常非常好的男人，男人，不是男孩，真的，依我看，李泽慧真的太没有眼光了。

回家时他故意绕道到对岸，开到汤姆·汉克斯的船屋前，抱歉地说："不能让你白来一趟，我们绕了个道，让你近距离看看这个船屋。"

我惊喜地下了车，上前去看，原来是这么老旧的一个屋子，如果不是因为它拍过电影，我估计怎么我都不会注意到它的。文江翰在我身边打着喷嚏，好教养地陪着我，直到看他用手绢擦鼻涕，我才猛然想起他一直穿着湿衣服在陪我，而晚上的风还是挺凉的。我赶忙说自己看好了，催他赶紧回家去。

回家时杨姐一边给我们热饭，一边埋怨我们回来得太晚。落水的事情我们谁也没对杨姐提，就像什么也没发生一样。我沉浸在自己的心事当中，不知道到底要何去何从。晚饭后我回我的房间，他回他的房间。可是没一会儿，他就敲开了我的房门。看他目光熠熠的样子我心里一惊，以为他要对我说什么话，心跳骤然乱码！我期待地看着他。

他裹着一个毛巾被，说话时鼻子齉齉的，显然已经感冒了，他说："一个叫苏小慧的女孩把电话打到了座机上，问你是不是出什么问题了，为什么不接她的电话？"

我赶忙拿起手机一看，上面竟然有十几个苏小慧打来的未接电话，再一看，手机不知什么时候被我弄静音了。我赶忙把电话打过去。电话刚一接通，苏小慧那边直接就炸了锅，我的耳朵都快被她震聋了。

"为什么不接我电话？为什么不接我电话？知道人家有多担心吗？你是不是想吓死谁呀？"

"对不起对不起，手机静音了，没发现你打来了电话。"

"大白天的你静什么音？你什么时候学会来这一套了？"

"我真不是故意的！是我错了行了吧？什么事儿这么火急火燎的，一下给我打这么多电话？"

她刚对我发过火，我还没缓过神儿来呢，她那边立刻就喜笑颜开了："告诉你个天大的好消息，我明天坐飞机去西雅图，我们马上就可以见面了！"

我惊喜地跳了起来："真的？"

见我们俩聊得开心，早已把他这个报信的人给忘到脑后去了，文江翰无奈地耸耸肩，扭头关上门走了。听到门声我才发现这一点，心里有些抱歉。不过一想到马上就可以见到我的好闺蜜了，我又完全顾不上他了。

16

苏小慧来美国了

苏小慧英文不好，本来是跑东南亚那一线的。可是带欧美团的一位同事马上要出行了，家里突然有急事走不成，苏小慧软磨硬泡，硬是争取到了这次来美国的机会。我急切地想去机场接她，可是她却让我在家里等着，她说有这边的地陪接了她把她直接送到家里来，我只要在家里做好好吃的，然后等她就可以了。

我现在的厨艺早已和刚到美国时有天壤之别了，于是我精心准备好了吃的，跑到门口看了三遍，飞机明明下午一点就到了，可是到了晚上七点，我还没见苏小慧的影儿，打她的电话她不是漏接就是让我再等，不禁又急又担心。

文江翰和杨姐都安慰我，说不会有事的，一定是她还没有忙完，忙完肯定就来了。正在我坐立不安的时候，我看到有车开到家门前来了，我三步并作两步地跑出去接。看到从车上下来的两人我就愣住了。真是万万没想到，把苏小慧送到家里来的，竟然是迈克尔刘。

苏小慧还是我走时那个样子，她一点儿也没变。我惊喜地尖叫着冲过去，我们俩不顾一大家人看着，又是拥抱又是欢跳，简直高兴得不得了。

杨姐说："一看这就是亲发小。"

我开心得眼睛都湿润了："可不是嘛，我们俩从小学就在一起了。"

"我去！"苏小慧笑着推我，向大家解释："我们俩从小学就在一起上学了！你那样说有歧义，知道吗？李泽铭知道会跟我打架的！”

我们都笑了起来。这时候我才重新想起迈克尔刘，他正跟文江翰一起从车上往下搬苏小慧的大行李箱。

“你们俩怎么会……”

“我负责把客人从北京带到美国。”苏小慧说。

“我是美国这边的地陪。”迈克尔刘说。

世界上竟然会有这么巧的事？“这么说，你们俩已经认识了？”

苏小慧笑：“托你的福，一路上都在说你。”

迈克尔刘笑着说：“我谢谢你把我说成是大帅哥，高兴！”

“进家去说吧，不要在外面站着了。”在文江翰的提醒下，我们一行人才进了家。我和苏小慧手牵着手，这是我们俩认识以来第一次分开这么久。我一刻也不舍得松开她。

本来苏小慧要负责跟迈克尔刘一起走行程的，但客人们在西雅图及周边要活动大约一个星期，迈克尔刘体恤我们俩好久没见了，坚决要求苏小慧跟我玩，他另找别人帮忙带团，这样我和苏小慧就有五天的时间可以二十四小时无忧无虑地在一起了。迈克尔刘不知道我有多么感激他，他不知道我有多少心里话急于要跟苏小慧说啊。

吃了饭，迈克尔刘走了，文江翰早已体贴地把客房收拾好，预备给苏小慧住。可是我们一上楼就进了一个房间。苏小慧带了一个大箱子，也一并推进我的房间里来了。我好奇地问：“人家来美国都是空箱子来，买满了东西回去，你这装的是什么？怎么来的时候就满满当当的？”

苏小慧瞟了我一眼：“你当我愿意带啊？这都是你妈带给你的！”

说着，她打开了箱子。天啊，里面摆满了各种我爱吃的零嘴儿，还有我妈给我买的衣服、鞋子、裙子。我的眼泪一下就掉下来了。我一边抹眼泪一边立刻拨通了老妈的电话："妈，为什么买这么多东西过来呀？都跟你说了，这里什么都有，东西比北京还便宜。"

老妈那边声音也有点哽咽了："傻瓜，你那东西再多，有一样是你妈给你买的吗？我就是忍不住，一看见你适合的，就想买。"

等我们娘儿俩温存够了，挂了电话，苏小慧才叹一口气："不离开家不知道想妈吧？"

"可不是嘛。"我不好意思起来。

"快跟我说说你的事儿，我看着这文江翰人挺好的。"

我嗔怪地看她："你想说什么呀？"

她坏笑："都成年人，怕什么呀？跟谁单独在一起久了，都免不了日久生情。"

我顾左右而言他："不说我，说说你吧，跟那小会计有什么进展吗？"

她不屑一顾地说："进展什么？早没戏了。"

"吹了好，"我说，"那我就没什么顾虑了。"

"你要干什么呀？"

"我把迈克尔刘介绍给你呀。"

苏小慧一下子扭捏起来，推了我一下："哎呀你个坏人，你咋一下就说到人家心里去了呢！"

我禁不住哈哈大笑。然后又后悔起来："哎呀，早知我就不让你在家陪我，我应该去陪着你们，给你们多一些相处的时间！"

苏小慧不以为然地瞥我一眼："要那么急于求成干什么？先挂个号备选，万一聊不到一块儿不合适呢。"

我想想也是。又不是三十多了嫁不出去了，才二十啷当岁，急什么？心急才吃不了热豆腐呢。

闺蜜的久别重逢比爱侣的久别重聚要热闹多了。我和苏小慧从亲人、朋友，说到同事、领导，谁家的家长里短也没能逃过我们的舌头。我们躺在一个被窝里叽叽喳喳，不知不觉天就亮了。

她不肯睡，我眼睛红得跟兔子似的，也心甘情愿陪她。我带她悄悄进饱含露水的后院草坪上欣赏清晨的风景，她就跟我刚来的时候一样，站在那里仰面朝天、双臂开张、惊叹、感慨，看她陶醉得不得了的样子，我欣慰极了。

她满腔遗憾地说："唉，要是我们大北京有这么好的地方就好了！"

我说："这不算什么，要不我们穿好衣服，我带你去离这儿不远的一个湖边走走吧？那里才叫美好呢。"

听见有这么好的地方，苏小慧立刻就拉我上楼穿衣服去了。

我们俩穿好外套，我一看表，还不到五点呢。说实话我也从来没看过清晨的湖边什么样呢。不想惊醒家里其他人，我和苏小慧蹑手蹑脚地穿过客厅准备走出家门。刚走到门口，我就发现门上贴了一张条儿提醒，上面写着：注意，有通知说最近家附近有熊出没，请大家随时关好门窗，散步尽量不要一个人去后面森林。

苏小慧好奇地问："这谁写的？这儿还有野生动物呢？"

"应该是文江翰昨天晚上贴的，这是提醒我呢。以前我老一个人到后面森林里散步。"

"那你碰到过熊吗？"

"没有。"我摇头。

苏小慧还没等我把话说完，就笑着把我推出了门："我还从来没在动物园以外见到过野生动物呢，碰到熊才好呢！"

我们俩嘻嘻哈哈地就出门了。清晨的西雅图，空气别提有多清新了，社区的道路两旁，到处都是风景。苏小慧意料之中，跟我刚来这里看到这一切时一样，一边走一边惊喜，一副见到什么都喜欢、见到什么都相见恨晚的样子。等我俩走到除了鸟鸣和虫鸣的湖边，她才突然就没了声儿。

早晨的湖面太美了！湖水清澈见底，湖面飘着一层乳白色的薄雾，那些雾像有灵气，不停地在动。太阳将出未出，湖远处的地平线上，霞光万道、云彩姹紫嫣红，这些色彩又倒映在湖水中，树影、花影、云影，都被那层薄雾在广阔的湖面晕染开来，这种美真的有一种让人说不出的震撼。

突然，几只大雁不知被什么惊起，一字排开掠过湖面。

"天哪！"苏小慧只剩目不转睛的感叹。

我也被眼前的美景深深迷住了。可是突然，从大雁飞起处，我看到有一团黑色的东西朝我们走了过来，开始我以为是一只黑狗，可马上又觉得不对，狗应该没这么大，而且，这时候有人遛狗显然还有些早。正这么想着，突然，那个"黑狗"竟然立起来了。我这时候才看清那是什么，我的汗毛也一下立起来了。

"熊！"我说。

苏小慧一愣："哪儿呢？"

我们和一头北美黑熊大概也就二十米远。第一个冒进我脑中的想法是赶紧逃跑，所以我一把拉住了苏小慧的手。苏小慧毫不客气地一把推开我的手，她的第一反应竟然是摸出手机来拍照。

"快快快，把熊当背景，给我拍几张。"

我惊恐地冲她嚷："你不要命了？"

　　见我不给她拍，她白了我一眼，背对着正在观察我们的熊，竟然自拍起来。我拼命地拉她："我们快走，要不然跑不掉的。"

　　"还远着呢！"她笑模笑样不知死活地又开始发起小视频来了，一边发一边还激动地解说："早上五点，我们在一个无人的湖边竟然碰到一头野生的黑熊，个头儿竟然像小象一般大！我再往近点走走啊。"

　　这时候，黑熊显然发现我们也在观察它，见苏小慧一边拿着个不知名的什么东西往它面前慢慢走，一边嘴里还叽叽咕咕，它有些胆怯，就开始慢慢往后退。

　　我大惊，又不敢太大声，怕惊了熊："苏小慧，不能再往前走了。你听见没有？太危险了！"

　　可苏小慧不听我的，一边对着手机拍摄，一边嘴里兴奋地播报："它竟然怕我！我往前走它就往后退，看见了吗？它在看我哎。它现在不走了。"

　　我又急又气："苏小慧，你给我赶快回来！"

　　此时苏小慧跟熊之间的距离也就只有大约十五米了，我真被她吓坏了。正在这时，熊突然开始大步朝她走了过来，走了两步熊就变成跑了。我被这一景象惊得魂飞魄散，头发都竖起来了。我大喊："快跑！快跑！"

　　可是苏小慧显然已经被这突如其来的变化吓呆了，她竟然瞪大眼像木头一样僵在那里了。我吓得满头是汗，跑也不是，不跑也不是。眼看大黑熊就冲到她的面前了，只要一掌，这个世界上就再也没有苏小慧这个人了。我简直急疯了，这千钧一发的时刻，一个人突然在大黑熊身后出现，他拿起一块石头重重地敲击树干，并不停地大喊："这里这里！"他试图把熊吸引过去。

大黑熊一惊，停下脚步扭头去看，我冲过去拉起苏小慧就跑。我们俩像受惊的兔子一样尖叫着奔跑了好一阵子。直到跑不动了才上气不接下气地回头看，哪里还有熊的影子？我突然回过神来，刚才听到的那声"这里这里"，怎么声音这么像文江翰呢！这么一想我心里不由得一惊。

我上前推了一把已经瘫在地上的苏小慧："刚才一直在拍对不对？"

她哭着说："再也不拍了！再也不拍了！下回一定听你的！"

我一把抢过她的手机，翻到她最后发的那条朋友圈，急切地点开，仔细一看。果然，在熊的身后用石头敲树干的人正是文江翰。我不敢想他可能遭遇到了什么，一把把手机扔给苏小慧，愤怒地冲她嚷："都怪你！都怪你！"

我扭头就往回跑。她在后面不明所以地追着我："什么事？发生了什么事？什么都怪我啊？"

一边跑一边想象着文江翰被一头一人多高的大黑熊蹂躏的场面，我心里一个劲儿祈祷着，上帝保佑！上帝保佑！等我跑到原处，我呆住了。熊不见了，湖边的小路上，留着一只被扯得乱七八糟的黑皮鞋——那是文江翰的。我头皮都麻了，极目四顾，有新断的树枝，踩乱的草丛，其他什么都没有。

苏小慧气喘吁吁地弯着腰急问："那个人呢？哎呀！只剩下一只鞋？哎呀！哎呀！被熊吃了？天哪！这个一定要拍下来……"

她拿起手机又要开拍，我怒视着她，这没心没肺的死孩子，我只觉心头大火燃起，她的手机被我一掌打掉在地。

"哎呀，我的手机！你干什么呀？"

我的眼泪都要流出来了："你有没有良心？你到底有没有良

心？你不关心救你的人去哪儿了、他是不是出了危险？你第一时间想的还是自拍？都是你自拍惹的祸！你到底知不知道哪儿轻哪儿重啊？"

苏小慧被我嚷得心虚了："不是，我当然关心那个人，可是这场景真的很罕见……好了好了，我帮你找他好了。"

看她一脸很怕我再骂她的样子，我不好意思再冲她发火。心慌地四处大喊："文江翰？文江翰？你在哪儿？"

苏小慧拉着我的衣角跟在我身后，她东张西望的有点担心地问："你这么大声不会再把熊招来吧？你确定他还活着吗？要是他已经被熊……"

我停下来怒视她，她不敢再胡说八道了。我一边瞪着她一边掏出手机翻找文江翰的电话号码："我告诉你苏小慧，要是文江翰真出了什么危险，咱们俩朋友都没得做了。你这个人做事真是太不靠谱了！我是不是一个劲叫你走？你不停下来不停地拍照那熊能向你冲过来吗？你是不是太过分了？"

苏小慧小声地为自己辩解："我又不知道文江翰会跑过来救我喽，再说他怎么会跟我们出来呀？"

我拨打着文江翰的手机，这时突然一个手机铃声竟然在我们头顶上响了起来。我和苏小慧都忍不住朝头上的大树顶上看过去。只见文江翰趴在一个树干上，他忍住笑向我挥了一下手："不好意思，无意间听到了你们的谈话。"

"哎呀，他还活着！"苏小慧激动地跳起来大喊。

看见他我的心才放了下来，我长松一口气，感觉整个人都要虚脱了："你没事儿吧？"

"反正还活着。"

"熊呢?"

"没追上我,往那边走了。"文江翰指了一下路旁的一条密林小岔道儿。

苏小慧急不可耐地插了嘴:"你吓死我们算了!还以为你被熊吃了呢。你怎么会跟着我们来呀?"

文江翰从树上抓住一个树枝荡下地来,他想先把鞋穿上,但一看鞋的样子,耸耸肩,索性把脚上的那只鞋也脱掉扔一边了。看着他只穿着袜子站在草地上的样子,劫后重生的我和苏小慧忍不住都笑了。

他却没笑,一脸严肃地看看我又看看苏小慧,问:"我在门上贴的条儿你们没看见?"

"没注意。"苏小慧抵赖说。我瞪了她一眼。

"昨天你们早早就回屋了,我看电视里播报有熊,要大家小心,我怕你们不知道,就专门把注意事项贴到门上。结果今早我听到有人出门,还嘻嘻哈哈地说什么巴不得会碰到些野生动物之类的。我不放心,就赶紧跟出来了。"他说罢看了苏小慧一眼,苏小慧不好意思跟他对视,扭过头来对我做了个鬼脸。

"多危险啊?要是我不来,你们俩没准儿就成了那头熊的早餐了。"

我瞪一眼苏小慧:"你可以让她赔你的鞋!"

苏小慧气愤地说:"我凭什么要听你的?你刚才说什么来着?要是文江翰出了危险,你跟我连朋友也没得做了!你好有良心啊方颜,我千里迢迢跑到美国来看你,刚出一点问题你就对我急赤白脸地说了这些难听话。文江翰你都听见了吧?她刚才是不是这么说的?"

我也觉得刚才说的话有点重，不好意思地笑了："你知道刚才情况多危险吗？人出危险都是自己作的你知道吗？你招来危险还不自知，还有理了你？"

文江翰提醒我们俩说："咱们是不是得赶快离开这个地方呀？没准儿一会儿那熊回过味儿来又回来了。这回我没鞋，到时候恐怕只能让它美餐一顿了。"

他这一说，我们俩才又紧张起来，手不自觉地又拉在一起："哎哟赶紧离开这地方，咱们回家吧。"

熊事件发生之后，苏小慧审我："你说，你跟那文江翰到底怎么回事？"

"什么怎么回事？"我心虚不已。

"别来这一套，你跟谁你也没到说出要跟我不做朋友的地步，你就说实话吧！"苏小慧瞪着我。

我抵赖不过，也不想一直把心事瞒着她，就鼓起勇气跟她说了："我好像喜欢上他了。"

"那李泽铭怎么办？"

我完全没想到她第一句会问这话。我困惑地看着她："你不是首先应该问我，你怎么能有男朋友又去喜欢别人呢？这是不道德的！"

苏小慧大言不惭地说："不会啊，我觉得文江翰一点儿也不比李泽铭差。尤其是他还是我的救命恩人哪。"

她这么一说，我都不知道要怎么往下说了。因为，我准备了一大堆向她解释的话，现在都没有用武之地了。我难以置信地看着苏小慧，真的不知道要说什么好了。

"你不要以为我就是信口开河不负责任地在这儿瞎说。几件小事就能让我看清一个人的品质到底怎么样。首先一点，他细心到怕我们不知有熊，在门上贴条儿提醒，他都没有把写的条放到桌子上或者别的地方，他怕我们看不见。而如果我们要出去，就必然会开门。他真的很细心。然后，见我们不知利害真的出了门，他没有心存侥幸地接着睡过去，那可是早上人最困的时候，他居然负责任地跟上我们出来了。假如我们今天没有遇到危险，我们可能压根儿就不会知道他曾经因为不放心而跟我们出来过；第三，当熊向我们扑来的时候……"

"不是我们，是向你一个人扑来的时候。"我纠正。

她翻我一个白眼："好吧，当熊向我扑来的时候，我害怕了，这应该是个生死关头，他跟我无亲无故，不过刚刚因为一个假老婆才认识而已，他竟然冒着生命危险来替我顶着。要不是他在离熊只有几米远的地方大力敲树，我现在可能只剩下一把骨头了吧？我相信今天即使遇险的不是我是别人，他也会这么做。只这三点，就证明这人不错。不错的人我没必要替你瞎慎着。"

苏小慧看着我，脸上是从来没有过的认真表情。我长长松了一口气，原来好人是谁都能看出来的。

"是他向你表示什么了吗？"

"绝对没有的事！他若那样做了，我还没可能像现在这样认可他了。只是，你知道吗？刚来的时候，我天天都想离开这里去跟李泽铭团聚在一起，可是现在，我已经把这里真的当家了，哪一天真的要离开，我肯定会觉得不习惯。所以，我已经好久没想过要走的事了。"

苏小慧点点头："我能理解你。"

我摇摇头："你理解不了。"

她望着我意味深长地说："相信我，我真的可以理解。"

那天白天，苏小慧终于熬不住，倒在床上整整睡了一天。我去商场买了双皮鞋悄悄放到了文江翰房门前。下午他应付完了一位客户回来看到那鞋，忍不住笑着说："真给我赔鞋了？"

我说："你试试。看了下你别的鞋子的号码，自己私自买的，不知合不合脚，不合适我马上拿去换。"

他立刻将脚上的鞋脱掉换上新鞋，走了两步，又左右看看自己穿着新鞋的脚，带着满意的表情说："嗯，很合脚。谢谢。"

听他这么说，我很开心。得知苏小慧睡了，他便戴上拔草手套上后院去拔草，他说我上回拔过的蒲公英又长出一些新苗，必须把它们扼杀在摇篮之中，否则以后又要浪费几天的时间来处理了。听他这么说，我也挽起袖子要帮他，我们俩合力，一小会儿就把后院刚长出的小恶魔花给拔干净了。

"我跟你说，明天西雅图有个特别独特的节目，你一定要带苏小慧去凑热闹。"他说。

"什么特别独特的节目啊？"

"裸体大游行。"

我好奇地笑了起来："还有这样的游行啊？男的裸还是女的裸啊？"

"一块儿裸。"他坏坏地笑了起来。

我们俩正说着，迈克尔刘竟然不知何时走了过来，他大声说："你们俩在说裸体游行的事儿吧？我正说明天带你们过去看呢。"

我们俩都回过头来。"你的客人呢？怎么你这时候可以到这儿来？"我吃惊地问。

"今天克丽丝汀娜王带大家去波特兰购物去了，他们要到晚上才会回来，我只要给他们安排好晚餐就可以了。"迈克尔刘回答，然后他奇怪地问我："你那位朋友呢？"

我说："在睡觉，我去把她叫起来。"

"不要不要，"迈克尔刘忙说，"我就是来请你们明天哪我们一起去看游行的。这是我们西雅图最独特的一项活动，别地儿绝对没有。遇上了就一定要看，不看白不看。"他说得自己都有点不好意思了，禁不住大笑了起来。

我们说得那么大声，只听苏小慧的沙哑的声音从楼上窗口传来："那我一定要去看，我就喜欢看别人的裸体。"说着，她就下楼来了。因为没休息好，她还打着哈欠，不停地揉自己的眼睛。

"你当只是看别人的裸体啊？"迈克尔刘笑着打趣她。

"那还要怎样？"她警惕地问。

我看向文江翰，他也正笑眯眯看着我，我大叫："不会吧！"

文江翰和迈克尔刘一起笑了起来，迈克尔刘说："怎么就只能你看人，别人不能看你呢？要裸大家都裸，对吧？互相欣赏嘛！"

"啊呸！想得美！"苏小慧就跟自己现在已经被裸体了一样，拿衣服裹紧自己："我不去了！我才不让别人占便宜！"

文江翰和迈克尔刘又一起大笑起来。文江翰笑罢才一本正经地说："骗你玩儿的，你当你想裸就能随便裸了？人家都是提前准备好的，要把身上画上各种色彩，要变装，要准备各种带羽毛的帽子，还要有自行车。你什么都没准备的，只有去看人家裸的份儿。"

我这才放下心来。不过想想，即使自己不裸，看别人裸，男男女女的在一起，心里也有点别扭。文江翰大概是想帮我排除我心里的这点别扭，主动说："你们俩明天跟迈克尔刘一起去大饱眼福吧，我有事，就不陪你们了。"

可是没想到苏小慧说:"那怎么行啊?你告诉我们这活动这么难得,一年才只有一次,好不容易我们这么多人一起,你不参加,那多扫兴?什么事儿也没有一起出去玩重要,跟我们一起去。"

"就是,不光你,我还要叫上杨姐和小岩呢。"迈克尔刘说。

文江翰说:"这主意不错,杨姐和小岩好像去年就错过了,叫上他们,他们准高兴。不过我就算了,我明天真的有事。"

"有什么事也放一放,下一回哪儿还有那么多人一起啊?我喜欢人多热闹,你救了我的命,就当我请你去还你个人情,给我个面子,给个面子吧!"苏小慧似笑非笑地看着文江翰,做出一副让人无法拒绝的央求模样。文江翰无奈地看了我一眼,又看看迈克尔刘,却之不恭地说:"好吧,那就一起去。"

我才不会不明白苏小慧的小心思呢,我佯嗔地瞪着她,她却躲开众人瞟了我一眼,吹呼着笑了:"耶!太好了!"

每年夏至这一天,全美国的裸体爱好者都会云集西雅图,这一天是他们放纵的节日,快乐的节日。

我实在无法向你描述自己看到的事情,实在太让人脸红心跳了。按我们中国人的想法,您要想向人展示您的裸体,您起码身材应该说得过去。可这儿的人他(她)不这么想,他(她)觉得无论自己的身材怎么样,他(她)都没什么可自卑可羞耻的。按我们中国人的想法,裸体这事儿小年轻们不知深浅,裸裸玩玩也就得了,年纪大的人总该不会去裸吧?你这样想就又错了。

所以,我们看到了各种各样裸体的男女。有的骑着自行车,有的就在大街上走着。一个骑行的栗色头发的年轻姑娘给我留下非常美的感觉,她真的全身都光着,两只饱满的乳房上画着两朵洁白的大百合,不仔细看还以为她穿着百合样的文胸,胸部上方左肩处,还生动地画了一只黄黑相间的蜜蜂，百合的根部从两腿间生出，在小腹和腰部长着绿叶和一些彩色的小花。

另有一对情侣，男的身材特别好，上腹部画了一只抽象的眼睛，绿睫毛、绿眼珠，胸口用红色画了一颗被丘比特射中的心；女的胸部都有点下垂了，她在肚脐周围画了一圈紫色的小花，胸口也有一颗红色被丘比特射中的心。许多人给这幸福洋溢的小两口拍照，我也挤上去凑热闹。

苏小慧兴奋得无与伦比，前一天碰上了野生熊，她发的朋友圈获得上百个点赞和回复，这种罕见的场面她更不会放过了，她不停指挥迈克尔刘给她拍照，拍完了立刻上传，忙得跟个记者似的。文江翰一到就不知走到哪儿里去了，我觉得这样我看起裸体们来倒更自在。不过说实在的，有些什么也没画就是光光的裸体，是真让人想看又不好意思看的，我只能不停地自拍和傻笑了。

等游行的队伍走得都差不多了，文江翰才出现在我旁边，他笑着问："怎么样？"

我笑着说："太过瘾了。"

我们俩哈哈大笑。

苏小慧还在不远处不停地摆拍，她把迈克尔刘指挥得团团转。文江翰笑着对我说："你觉不觉得他们俩还挺合适的？"

我惊喜地看着他："哎呀，我也是这么想的！"

文江翰一摆头："那我们不打扰他们，我们旁边待着去吧。"

我很乐意给那两人一起独处的时间，于是二话没说，就跟文江翰走到旁处瞎逛去了。街上为了游行，新设了许多卖小物品和零食的临时摊点，我觉得好困倦，一边走一边打哈欠。这才想起，苏小慧来的这两天，我的时间也被她搞乱了，一共只睡了很少的时间。

只记得文江翰把我带去车边，说你睡会儿吧，一会儿走时我叫你。当我再醒过来的时候，我已经睡在家里的床上了，我连什么时候、怎么回到我房间的都记不得了。

17
移民局的婚姻审查

愉快的时光总是过得很快，转眼间苏小慧就要回国了。我恋恋不舍地亲自把她送到机场，心中的留恋真的无以言表。在安检门处，我们俩拥抱完了，苏小慧认认真真地把拳握着在自己胸上轻捶了捶，说："记住我的话，无论做什么事，都一定要遵从自己的心。你明白我的意思吗？"

我点点头。

然后，她果断地扭头进了安检处，背对着我潇洒地挥了挥手。她的这个动作让我回味良久。"遵从自己的心！"我想我知道了。

一个人开车回来的路上，想着自己不知道何时才能与她再相见，不知道何时才能回熟悉的北京，就不由得泪湿了双眼。唉！

本想回到家一个人待一会儿的，没想到一进家门就迎面碰上了文江翰，他好像是专门在等我的一样，杨姐也在，两个人都一副目光熠熠有什么喜事发生了的样子看着我，弄得我莫名其妙的。

"你可回来了！"杨姐说。

"怎么了？"我看看她又看看文江翰。

文江翰意味深长地笑着："恭喜恭喜！"

"到底怎么了？"

杨姐激动地冲过来举着一封英文挂号信："你的绿卡下来了！"

我的血一下就沸腾起来了，我惊喜地看着文江翰："真的吗？"

文江翰开心地握住我的肩膀晃了几下，他也很兴奋："当然是真的啦，你的梦想就要实现了！"

我接过那封来自移民局的信，什么也看不懂，但，这是通知我去面试然后就能拿到绿卡的信。这是我来的初衷，这是我的梦。现在，它以突如其来的方式就要实现了，一时间我真的有点难以置信！但，这是真的。我又有点想哭了。

"傻姑娘，这是好事啊，为什么流眼泪？"文江翰哭笑不得地说。

杨姐笑着替我解释："哎呀，这你还看不出来，她那是高兴的！"

按照移民局的规定，用婚姻方式取得的绿卡先是一张临时绿卡，它在婚姻关系建立后三到六个月就能拿到，拿到临时绿卡两年后，文江翰就可以凭这张临时绿卡，帮我申请到正式绿卡，有了那个正式绿卡，就相当于有了身份证，我想在美国住多久我就能住多久了。除了没有选举权和被选举权，其他什么权利都跟一个美国公民差不太多了。

李泽铭得知消息比我还要激动，一个劲儿说我的运气太好了，说他认识的一个男同学跟一个美国女人结婚都九个月了，还没拿到那张临时身份证。得知我还没有把这个好消息告诉他姐，他马上就挂了我的电话向他姐报告好消息去了，其实我还有许多其他的话没来得及跟他说，最后只能拿着空话筒望洋兴叹了。

不知道为什么，想象中能拿到临时绿卡心里应该很高兴，可是跟李泽铭通过电话后，我一点儿也不高兴了。我出了房间想到后院坐一会儿，没想到文江翰正一个人坐在后院看月亮呢。

"开心得睡不着了吧？"他打趣地问。

我勉强笑了笑。

"跟李泽铭说了吗？"

"说了。"

"两个人闹别扭了？"

"没有。"

"那怎么看着你一副闷闷不乐的样子？"

我坐下来，望着一脸关切的文江翰，不知为何，苏小慧的话突然在脑中一闪："遵从自己的心。"我顿了一顿，忍不住问文江翰："你说，我请你从一个男人的角度来帮我判断一下，李泽铭是真的爱我呢，还是想利用我？"

他愣了一下："你这是胡思乱想什么呢？"

我突然就打定了主意，本来有些事情我不想往开了说的，可是，如果再不说开，也许我就再没机会说了。

我长吸一口气，目光定定地看着文江翰："真的，我有时候真有觉得，他爱我能带给他的那张绿卡胜过爱我本人！"

"为什么这样想？"

"我给他打电话，告诉他我要去面试了，我想跟他说我心里其实好忐忑，我不知道移民官会问什么，我也不知道该怎么回答。我生怕搞不好哪一步就出错了，我想跟他说说，让他给我出出主意，哪怕他只是象征性地安慰安慰我！可是你猜怎么着？他什么也不等我说，就把电话给我挂了，他要第一时间把这个好消息告诉他姐！我特么的根本就不知道我面试能不能过呢，他们姐俩就已经开始庆祝了！你说，他到底把我当什么？"

文江翰看了我一会儿，他看上去比以往任何时候都显得冷静，他说："你可能压力太大了，也或许是好久没见，你心里对他多少有些怨气。"

"根本不是这个问题！你只要告诉我，他心里是不是没有我？"我很想听他说实话，因为事实就在那儿摆着，他只要说实话就行了。可是，他让我失望了。

文江翰笑了起来："别胡思乱想了，回去睡吧。睡一觉就好了。"

我真的好失望。我很想质问他，为什么不说实话？说个实话能怎么着？可我马上就意识到，我这么问他，又想听他的实话，我这就是想把他先推到不义之地，我是为了让自己心安。这么一转念，我对自己的潜在目的有些羞愧了。我干咳一声，不再逼他了。我缓和了口气，因为还想跟他好好把话说下去，虽然不知道未来在哪里，但就是不想就此停下。

我说："我越想越气，我真的气得睡不着。"同时，我观察着他。

他和蔼地说："你知道你这叫什么吗？婚前恐惧症！"

"不可能。"

"真的。你看你还不信。你就是马上要面临一个生活的大转折、你心里迷茫、对未来不确定、你舍不得放弃你目前的美好平静。这就是一个应激反应，睡一觉就好了。"

我苦恼地看着他。我看不出他的任何情绪。

他依旧平和地望着我，想要速战速决地结束我们的话题："过两天就要去面试了，咱们明天还有好多事情需要好好沟通一下、实习一下呢，眼下过了这一关最要紧。你要是拿不到那张临时绿卡，你今晚想再多不是也没用吗？听我的，好好去睡一觉，醒了啥事儿也没了。"

我叹口气，心里真的像有一团乱麻一样。也许这真的是所谓的"婚前恐惧症"让我胡思乱想了？人都下了逐客令了，我哪能还厚着脸皮非要在这里跟人讨论？我犹豫地站起身，带着我的不甘和无奈回屋去了。

可是回了屋我也睡不着，心念此起彼伏，让人辗转反侧。我反复回味着他的话："你心里迷茫、对未来不确定、你舍不得放弃你目前的美好平静。"我问自己，我目前的美好平静是什么？不就是跟他在一起吗？可是，他为什么从来不接我的茬儿？我都已经把话说到这个份上了？他为什么总是像木头一样完全不懂？他为什么呀？

我心烦意乱地走到窗口，想向悬挂在夜空的月亮寻求答案，结果却发现，文江翰还在院内的躺椅上坐着，他一个人安静地坐在那里，如果不是他手中的烟头一明一灭，简直就像是一尊雕像。我以为他是不抽烟的，至少在我住到这里这几个月中，我从来没有见他抽过烟。是什么，让他在这样寂静的深夜，一个人默默地坐在那里抽烟呢？我望着他，只觉心里一阵生疼。

……

突然，不知哪儿来的一股冲动，我完全不想克制地光脚下楼，猫一样掠过杨姐的房门，我重新走进悄然无声的后院，然后，我一袭白衣、满脸无助地走到了他的面前。

他吃惊地抬头看着我，眼里有震惊和难言的疼痛。

"你真的想让我拿了绿卡走吗？"我盯着他，我委屈得都快哭出来了。

他什么也不说。

"你只要说你不想，剩下的事我都可以一个人扛。"

他终于忍不住开口了，他的声音沙哑，满含饱经世事的沧桑："你在说什么傻话？不是告诉你了不要胡思乱想。好啦，别闹了，去睡吧。"

我执拗地看着他："今天你必须告诉我实话。"

"什么实话？"

"我喜欢上你了，你看不出来吗？"他逼着我说出这句话，这句话说出来，我的脸涨得通红，"我自尊什么的都不要了，这就是我的实话。我现在想听你的，你喜欢我吗？"

他幽幽叹一口气："方颜，去睡吧，这个世界上，哪有那么多实话。"他起身说："你不去睡我困了。"

我挡在他的面前，我哭了。他有些动容，却仍然不知道拿我怎么办。我完全不想再隐藏自己的感情了，既然说开了，我要把自己的心思全部说给他："我发现自己喜欢上你了，我一直在克制自己，告诉自己这是不对的，可是，我实在是克制不住了。你也喜欢我的对不对？我们在一起经过那么多的事，你也喜欢我了，不是吗？"

"没有的事，你想太多了。"

"没有的事？你敢说这是没有的事？你无法接受我仅仅是因为我是你前妻弟弟的女朋友罢了！我说得对吗？不要回避，我说得对吗？要是我不是李泽铭的女朋友，我是其他什么人的女朋友，我今天告诉你我不爱他了，我爱上你了，你会接受我吗？会吗？"

"方颜，你不要逼我。"他冲我低吼着。

"不是我逼你，是你在逼我。我是个女孩子，我这辈子没对谁这样表白过，都是人家追我。可是，我今天什么自尊、什么羞耻，我都不顾了，我把心事全盘向你托出，我喜欢你！你呢？你心里想的跟我一样吗？"

他先是表情复杂地看着我，抵不住我泪光闪闪的逼视，他终于躲开我的目光叹了一口气："你知道吗？都是月亮惹的祸，它让你心思郁结愁肠百转鬼迷心窍了！你好好想想你到美国来的目的是什么？李泽铭前途光明，你们可算青梅竹马，你马上就要生活圆满了，你根本就不知道自己在胡说什么，你根本就不知道事情的利害，所以请你不要再……"

我不要再听他絮絮叨叨地说下去了，我不要他再跟我说教。我什么也没有说，我只是轻巧地上前一步，搂住他的脖子，吻住了他。他开始震惊、抗拒、往外推我，可是我更紧地搂住他。然后，他的抗拒在被我一点点融化，他的胳膊不知不觉便搂在我的腰上了，我们俩忘情地吻了起来。

天哪，天哪，我感觉自己真的太幸福了！我仿佛活在云端一般，这一刻，我要向全天下宣布，我是这个世界上最幸福的人！

……

可是，怎么回事？我要窒息了！不要、不要吻了，我喘不过气来了，Stop！

我猛地从梦中惊醒，一下子从床上坐了起来。我这才发现，自己紧紧抱在怀里的是一只枕头，而外面天已经大亮了。

原来一切的美好只是一个梦！一时间我无法接受这个事实。这怎么会是一个梦？明明一切都那么清晰！我不要醒来，我不想醒来，即使是梦也愿意一直这么做下去。

突然，羞耻心一下又占了上风。我羞愧地扔掉枕头，捂住狂跳的心，在屋里来回地走。

"你在干什么，方颜？"我质问自己，"你在想什么？你是不是疯了？你有男朋友了，他不会跟你怎么样的，一时的错觉就让你想把什么都抛弃不管不顾了吗？他在梦中都在拒绝你，你看不出来吗？什么都是你一厢情愿的，你到底要干什么呀？"

我终于冷静了下来。可是，为什么我却哭了？

这时，屋外传来音乐，不知是谁一大早就在放杨姐最爱听的那支曲子：我给你爱你总是说不，难道我让你真的痛苦，哪一种情用不着付出，如果你爱就爱得清楚，说过的话和走过的路，什么是爱又什么是苦，你的出现是美丽错误，我拥有你却不是幸福。你的柔情我永远不懂，我无法把你看得清楚，你的柔情我永远不懂，感觉进入了层层迷雾……

我听着那歌词，完全呆住了，它为何如此契合我的心境？这是天意吗？我默默地上床，搂住被子，一边听一边无声地饮泣，如果看得见，我的心一定已经碎一地了。

哭了一阵子，我想，我要面对现实，不是吗？我这么心乱只是婚前恐惧症，过去了就没事了。我为什么要这样自寻烦恼呢？我告诫自己，接受现实吧，不要再胡思乱想了，我简单粗暴地吼自己："方颜，你给我马上振作起来！你怎么这么没出息！"这一吼还真管用，我马上就不想再哭了，我抹掉泪水，不知为何，却又忍不住一声长叹。

拿绿卡时移民局要对我们的婚姻有个当面评估，文江翰说这个评估会直接影响到我到底能不能拿到这张绿卡。所以，我们得提前做好充分的准备工作。此时的我，在经过一夜激烈的心理交战之后，已经完全冷静下来了。所以当我问文江翰，到底我们要准备什么的时候，他完全不知道我经历了什么。

文江翰说："因为我们这算是涉外婚姻了，人家移民局要亲自见见我们的目的，就是想鉴定一下，看我们的婚姻是不是真有那么回事儿。所以第一步，我们得像个夫妻的样子。"

我担心地瞪大了眼睛："怎、怎么像个夫妻的样子？"

　　看得出他心里也没谱，不过他比我要镇定："你不要慌，慌也没用，这一关我们肯定是要面对的。之前我也没经历过，所以昨天我上网查了查，又找有涉外婚姻的朋友问了问，现在我已经基本搞清楚怎么回事了。"

　　我的紧张情绪更重了，我长吐着气。

　　他说："你看，你这就不行，你这表情、你这模样，让人一看就起疑。"

　　我说："我们本来就不是真的，我能不担心吗？"

　　他说："所以我们才要做好充足的准备。你千万不要这个样子去见人，那样你准会被遣送出境。"

　　我气愤地问他："你是不是非要这么吓我？"

　　他说："我不是吓你，我自己也很担心。如果你被遣送出境，你知道我会怎么样吗？"

　　我烦恼地说："你总不会比我更惨吧？"

　　他一点儿也不像是开玩笑地说："我有可能会以欺诈联邦政府的罪名被判刑！尤其是我这种有前科的。"

　　我惊吓地瞪着他。

　　"所以，我们俩现在是一根绳上的两只蚂蚱，只有同心协力往前走，不能茫然四顾往后退了。这心是能定下来也得定，定不下来也得定，你明白吗？"

　　听了他的这些话，我知道我确实只能像他说的那样，这心能定下来得定，定不下来也得定了。我长舒一口气，心说豁出去了，不就被人叫去问几句话吗？只要我们准备充分了，只要我打心眼儿里相信我是真嫁给文江翰了，我就能过关！我暗暗问自己，如果真的能嫁给文江翰，会不会嫁？这么一想，我的心竟然奇迹般地定下来了。

虽然只是心头一闪念，可是抬眼看他疑虑的眼神，我就仿佛被他看穿了心事似的，竟一时心虚得不敢再看他的眼睛了。

他着急地问我："我的话你明白吗？我们的时间已经很紧了。"

我说："我明白，没问题的。"

他诧异地看了我两秒，像不相信似的皱着眉头："看你这么掉以轻心的，我更不放心了！"

我肯定地说："你放心吧，我这边肯定没问题的。"他才将信将疑地没再质疑我了。

杨姐得知如果我们的假婚姻被移民局识破，文江翰有可能会坐牢，她长吁短叹地在那儿骂李泽慧，骂完了李泽慧不过瘾，又上我屋来劝我，问我怎么就不能跟文江翰假戏真做？如果那样，这根本就不涉及欺诈，文江翰也好了，我也好了，她也能跟她儿子踏踏实实在这儿上学了。她气愤地说要是万一文江翰为这事儿有个三长两短，她的麻烦就大了。

我告诉杨姐，如果她再耽误我的时间不让我好好想想怎么合理回答移民官的话，到时候事情可能真就像她想得那样了。我淡定地告诉她，我倒是想嫁给文江翰，可文江翰娶我的目的是为了他女儿，我气愤地说："你要有本事你跟文江翰说去，别把责任推到我身上！"

杨姐也觉得我说得有理，就折磨文江翰去了。

我很想知道她把我的话说给文江翰后，文江翰会是什么反应？不纯洁地说，我希望看到他对我想真嫁给他的话有一丝动心，哪怕有一丝动心的感觉我就知足。可是，杨姐说他一听她这么说，就把她推出了门，他严肃地让杨姐别再瞎胡闹了。

"再瞎胡闹你就别在这儿住了！"这是他的原话，够狠！

我承认，我的自尊受到不小打击。我深吸一口气，想假如我梦中发生的事真的发生，我得到的结果也必是如此。这么一想，不由得心灰意冷，暗中庆幸自己没有脑子一热就做出那种会令自己后悔一辈子的事情。我再次告诫自己："方颜，你必须给我定下神来，你不许再三心二意，你不是没有人要，千万别忘了你到美国来的初衷！"

心一冷下来，人就真的静下来了。

我们俩首先把家里人的情况互相通报，还要记熟。比如双方父母叫什么名字？是做什么的？我们俩的生日都是哪一天、哪个学校毕业的、有什么兴趣爱好？有什么日常生活小习惯？为了方便记忆，我们把许多固定的问题都写在电脑里打印出来人手一份。

时刻我们都会互相考试，我问："我喜欢吃什么零食？"

"瓜子，各种瓜子。我喜欢什么颜色？"

"蓝色。蓝色代表浪漫，但是你一点儿都不浪漫。"

"我女儿喜欢什么颜色？"

"粉色。"

"错了。"

"红色？"

他皱眉不满地看着我："重背去！"

还有我们是怎么认识的、怎么结婚的？讨论到这个问题的时候我向文江翰举起我没戴戒指的手。他有准备、却像是无奈似的拿出一个样式挺老的宝石戒指递给我，淡定地说："你先戴着这个。"

我哭笑不得地接过来，调笑他："你这潘家园地摊上五毛钱买的吧？"

"这是我姥姥给我妈,我妈给李泽慧,她又还回来的。"

我愣住了:"对不起。"

他头也不抬:"把你的那个给我。"

我什么也没说,跑去卧室,从梳妆盒里拿出我当初给他戴上他又还给我的那个戒指。想到当时他把一个钥匙环当戒指套在我手指上的情景,我禁不住哑然失笑了。

我仔细端详着他给我的这个古董戒指,样式那么普通,甚至黄灿灿的镏金已经有些古铜色了,红通通的宝石石面也有些磨损,一点儿也不清澈透明。可是,我仍然觉得它好珍贵。我仿佛能感觉到文江翰的姥姥和妈妈在看着我,我心里涌起一阵愧疚。对不起了姥姥、妈妈,小女子方颜,暂时借用你们家的戒指一下,以后一定会有一个能配得上它的人来戴上它,来跟你们的儿子相伴终身的。唉!

面试前一天晚上,我和文江翰坐在客厅的大沙发上,把移民官可能问到的问题认真地一一捋了一遍,我全部回答正确,没有一处错的地方。我感觉自己已经信心满满,考不了一百分也能考九十五分了。末了,文江翰对我说:"还有最后一类问题,你今天要实地考察一下。"

我问:"什么问题?"

文江翰说:"我们的卧室什么样?平常你喜欢用哪一套床单?我平常睡觉时穿不穿睡衣、打不打呼噜?"

"这……这也会问?"

"不一定会问,但如果问了,你得答得出来。"

我点点头:"没错,对正常的夫妻来说,这些都不算是问题。"

"所以,"文江翰一脸慎重地说,"今晚,你要到我们的卧室里去清点一下我的物品。我可以先告诉你我偶尔会打呼噜,你呢?"

我忍不住笑了。

他说："别笑，这是很严肃的问题。"

我说："我不知道，要不然今晚住一屋你检验一下。"这种带有挑逗意味的话不知道我为什么还是脱口而出，我的心因此而狂跳。

他四两拨千斤地强调说："我没跟你开玩笑。"

见他竟然不上我的当，我又进了一步："我也没开玩笑。我自己睡着时是什么样我并不知道。"

他与我的目光对视了一秒，妥协地一挥手："好吧，我们先统一口供，你睡觉非常不老实，喜欢四处乱翻，有时还拿脚砸人。"他滴水不漏。我明白了，他不会给我任何临阵出错的机会。

我捂嘴大笑："像我！"

"还偶尔打点儿小鼾。"

"这句去掉。"

"你不是说睡着的事你不知道？"

"听着不美观，反正这句去掉。另外，我有四套内衣，就不请你去我房间一一检阅了，一套黑色、一套白色、两套淡紫，我最喜欢穿的是黑色。"

我不看他，他也不看我。

"OK！"他说。

一切如我们所料想的，面试时我和文江翰被人分开在两个办公室同时进行，我开始还担心我的英语说得不好，又没有他在旁边帮忙翻译，有可能出现表达障碍。后来发现问题不大，因为女移民官虽是美国人，还剪了个男不男女不女的发型，却会说中国话。一想到她中国话说得这么差，还表现得这么自信，我的自信心也立马大增。一时间兵来将挡，水来土掩，竟然没遇什么磕绊地就过关了。

正当我暗自庆幸之时，文江翰和另一个移民官也出来了，我们被带到了一起。我不知天高地厚地冲他笑着，文江翰却用眼神示意我少安勿躁。我心里一惊，突然想起一个词叫交叉质询，难道是我俩有说的什么话对不上号，引起了移民官怀疑？我的脑子瞬间就乱了。

文江翰的移民官是个五十岁左右的男人，喜欢先盯着你看一会儿才开口说话，我被他盯得心里发毛，汗都快冒出来了。文江翰不动声色地伸手握住了我的手，我心里一震。他的手冰凉，手心有汗，但这只有我感觉得到。他微笑着迎着男移民官的眼光，调侃地用英文说：“一想到以后就能幸福地生活在一起了，心里就好激动。”

他的这句话，终于让男移民官笑了一下，他伸出手向我们握手说：“恭喜你们，你们面试通过了。”

我俩激动得跳了起来，女移民官也笑了，说：“你的绿卡我们会以邮寄的方式递送到你家里，你们可以回去了。”

文江翰和我向两位移民官双双道谢，我心里有说不出的激动，只想赶快离开这个地方好好庆祝一下。刚才的一幕实在太紧张了。可是，就在我们俩扭头刚要走的时候，男移民官突然喊了一声：“等一下。”

我们俩一惊，立马安静下来。只见男移民官一脸严肃地盯着我俩看，天知道他在看什么？

我壮着胆子问：“怎么了？”

“为什么你们不拥抱接吻？一般的夫妻都……”

文江翰没等移民官把话说完，便出其不意地把我搂进怀中，然后，他结结实实地吻住了我。他的脸涨得通红，完全看不出是因为尴尬还是因为激动。总之，那电光火石的一吻之后，他亲密地揽着我的肩笑着对移民官说："我们中国人在这件事上都比较害羞，不过，这么高兴的事，我们为什么要害羞？谢谢您。"

然后，不等移民官再说什么，他便向人道了再见，然后拉着我的手"欢快"地跑出了办公大厅。

直到我们俩坐到车里，我的心还在狂跳。他捂着胸口，一头大汗，一个劲儿说："不行了，心脏病都要犯了，哪怕再耽搁一分钟，我就要露馅儿了。回去你开车吧，我的腿都哆嗦了。"

我忍不住笑了，我回味着那个猝不及防的吻，那个嘴唇冰凉、柔软而又有点淡淡薄荷味的吻，心里竟然没有一点慌张。甚至，原本被移民官吓出来的慌张，也不知何时退回去了。我的心异常平静。一整天的患得患失和焦灼不安，被他这一吻瞬间就定了乾坤。

我发现，无论我怎么回避、怎么冷静、怎么克制，也改变不了一个事实，那就是，我真的已经不可救药地爱上他了。

我想，我得跟李泽铭谈分手了。可是，怎么向他开这个口？

18
爱上一个不该爱的人

李泽慧在我拿到绿卡的第一时间给我打来了祝贺电话。她知道我们今天去面试，她一直在紧密关注这个事情。从我们认识到现在，她第一次对我说话这么和蔼。她说她已经安排好了，还有一周小铭的学校就放暑假了，到时候她就让李泽铭和我相会。她有些抱歉的味道："让你们小两口分开那么久，的确有点太残酷了。不过你一定要相信，姐姐都是为了你们好。"

她的话让我五味杂陈。

李泽铭特别开心，一个劲儿地跟我说："你知道吗？姐姐已经都准备好了，她家有一个我们单独的房间，你要是觉得住在家里不方便，我们还可以去住酒店。你现在是咱家的大功臣，姐姐现在已经对你刮目相看了。真想暑假赶快到啊，到时候我天天带你出去玩。天哪，真没想到你那么顺利就拿到绿卡了，简直像做梦一样。这下我心里总算踏实了。宝贝儿，你真是我的骄傲！"

他的话，让我心里非常不是味道。不过他接下来的话，让我心里更不是味道了。他得意地说："你看，现在我们听姐姐的话听对了吧？要不是当初她让我跟你演那场戏，咱们哪有今天？"

我心里咯噔一声："你说什么？"

他笑着说："没什么没什么，我不应该瞎说。"

我再怎么追问，李泽铭也坚决不肯再说什么，他笑着把电话挂断了。我越想越觉得蹊跷，实在忍不住跑出门去找到文江翰，我问："如果一个外国人申请了一所美国的名校，被通过了，然后，这个被录取的人正式通知人家说他不去上了，他能紧接着马上又申请到那所学校再去上吗？"

文江翰完全不知我在说什么，淡然一笑，说："如果你是有正当原因延期入学，没准儿能保住你的学籍，可是一般情况下，你若通知别人说不去了，人家是不会还把位置给你留着的。这不是儿戏。美国学校那简直是全世界的学校，一个名额出来，马上就有几十上百人抢走了，尤其是名校。"

这么说，他们姐俩当初说服我心甘情愿到美国来结婚，其实是给我演了一场戏。李泽铭说的不就是这个意思吗？我的心被一股奇异的寒流冻住了。我立刻打电话给李泽铭，我要向他问清楚。可是，他却关机了。之后我又连续打了三个电话，他都处于关机状态。愤怒之余看了手表，却发现是到了他的上课时间，他应该上课去了。上课救了他，要不然我在电话里就会对他说分手的。

爱情对女人是很奇怪的一种存在。当你发现你爱上了一个人，那情感会来得势如潮涌；当你发现你不爱那个人了，你的心里马上就对他风平浪静。可是，我真的可以风平浪静吗？在知道了真相以后，我心里的怒火久久无法平息，但我却不知道该找谁去发泄。

这天晚上吃晚饭的时候，杨姐告诉我们，说她的签证马上就要到期了，小岩这两天就放假，一放假他们娘儿俩就得走，要不然她下回再来就成问题了。她说下半年带孩子来的就不是她而是她老公了。想到一家人总是这么分着，她长叹了一口气，说不知道她老公外面有小三儿了没有？虽是玩笑话，可我和文江翰仍然觉得很惊心，生怕她发现了什么。

人人都有烦心事，跟杨姐一比，我觉得自己的烦心事流于表面，比起她可能面临的问题，我的真不算什么了。

因为要回国，杨姐需要买许多礼物。她要我陪她去距离西雅图两小时车程的波特兰，那是一个免税城市，什么商品都零税率。我们俩溜溜地跑了一整天，要不是后备箱和后座都装满了，我们都舍不得回来了。

送走了杨姐和小岩，家里突然就剩下我和文江翰两个人了。家里从我来就从来没有过这种情况，我们俩不禁都有些别扭，往常总是一家人在一起吃的晚饭也没在一起吃。李泽铭把机票给我发过来了，我一看，竟然就是第二天的票。接着他打电话告诉我，票是姐姐给我订的，订到了纽约。那样我就不用辛苦转车到波士顿去找他，他会提前到纽约来跟我会面，然后我们再去新泽西他姐家。

因为错过了想发火的时间，我想也罢，分手也该当面说，电话里说肯定扯不清。于是就同意了。从窗口看到文江翰在后院的椅子上坐着，我鼓起勇气走了出去。看见我他坦然地打招呼说："没出去散步啊？"

"怕遇见熊，不去了。"

我们俩都笑了起来。

"苏小慧因为那头熊的事，都成我们单位的传奇女侠了，不过还算她有良心，每回她都把你塑造成英雄。"

"本来就是呀。"他不客气地笑说。

然后我们就没话了，我俩都感到了一丝尴尬。

"嗯……李泽慧邀请我明天去纽约。"我说。我想看他会有什么反应。

"好啊，这不是你一直都在盼望的事吗？"他的回答跟我想的一样，让你看不出任何意思，也挑不出任何毛病。

"不知道为什么，我发现自己并不太想过去了。"

他说："别傻了，好不容易才团聚。需要我帮你订机票吗？"

我的心一痛，却勉强镇定："机票已经发到我手机上了，明天上午十点的。"

"没问题，这个时间我可以去机场送你。"

"哦，"我不停地失望，却又不甘心地不断给自己鼓气，"到时候家里就剩你一个人了呢。"

"就盼着什么时候家里能就剩我一人，清静！——哈哈，开个玩笑。我没问题。早就约好迈克尔刘一起去看海鹰队的球赛了，我们正好趁你们大家都不在的这段时间安排一下我们的活动。你放心走你的。"

　　心里的话就在嗓子眼儿百转千回，可我就是没法坦然地说出口。他像是一点点也没有别的任何意思，就一门心思地盼我快走。我问自己，是不是你太自作多情了？Maybe！我问自己，是不是你自以为是想太多了？答案还是Maybe！我原本的自信受到了严重的打击。

　　他不动声色地想要结束我们之间的话题，看了一下手表，说："哟，跟我女儿视频的时间到了，你再坐会儿啊，我上去了。"

　　他已经起身都拉开门了，我终于没能忍住自己，我的声音都发颤了："我想……我想问你一个问题。"

　　"你说。"他回过头来冷静地看着我。

　　"如果……如果我不是李泽铭的女朋友，如果你跟李泽铭没有亲戚关系……"

　　"不会！"他斩钉截铁地回答我。我愣住了。他竟然都不让我把话说完就这么无情地打断了我。然后，他就进屋了。

　　我羞愧万分地站在那里，脑子一片空白。我只觉得脸烧得厉害，身上忽冷忽热的，只恨不得找个地缝儿能一头钻进去。不知为何，脑子突然梦游般地想起泰戈尔的诗：

　　　　世界上最远的距离，

　　　　不是生与死的距离，

　　　　而是我站在你面前，

　　　　你不知道我爱你。

　　　　世界上最远的距离，

　　　　不是我站在你面前，

你不知道我爱你，
而是爱到痴迷，
却不能说我爱你。
世界上最远的距离，
不是我不能说我爱你，
而是想你痛彻心脾，
却只能深埋心底……

　　过了好一阵我才缓过劲儿来，缓过劲儿来才发现，自己早已一头一身的大汗。

　　我焦虑地质问自己，方颜你在干什么？你为什么要对他说那些话？你这样自取其辱破坏了这么久以来好不容易才跟他建立起来的健康关系，你为什么？李泽慧说的一点也没有错，你就是个轻浮不自爱的女人！我是吗？我不是吗？我手脚发麻地站在那里，禁不住泪流满面……

世界上最远的距离，
不是树与树的距离，
而是同根生长的树枝，
却无法在风中相依。
世界上最远的距离，
不是树枝无法相依，
而是相互瞭望的星星，
却没有交汇的轨迹……

我觉得自己的心彻底碎了！这个家我没法再待下去了，我抹着眼泪带着最后一丝自尊逃出了家门。出了家我却不知道我该往哪里去，突然想到那头乱窜的熊，不知道它最近会不会在我们附近出现？还是我去森林找它吧，让它把我吃了，一了百了。

这么想着，我便毫无顾忌地朝森林一边路上走去。谁知道我刚走到森林边上，就听到有熟悉的声音叫我，回头一看，竟然是我的老师南希。老太太正牵着一只小拉布拉多在遛。我赶忙擦掉眼泪换上笑脸。

"嗨，南希。"

她说："天快黑了，你不能再往森林里去了，那儿危险。"

我说："没事儿，随便走走我就回来了。"

她细心地看着我的脸，体贴地说："你是刚哭过吗？听我的，我家里新泡了你爱喝的茶，我想告诉你一些秘密。"说着，她不由我分说，便优雅地挽住了我的胳膊，我无法推托，便跟着她来到了她的家。

老太太不问我为什么不开心，美国人都很注重人的隐私，不会以关心你的名义，逼你把不想说的事情说出来，他们只会尽自己的力宽你的心，让你在她的陪伴下过得舒服一些。南希把狗拴到了后院新买的狗舍里，我记得她是没有狗的，忍不住问她："哪儿来的狗狗啊？"

见我问这个，老太太居然一脸甜蜜的表情，她笑眯眯地告诉我："这是我男朋友送给我的，我太喜欢了。"

什么？我诧异地看着南希，这才发现，她整个人容光焕发的，发型是新做的，眉眼都画了更细致入微的妆容。南希告诉我她恋爱了，对方是个比她小五岁的从前的男同事。我真的非常吃惊，她告诉我这些时，脸上竟然露出像未婚少女般娇羞又憧憬的表情。

我早就发现了，这些美国的老太太跟我们中国的老太太一点也不一样。虽然已快七十岁了，可每次见到南希，她都打扮得精致可爱，常常让我这个年轻人自叹不如。家里也总是香喷喷充满浪漫的情调。如果不知道，根本不会想到这是一个老人的家。我为老太太活到老认真生活到老的态度所感动，搂住她向她表示由衷的祝贺。我告诉她，很难想象在我的故乡北京，一个七十岁的老太太说她恋爱了，会是怎样的一种情景。

南希拉着我的手，无比真诚地劝告我说："亲爱的，人生短暂，我们应该遵从自己的内心，那样生活才有尊严、有质量，不然就是在浪费生命。如果一个人连爱别人的勇气都没有，那岂不是要天天活在勉强和痛苦之中？千万不要等没有机会弥补时再去后悔，那才是真正的傻瓜呢。"

南希的话让我好感动，遵从自己的内心！说起来容易，做起来是多么的难啊。她勾得我必须要跟她说一说我的心里话，不然我难受得快要憋死了。我的英语还没有好到可以随心所欲表达我想表达的，于是我便用中国话跟她说我和文江翰的经历，讲我怎样到美国来跟他结婚，然后怎样一点一点地爱上他。虽然南希一句也听不懂，可是她却随着我的表情和声音陪着我情绪变化，我伤心，她就递给我纸巾，我笑，她就跟着我笑。就这样，我把自己全部的心事全都倾倒给这个善解人意的老太太了。

说完了，我就像是把这段过往真的放下了一样。我决定，离开了就不再回来了，免得以后再见了面尴尬。这么一下决心，我便鼓起勇气回家收拾行李了。进家后才发现，文江翰不在家，我想，不在家也好，那样我更能专心接受自己未来的命运了。当我把整个房间收拾得就跟刚来的时候一样，一点也没留下我来过的痕迹时，我的心一下子又痛起来了。

我暗告自己，你不能这么婆婆妈妈给自己再次犹豫的机会了，一切都结束了！于是，我给文江翰留下一张纸条告知，我把纸条贴在门上，就像他告诉我们外面有熊要小心那样。然后，我叫了一辆出租车，提前离家走了。我想，文江翰回来发现家里终于只剩他一个人，他一定可以尽情地看球赛，叫朋友来聚会了吧。

李泽铭到机场接的我。自文江翰打官司那时我们匆匆见过一面之后就再也没见，他比那时稍微变胖了一些。见到我他非常高兴，从前在一起时的感觉一下又熟悉起来了。也许是因为心里对他的感情有过变化，心里有愧疚，所以我绝口不提他骗我的事，努力地想我们都开心。只是一想到有时候人就是会放弃该有的原则，向生活无奈地妥协，心里还是会觉得咯噔一下，但不去想它，也就好了。

李泽铭已订好了一家市中心的酒店，他热切地搂着我，将我从机场直接带到了酒店。这个时候，我才不得不承认一点，我不想跟他在酒店做任何多余的停留。理智告诉我，我应该借机跟他和好如初，可情感却强烈排斥着这种想法，它拼命地告诉我：我不愿意！我不愿意！我不愿意！

我骗不了我自己，我真的已经对他爱不起来了。可是我却又没勇气对李泽铭实言相告。我只能像个完全不解风情的小姑娘一样，拖延时间，我假装激动万分地要去看时代广场、要去看大都会博物馆、要去看百老汇歌剧，强拉着他离开酒店。李泽铭本来就是个没太多主见的人，我坚持，他不太情愿也会顺从。就这样，一对年轻情侣，久别重逢后在纽约街头瞎逛了整整一天。

直到晚上，实在没有借口不回酒店了，我才不得不跟着他回了酒店。一路上我都在纠结：怎么办？怎么办？上帝啊你告诉我我该怎么办？

我心乱如麻地跟他进到房间，他深情款款地脱掉我的外套，我着急而又慌乱，满脑子都是想怎么躲开这一切。他又伸手解开我领口的衬衫……我终于坚持不住了，一把拉住了他的手，他温柔地疑问："怎么了？"

我说："我要和你谈一谈。"

他意乱情迷地把我推倒在床上，才不想说任何多余的话："好，你说，我听着。"

我挣扎着："你起来，我们好好说。"

他笑着，用热切的吻来回应我。

我实在控制不住，强力推开了他。李泽铭愣住了："你干嘛？"他一脸委屈和惊讶。

我只能选择快刀斩乱麻："我不能和你这样了，我不爱你了。"

他吃惊地说："你说什么？"

我说："我爱上别人了。"

他难以置信地愣在那里。

我不想拿他告诉过我的借口攻击他，实际上我早已先于那之前就已经不爱他了。他一脸委屈地重复着我的话："你爱上别人了？"

"是的，"我说，"本来我以为我们还可以继续下去，可是，我骗不了自己，这一天下来，我发现，过去的已经过去了，我真的没有办法再和你在一起。"

李泽铭深深被我伤害了，我第一次见他发这么大的火，他抓起桌上一件摆设花瓶狠狠砸在地上，指着我须发皆张地吼："谁？你告诉我他是谁？"

"那不重要。重要的是我不爱你了。"

他痛苦不已:"不可能!绝对不可能!我们好不容易才走到今天,你知道这半年多我是怎么熬过来的吗?你不能这么对我!"

"对不起。"我扭头要走。

他一下冲到我面前,他软下来,眼中都有泪光了,他后悔万分地指责我:"你不能说走就走,你告诉我我们怎么会这样?你是因为拿了绿卡看不上我了吗?你看上了谁?我就知道我不应该把你带到美国来的。假如当初我把你留在北京,你看我就会像看一个男神,你绝对不会离开我。你太没良心了方颜,是我把你弄到这里来的,你不能一拿到绿卡就想甩我!"

短短几句话,他提了两次绿卡。我叹了一口气,非常无语。真不知道以前到底看上他哪一点了。我深吸一口气,推开李泽铭,便离开了酒店。

我像打了鸡血一样直接打车去了机场,然后,买了一张两个小时后起飞的夜航机票,我决定遵从自己的内心,我再也不要无谓地给自己套上枷锁,我要追求自己想要的生活。从被人操纵着"嫁给"文江翰以来,我第一次要为自己的命运做主了。让一切后果都如约而来吧!我开心地想,我什么都不怕,解放的感觉太好了!

过安检的时候文江翰的电话打到我的手机上,他着急地说:"到底发生什么事了?为什么李泽慧打电话过来把我骂个狗血喷头?"

我坦然地说:"我跟李泽铭分手了。"

他质问我:"为什么?去的时候不都还好好的?"

我说:"那是你!我从来就没好好的。我爱上你了你会不知道?"

他张口结舌地说:"方、方颜,不带这么开玩笑的,你想出人命是怎么着?"

我完全可以想象得到，他在电话那边狼狈不堪的模样。我说："出人命就出人命好了，反正有你挡着呢。"

他一时间完全不知道该说什么话，只听电话里他"这、那、那、这"地已经完全语无伦次风中凌乱了。

我说："五个小时之后，请到塔科马机场来接我。"我不相信他对我没感情。回想他回绝我的时候，他连看都不敢看我，他甚至没等我说完话就打断了我。他那不是对我没感情，而是他早就对我有感情了，他怕我一把话说明，他就控制不住自己了！

我长舒了一口气。现在，我什么都处理完了，孤家寡人，我去见他，我看他还有什么好说的？

"有本事你当着我的面、看着我的眼睛，告诉我你不爱我。"笃定地说完这句话，不等他回复，我就把电话给挂断了。

我走出机场的时候已经很晚了，机场外几乎没有人。不过一切都如我想象，文江翰就像第一次来这个地方接我时一样，皱着眉头、一脸不耐烦地站在那里等我。他甚至穿得都跟我第一次见他时一样。我松了一口气，因为我能分辨得出他今天的不耐烦不是真的，他只是不知道该如何对待我。我做出一脸无辜的样子，勇敢地看着他的眼睛。

他躲开我的眼光说："你别闹了好不好？我已经跟李泽铭说好了，只要你现在回去，他保证就像什么事也没有发生过，你们还能好好的。"

我盯着他说："人海茫茫，隔着整个太平洋——我和你，竟然走到一个家里来了。我们一东一西，简直跨越了半个地球的距离啊，你想没想过，这中间预示着什么？"

他根本不听我的："方颜，你好不容易才拿到绿卡，你好好想想，你到美国到底是干什么来的？"

不听我的是吗？好，那我也不听他的，我自说自话地看着他，脸上带着戏谑的味道，谁让他不敢承认他爱我："知道吗？这就叫有缘千里，不，我们是有缘万里来相会。你我原本素不相识的两个人，我竟然会漂洋过海嫁给你，不仅如此，我们在一起的这半年多，经历了那么多的事情。你不觉得这是天意？"

"方颜，你听我说……"

"我不听你说。一路上我都想好了，我要和你从头开始。我现在正式通知你，文江翰，我爱的人是你。我只想让你承认，你也爱上了我。"我目光清澈却坚定地看着他。

文江翰又急又气："这是胡说什么呢？你不能这么任性！"

"这回我还就任性了！"

"李泽慧说了，只要你回去，除非办证件，你可以再不用回来，你以后可以天天跟李泽铭在一起，你们再也不会分离。这不是你从来那一天就一直盼望的吗？你得要为李泽铭负责啊！"

他不说这个还好，他一提这两个字，我把在李泽铭面前压着没说的话一股脑儿全说出来了。我愤怒之极地控诉："负责？我要为李泽铭负责？他们违背我的意志让我到美国来跟你假结婚！他们有没有想过为我负责？我来美国这么长时间，苦闷、孤单、不适应，他们那时候怎么不想让我跟他们生活在一起？他们心里根本就没我这个人，他们看中的只是那张绿卡！你居然还要替李泽慧向我传达这种话？你真的觉得我还能跟那种自私自利的人生活在一起吗？"

他瞪着我，我毫不示弱地瞪着他。我再也不想妥协了！

"我来到美国的一切，都是跟你共同经历的，"我动情地望着他说，"你教我学车，陪我考驾照；你陪我参加聚会；我给你找律师，为你的狱友们做好吃的；你跳下联合湖救我，还从熊掌底下救了我最好的朋友苏小慧。我们经历的点点滴滴，你难道都忘了？"

他被我说得动了容，低头轻叹一声。

"我来到美国，咱们俩就去领了结婚证，我戴过你妈妈给你的戒指；我们一起面对过移民官的审核，那时我们互相鼓励、互相补充，你的用心，我全部都记得，这些难道一点点也没让你动过心吗？"

他沉默了，但随即，他抬起脸来，表情木然地正视着我，他的眼里含着隐痛，他用疲惫而沙哑的声音对我说："对不起，方颜，我不知道哪个地方让你误会了，我必须要告诉你，我和你的一切都是有条件的，我是为了我女儿。我没有喜欢过你，哪怕是一点点。一切都是你臆想出来的。现在，你怎么坐飞机来的，就还怎么回去吧。我来就是为了跟你说这些的。"

我愣住了。我慌乱地叫他："文江翰。"

他扭头大步流星地走开。

我更慌乱了："你、你要干嘛？"

他头也不回地说："原路回去吧，我家已经没有你的地方了。"

他上了不远处他那辆小破车，然后，在我的震惊中绝尘而去。

我完全不知所措了。随即，伤心像泛滥的河水般汹涌决堤。他竟然还是不肯妥协接纳我？这个人真是太顽固不化铁石心肠了！泪水瞬间就糊住我的眼睛。我跺着脚又急又气地哭喊："你不能把我一个人扔在这里！文江翰！"

那辆破车消失在我的视线中。

懦夫！不敢面对现实的软弱的懦夫！我的欢喜变成绝望，我万万没料到，他会这样对待我。他如此绝情，竟然深夜扔我在机场，还让我原路返航？我一边哭一边骂他，他绝对不会再来接我了，我回头看看灯火通明的机场，然后，又看看他消失的黑暗的远方……

我真的要被他气疯掉了。你不是把我扔在机场吗？好！我愤怒地抹掉脸上的泪水。我冲他消失的方向喊："你有什么了不起？我告诉你，今天我打死也不会原路返回！我走也要走回你家去！我气死你！"

我憋着一股冲天的怒气走出机场，一看面前四通八达的大马路，我犹豫了，这要往哪儿走啊？正琢磨着，突然，我的脖子猛地被人勒住，同时有嘶哑的男声用英文命令我："别动！"

这时候我才发现，自己已经盛怒之下冲动地走出了机场的安全区，但是后悔显然已经来不及了。

我只能看到我脖子下是条黑色的脏胳膊，那人浑身散发着难闻的酒气和汗气，我惊慌地想喊，嘴立刻就被结结实实地捂住了。我碰上了打劫的！关键是我不知道他到底想劫什么？如果只是劫个财，我身上没带多少钱，都给他就是了。可万一他要……我仿佛看见明天的华文报纸头条上大黑字肃穆地写着："华人少女被劫财劫色，神秘凶手乃流浪黑人"。

我吓得头发根儿都竖起来了。喊不出我也奋力地喊、我用尽全身的力气扭打挣扎。我照着他的胳膊就一口咬了上去。他一掌就又把我打松了口。在我头晕眼花耳朵嗡嗡叫之际，他像拎小鸡一样，一把就把我拖到黑暗中去了。

我哭了。我后悔不听文江翰的话，如果刚才我扭头回到机场大厅，绝对不会碰上这样的事！

我恨文江翰，如果不是他执意把我一个人扔在这么凶险的机场，我绝对不会碰上这样的事！

我甚至后悔我不该一时冲动坐五个小时飞机飞回来。如果我没有飞回来，我绝对不会碰上这样的事！

难道我这就要去见上帝了吗？我不想这么年轻就去见上帝，我已经好几个月没见到我爸妈了，他们要是这把年纪失去了女儿，他们会活不下去的……我胡思乱想濒临绝望。

"放开她！Let her go！"突然我听到一声大吼。

难以置信！居然是文江翰的声音。

随后是"咚"的一声，歹徒"啊"了一声就把我扔地上了。因为窒息了半天，我趴在地上大口大口地喘着气，文江翰接连问了我两声："你没事儿吧？你没事儿吧？"

我这才看见，他手里举着一把洗车用的木柄刷子，假装那是一只棒球棒。之前那声响，应该是他用刷子狠狠地敲了歹徒的头。黑大个儿一手捂着后脑勺，一手握着一把刀，嘴里不停地骂骂咧咧地与文江翰紧张地对峙着。

本来我只是害怕，我以为我就要死了，可我没想到有人会来救我，而救我的人就是把我置于险境的人。我真的好生气！我一边哭一边从地上爬起来，刚才那一摔使我方向感基本丧失了，根本不知道现在冲着哪边，只是大声喊道："有本事你别回来呀！你回来干嘛？"

文江翰紧张又气愤地喊："我根本就没有走！我沿机场转了一圈回来，就看见你个傻瓜竟然一个人上路了！"

我一愣，原来他并非心里没我。委屈的眼泪如决堤之水，我哽咽着："有本事你一个人走啊！你不是说你心里一点点都没有我吗？"

劫持我的人见我们俩聊开了，对我紧张地喊："Shut up！"

　　我真是被这个人给气着了。我愤怒地回骂给他："You shut up 王八蛋！"然后，我哭着质问文江翰："要是我今天死了，就如你的意了吧？有本事你一个人走啊！谁稀罕你回来！"我大义凛然地往歹徒面前一站，命令他："来！劫持我吧！Do your job，你最好把我杀了，这样那个人就踏实了！"

　　歹徒本来就心慌了，见我这么着，更摸不着头脑了，又急又气地骂了一声："Shit！"竟然撒腿就跑了。

　　唉，这个没种的家伙！我愤怒之极冲他逃跑的方向大骂："你个大傻子你跑什么？你丫有病吧？！"

　　见那歹徒真跑不见了，文江翰这才"哎呦"一声放下了手里的刷子，他弯着腰喘着粗气心有余悸地看我，一脸的无可奈何："没见过你这样儿的，我这辈子就没见过你这样儿的！知道吗？让你走你为什么不走？你就非不听人的话是吧？你到底想干什么？"

　　我一把抹掉腮边的泪水："你不是走了吗？回来干嘛？"

　　"我不回来你就 Over 了！"

　　"是谁让我这么危险的？"

　　"我差点就被你吓死了！"

　　"我要真死了就是你害的！"

　　"你还有理了？"

　　"有本事你就让我死啊？我死了我让你后悔得吐血去！我……"

　　他毫无征兆地伸手捂住了我的嘴："不许再胡说！"

　　他无奈地摇着头，叹着气，看着我。他的表情里有紧张、苦恼、无奈和怜惜。然后，他长叹一声，他把我搂进了怀里。

　　这个死硬派他居然把我搂进了他的怀里！一时间我真的难以相信这是真的。夜晚的西雅图好冷，他的怀中好暖和。我感觉到他的心狂跳着，我本来像刺猬一样着，可是，他的温暖，把我融化了，我不由自主地环了他的腰，把脸贴在他的胸口，我的眼泪噼里啪啦地落下来了。

他喃喃自语地反复说着："真的被你吓死了，差点就吓死了。你这个人，真拿你没办法，好吧，别人爱咋咋地，咱俩就这么着了！"

本来我擦了眼泪打算不哭了，听了他的话，我忍不住哭得更厉害了。他这算是向我屈服了吗？我的努力终于有回报了？

他苦笑一声，凝神看着我，伸手为我擦掉眼泪："你知道接下来我们俩要面临的是什么吗？"

"我不怕。"我倔强地说。

"你这个奇怪的小姑娘，"他拉着我的双手，感慨地望着我，"平常为人处世那么温和谦让，可性格里又有这么坚硬的部分，我真是服了你了。"

他这么一夸奖，弄得我不好意思地破涕为笑了，我无助地看着他："那现在我们怎么办？"

"当然是回家啦。"他长舒一口气，紧紧地拉着我的手，生怕我再被人劫持似的，我们俩迎风朝他的小破车走去。

这一刻，我心头所有的雾霾都散尽了。黎明前的夜空静谧深沉，万点星空中飘着丝丝缕缕若隐若现的白云，灯火通明的城市，倒映在湖中，空旷的马路上，亮着我们疾驰的车灯。车内，我和文江翰的手依然紧握着，我们相视一笑。我知道，这一次，我是真的回家了。

19

前妻再次光临

义无反顾从纽约回来找文江翰的时候，我一心想着怎么说服他接受我，并没有想过他接受了我之后应该如何。他也一样，他在机场见到我以前，一心想用他的冷漠把我赶走，他压根儿没想过，假如他赶不走我，并且我还跟着他一起回家了，后面该如何？

在车里我俩就没了话。走进家门，两个人就越发不知所措起来了。终究是他先镇定下来了，他说："坐了那么久的飞机，你饿吗？"

我这才发觉肚子早已饿扁了。他开始做饭，我在旁边给他打下手。他把鸡蛋递给我，我就拿出碗来打鸡蛋，他在我的注视中进后院菜园摘了两个大西红柿和一把还带着露珠的小青菜回来。杨姐走后，他躲着我，我俩再没一起吃过饭，菜园里的西红柿显然都熟过了，他一切开，里面全是沙瓤了。

我们两一唱一和地配合着，好像又回到了他做义工的那段时间，那时是我自告奋勇做我现学的菜，他给我打下手。现在我站在他旁边看着他做。就这样，熟悉的感觉不知不觉就回来了。

做饭的过程中，他的手碰到了我的手，我俩习惯性地一躲，然后，他伸手握住了我的。他的手指还是那样修长有力，我的手指一如往日白皙柔软。两人对视一眼，他投之以深情而怜爱的目光，我报之以温柔而羞涩的一笑。这样的片刻，这样的让人心跳，以前在和李泽铭恋爱时完全没有体验过。我现在才知道，这才是爱的味道。爱神这回是真的降临了，这才是我命中注定想要的。

从没吃过那么好吃的面条，洁白晶莹的骨瓷碗里，西红柿是鲜红的，鸡蛋是金黄的，菜叶是碧绿的，汤鲜美、面软糯。我俩一边吃一边对视着笑，傻傻的，互相间怎么也看不够了似的。气氛从来没有这样的好。就在这时，他的手机响了。

他说："李泽慧来的。"

我的神经一下就绷紧了。

他按了接听键，打开免提，然后把电话放在我们两人中间。李泽慧兴师问罪的声音骤然破坏了所有的美好。

"你为什么没有及时给我回电话？我等了你好几个小时你知道吗？我几乎一夜都在等你的电话！你怎么回事呀？好了，我今天不跟你说这些，我就想问，那个没良心的她怎么样？你叫她回纽约了吗？"

"我叫了。"文江翰说。

电话那边的声音有些迟疑："她回来了？李泽铭没跟我说啊。哦，对，也许她还没到。"

"不，她并没有走。"

"什么？"

"她跟着我回来了。"

"你、你再说一遍？"

我抢先答了话，我对着电话一字一顿地告诉对方："对不起姐姐，让你失望了。我已经跟李泽铭说清楚了，我跟他完了，我不可能再去你们那儿了。"

"文江翰，你竟然还收留了她？"

"不然你要我拿她怎么办呢？"

电话那端显然已经有些气急败坏了："你还要跟我顶嘴啊？你故意气我是不是？她都这样对我和李泽铭了你还收留她？她不是不

愿意回来吗？那你就应该让她滚啊！她不是爱上别人了吗？是不是美国人？是不是你们当地的？她以为她可以当邓文迪吗？你应该替我好好修理她一顿啊！她怎么能这么欺负我们呢？"

听了这话我目瞪口呆，我小声问文江翰："她不知道我喜欢的人是你？"

文江翰回答我："我也以为她应该猜出来了，不过她可能觉得我是个 Loser，你是不会看上我的。以她的价值观来判断，你应该是看上了哪个比我了不起得多的人了。"

仔细回忆，我跟李泽铭也只是说我爱上别人了，不爱他了，我没说过我爱的人是文江翰，他竟然也没往文江翰身上想，可这是多么明显不过的事啊？我天天跟文江翰在一起，他未娶、我未嫁——哦不，他娶了，我嫁了。难道他们姐俩真的以为只有物质才能衡量一个人值不值得付出感情吗？我真的无语了。

"要告诉她吗？"

"先让她误会着好了。"

"文江翰，你把电话给那丫头，我要跟她说话。我要问问这过河拆桥的死丫头，她是不是以为拿了绿卡她就可以上天了！"

文江翰挂了她的电话。

李泽慧又打来，他又挂断了。

李泽慧第三次打来，他索性把手机电池一拔，再也不让它响了。

他看着我："傻姑娘，你真的想好了吗？跟着我？"

"你说呢？"

他默默地注视了我好一会儿，然后伸出双手，把我的手紧紧地握在手中。他说："那好，我现在就订船票，我们坐早班船去见乌芸。"

我诧异地看着他："为什么？"

他说："我们俩都需要她的帮助。"

一夜未眠，在船上的两个小时里，我偎在文江翰胸前睡得美极了。记得头一次坐船去维多利亚岛时，我忙乱得一塌糊涂，那时文江翰被抓，我心头惶恐慌乱，连过境单都忘了填，要不是碰到的警察好心，还过不了境了。这一次有文江翰做伴，我心里太踏实了，什么过境单，就是天塌下来我也不会害怕。

头回来乌芸家是夜间，加上心里紧张，根本就没注意她家的外观。这回清晨看见，很是震撼。她的家：三车库、大花园、双层的别墅样式比文江翰家的时尚多了也新多了。门右边有一棵金红叶子的银杏，从没见过这样洁净鲜艳的银杏，在瓦蓝的天空洁白的云彩中显得特别耀眼；左边望出去，天哪，竟然是一望无际天海相交的一方海湾。水天一色间，远洋大海轮驶过，汽笛声声，海鸥飞起飞落，欢叫着在天空滑翔，仿佛如在画中一般。

我们敲响乌芸家的门的时候，她刚准备去上班。三十出头的乌芸律师，一头乌黑的大波浪，妆容精致、气质高雅，在美国上流社会生活久了，她从衣着到谈吐，早已从骨子里透出自信和骄傲，每次一看到她，我就忍不住能找到生活的目标。见到我俩大清早不请自到，她显然非常吃惊。

"又出什么事了？"

文江翰笑着，露出老熟人之间才有的狡黠："要不说我们来找你就对了呢，你看你一下就猜出我有事儿了。"

"那个案子不是结了？难道还有什么后遗症？"

文江翰摇摇头："不是。你可不可以跟单位说一声你今天不去了，我说的事儿可能会比较长，你估计一时半会儿还不能适应——

总之，我有重要的事情要向你坦白。"

这天乌芸没去上班，在听了我和文江翰的故事后，她呆呆地坐在那里久久地没有说话。我和文江翰都觉得紧张了。

"我想知道，如果李泽慧去检举我们俩是假结婚，我们会面临什么样的命运？"

乌芸看也不看文江翰一眼，她带着明显的怨恨不客气地说："你二进宫，会判重刑，她会被直接遣送出境，永远不许再来美国。"

"那……有什么办法能避免发生这种事情？"

她瞪了我一眼，冰冷地说："立刻离婚。"

"离婚？"文江翰握着我的手加了劲，手指都白了。

"离婚！"乌芸原本一直坐在我们对面的沙发上听我们讲我们的爱情故事，这时她再也忍不住她的气愤，她站起来在屋子里走来走去，双手因掩饰不住内心的波动而紧紧绞在一起，她怒视着文江翰，指着我质问他："我到底哪里比不上这个一无是处的黄毛丫头？你竟然甘心放弃我选择她？这简直太污辱人了！"她的眼睛湿润了。

文江翰抱歉地望着她，他们两个就当着我的面一个含泪含怨地怒视，一个内疚宽厚地接着。我的心悬着，如坐针毡。良久，文江翰一声叹息，上前递给她一张纸巾，无比诚恳地看着她说："我这辈子过得最窝囊的日子，就是给老婆当附庸的日子，那种日子我真的过怕了。"

从来没想到，这个坚硬如铁、雷厉风行的女律师会哭，没想到她也有脆弱的时候。她哭得梨花带雨的，几乎泣不成声了。她已经顾不上我的存在，面子也不要了。她不停地从文江翰手中接过纸巾擦眼泪擦鼻涕，最后直接把一盒纸巾拿在手上不停地抽来擦脸。

她像是控诉又像是自语地说："你明知道我喜欢你好多年了，

我一直以为你会来求婚的。我以为女人应该矜持一些、自尊一些，可我万万没想到，回回都有人捷足先登了。从小仰慕你，你高中我初中，你大学我高中，等我终于上大学可以和你谈恋爱了，你跟李泽慧结婚了，等你们离婚我以为自己又有机会了，你却迟迟不向我说那三个字。你以为这么些年我这么努力是为了什么？就为了让你看见我，就为了让你知道我是优秀的，是值得你追的。你的眼睛真的瞎了吗？"

原来是这样，原来他们俩从小就是认识的。一个小女孩，从小仰慕一个大哥哥，她以为大哥哥总有一天会属于她的，可是，白等了二十年，大哥哥还是属于别人了。若是属于别人也还算了，还要她帮忙把心爱的人送到别人怀里去！换了谁，谁也是受不了要发泄一下的。

终于她说够了，哭完了，才叹了一口气，失望之极地说："我知道我是没戏了。以后我再也不把心放在你身上了，我这么多年的梦也该醒过来了。"

文江翰这才松口气说："这才对嘛。只要你愿意打开心扉，找个志同道合的，是很容易的。"

乌芸瞥我一眼，心烦地警告说："你也别以为我现在帮了你你就可以高枕无忧了，知道我爱了他多少年还空手而归吗？你要小心一些，以后只要你稍一松懈，我就可能把他重新抢跑，下回你是抢不过我的。"

我抿着嘴笑了："放心吧姐姐，我绝对不会松懈的。"

"别跟我套近乎！"乌芸警告我，然后，她长叹一声，平静了下来。她以律师的见地，向我们提供了非常中肯的解决问题的办法。在所有都搞清楚以后，我们离开了她的家。对于给她造成的伤害我是非常内疚的，可是，爱情是自私的，她再好，我也舍不得把文江翰拱手让给她。

回去的船上，文江翰告诫我说："李泽慧这两天一定会来的，在她来以前，我们先把婚离了。"

我点头说："知道。心里还真有点舍不得呢。"

他爱怜地摸了一下我的头，笑了。

"谁的爱情会像我们这样，没有一天平平坦坦，到处都是坎坎坷坷？"我感慨地说。

"好事多磨。"他看着我。

我有没有说过文江翰是很帅的？那种坦然的、无言的、儒雅之帅。衣着永远休闲得体，表情永远沉静执著。这状态，不在国外浸润多年、不被生活反复历练，是不可能自然拥有的。爱一个人，就是被他的所有都迷住了，从来不知道自己可以如此花痴。一个幸福感爆棚、已被爱情武装到牙齿的小女子，内心的力量绝对不是一个李泽慧能够挡得住的！

我们决定离婚。离婚以前，我想了想，决定把我们俩的事告诉给最关心我们俩的人。我首先打电话给杨姐，我就简单地说："我们俩好了。"她立刻就明白了我的意思。她激动得不得了，一个劲儿说她早知道会有这一天的，没想到真给她盼到了。然后，我告诉她我们要离婚了。

"明明可以就这么假戏真做地直接生活在一起的，为什么要离婚？"杨姐急得眼泪汪汪的。

我说："有两个原因，第一，我不想我的爱情带有任何虚假的痕迹。既然我们的婚姻是以虚假的名义开头的，继续下去固然方便，可回想起来心里就难免会有虚假的阴影。不如一切打碎了重新来过。第二，李泽慧肯定会用我们的婚姻威胁我，与其等到被她威胁给自己带来不必要的麻烦，不如先把麻烦隔离掉。"

她说也对，不管怎么样，她都坚决支持我们。

我又把消息告诉给了苏小慧，不料这家伙的第一句话竟然是："你们睡了？"

我真是服了她，我哭笑不得地谴责她："你怎么满脑子色情内容？"

"你就说睡没睡吧？"她笑得嘴都合不拢了。

"没有。"

"为什么？"

"这么久都等过来了，我想再等等。"

"哪有你们这样的？"我都不急，苏小慧先急了，"都什么年代了，你搞什么三从四德封建迷信呢？"

"这都哪儿跟哪儿啊？"我隔着电话瞟她一眼，"我只想等到合适的时候。"

"你们每天孤男寡女独守空房，不干点儿干柴烈火你情我愿的事儿，是不是有病？唉，你们这样有意思吗？烦不烦人？"

我大笑着挂了这个女色魔的电话，心里真是笑得不行了。

想一想苏小慧说的事情，我不禁面红心跳起来。我回来的这两晚，家里就我们两个人，每晚他都亲了我的额头道个晚安，然后回自己卧室去了。说实话，我不知道他怎么这么能沉住气的。进了自己的卧室后，我好一阵都睡不着，不知道他在等什么？昨天半夜，有一种想要就这样穿着睡衣敲他的门的冲动，可是不知怎么，一冒出这个念头，就想起当初李泽慧半夜敲他门吃闭门羹的事情。

忍住了，但心里好煎熬呢。好不容易勉强睡着了，又似乎听到门前有走动声，以为他要推门，结果却又无声。就这样迷迷糊糊到天亮，也不知夜里的事情是真的还是梦境。

这天，我和文江翰办完离婚公证还没到家，李泽慧就打电话来说她已经到了。我们的车刚开到家门口，我就看见她一身黑衣，风驰电掣般迎上来了。

她皱着眉、黑着脸，看上去既紧张又疲惫，完全没有了往日知识女性的风度。我做好了一切应战的准备。奇怪的是她居然没有上来就指责我，而是，她生硬地挤出一个笑来，口气也还带着循循善诱的温和："你们去哪儿了？害我在这儿等了半天？"

我猜想她是想先来软的，再来硬的。因为没有中间地带，所以我不想搞迂回战术，于是就直白相告，省得她枉费脑筋。

"去办离婚手续了。"我说。

她一下僵在那里："你说什么？"

"我们把婚离了。"文江翰说。

"你是不是疯了？"她有些崩溃。因为这完全不是她想象中的结果，"谁让你们离婚的？你们离了婚，那绿卡还能继续吗？"

"不能了。"我说，"我的签证也快到期了，我打算这就买回北京的机票。"

我说的都是实话，可这些实话彻底把李泽慧打垮了。她在屋外就暴跳如雷地大吼起来，如果不是文江翰在我和她之间隔着，我觉得她都要冲过来对我大打出手了。她口沫横飞地冲我嚷："你别以为你这么做就能让我饶了你！我为你做了那么多，你却这样恩将仇报地对我。你拍着良心想一想，你对得起我弟弟吗？你知道他现在都痛苦成什么样了吗？早知道在北京他就该一脚蹬了你，绝不会让你等到今天这么无情地对他！"

她说到李泽铭，我觉得心里是有点愧疚的。"对不起。"我真诚地说。

"你以为说声对不起就完了？你想得美！你必须要告诉我，你到底跟谁好了？我绝对要让那个人知道你的真面目！你们这些虚荣的女孩我见得多了，你以为攀上高枝就可以随便把我们甩了？我会让你付出代价的！"

"那你觉得我会攀上什么样的高枝呢？"我嘲讽地看着她问。

李泽慧脸气得通红，她转过头去逼问文江翰："这个不知天高地厚的丫头不配跟我说话。你说，她是不是看上了哪个丧偶的白人富老头儿？或者她就是明着插足了谁的家庭？你肯定知道，她天天在你眼皮子底下待着！"

文江翰见她如此出言不逊，严肃地看着她问："你怎么总是把人想得那么不堪？你试试用善心待人，你自己也会觉得舒服一些的。"

"少废话！"她粗暴地打断文江翰。

文江翰说："好，那我告诉你吧，她看上的人，既不是老头儿也没有家庭，他们俩相知相爱、情投意合，外表看起来呢，也郎才女貌很是般配的，我想，现下再也没有比他们在一起，更美好的事了。"

我望着我的爱人笑，听到这样的话，心里真是欣慰极了呢！

"你说什么？"李泽慧看文江翰的样子，似乎猜到了什么。

"你想知道那个人是谁？好，我告诉你，是我。"文江翰说。

李泽慧张口结舌了好一会儿，她像看见了鬼似的看我和文江翰。她这时才恍然大悟了过来："你们！你们！"她指着我们，连说了好几个"你们"，她的声音都颤抖了，眼睛里都有泪光了，最后她说："我一直以为你跟那个姓杨的女人不清不白的，没想到你们俩居然也做出这种男盗女娼的事情？我白白信任了你文江翰，你怎么能这样对我？"

我非常气愤："他又不是你家的木头板凳！"

"还有你！"她情绪激动地用手指指着我，"我早就看出你不是个省油的灯！他是你姐夫啊，你连家里的亲戚你都勾引，你还有没有做人的底线？"

我靠，我能骂人吗？一个压根儿不知道道德为何物的人，居然还要对别人进行道德绑架！

她指着我威胁着："你别以为这事儿咱们就算完了，李泽铭能放过你，我不行！我怎么把你弄来的，我就能怎么把你撵回去！我要让移民局遣送你出境！我要让你一辈子也不能再回来！"

"我不是告诉你了，我婚也离了，身份也不要了，我马上就自己回北京，你还要怎样让你家移民局遣送我出境？"我幸灾乐祸地看着她。

对我没招了，她怒向文江翰："你永远也不可能再见艾米莉了，你言而无信，就不要怪我翻脸不认人！"

"你没有这个权利，关于孩子的抚养权，我已经请了律师。以前怕孩子看到父母对簿公堂伤她的心，你如果非要逼我那么做，那我们只好法庭见了。我相信没有任何一条法律会规定，孩子的亲生父亲不能跟孩子相见。"文江翰第一次当着我的面，认真地跟李泽慧谈了这个事情。

李泽慧完全傻了。她站在那儿好一会儿，无话，想哭又极力忍住了。看到李泽慧因愤怒而变形的脸，和她鬓边因过于算计而早生的白发，我和文江翰的手紧紧地握在一起，我们俩心里对她的怨气，几乎同时烟消云散了。终于，她嘴唇哆嗦着什么也没说出来，扭头决然地走了。

文江翰长舒一口气，他望着她孤单离去的背影，有点自责地说："终于说出了一直憋在心里想说的话。"

我也松了一口气，我知道，从今天开始，以后的生活，会彻彻底底地掌握在我自己手中了。

20
离婚后我回了北京

唉！在美国折腾了一大圈：结过婚、离了婚；拿过绿卡、又把绿卡弄作废了；上过班、辞职了，什么都拥有过，但又什么都放弃了。不，也不能这么说，有两样东西我还是留下了，一是一张美国驾照，还有，就是过海关时我大概再也不需要翻译了。

说要回北京的时候，迈克尔刘很震惊，他追着我问："为什么呀？为什么突然就不在这儿待了？出什么事儿了？"

我想了想，告诉了他实话。

他没有如我想象中那样惊喜地恭喜我，反而，他有些难以接受似的："你、你跟文江翰好了？这什么时候的事儿呀？"

我好奇怪他的反应："你不为我们高兴呀？"

他强努出一个笑来说："我当然为你们高兴。"然后又说："这真的很出乎我的意料呀。"

"你怎么啦？"

他掩饰地说："没什么，一时不能适应。"

我笑着问他："我回北京，你有什么话或者什么东西要我带给苏小慧吗？"

"苏小慧？"他有些心不在焉的，好像一时都没想起苏小慧是谁似的，"哦，你是说你那个好朋友苏茜啊，我没有什么东西要给她带的。哦不，替我向她问声好吧，她介绍了好些国内的旅行团给我，替我谢谢她。"

我笑着答应了。我寻找着克丽丝汀娜王，也要向她道个别的，她一直把我当妹妹待，时常给我打电话，说一些她跟她的外国婆婆之间的家庭问题。得知我是来告别的，克丽丝汀娜王表现出了比任何人都不舍的感情。

"你为什么走啊小颜？你都成了我娘家人了，我真的舍不得你走啊！"她拉着我的手，一刻也不愿放开，好像她一放开我就会像气球一样飞走了。

我说："没关系啊，你婆婆要是还轻视你，问你什么你们中国男人是不是还都梳着辫子之类的，你只管告诉她实话就可以了，不需要生她的气。"

克丽丝汀娜王说："我这样做了。你知道吗？他们美国人，儿子没有必须要赡养老人的义务，所以我家斯蒂文除了感恩节回家吃只火鸡，老太太基本上都见不到他。我想了想，我不能跟老太太作对，我才不让她把对儿子思念而不得的怨恨发泄到我身上呢。"

"你这么想太对啦。"

"所以，你猜我怎么着？我就在家办宴会。我一办宴会，我就请老头儿老太太来我家，我家过节的名目可多了，我们不光过美国的节，什么感恩节、圣诞节，我们还过中国的春节、端午节，过些日子我再让他们过一过重阳节。我做各种中国食物，现在老头儿老太太一听说我们要过中国的节，都早早盼着来我家呢。老太太已经就那些没事儿找事儿的话向我道过歉了。"

"你真太能干了克丽丝汀娜！"

克丽丝汀娜王脸上露出不好意思的笑容，她手一挥："这算啥呀，还有一个更好玩的事情我还没跟你说呢。"

"什么事情？"看克丽丝汀娜王一脸开心的表情，我不由得好奇地问。

"我把咱旅行社开大巴的司机洛根先生，介绍给我老公的前妻啦！"

"你成功了？"我跟着惊喜。

"当然，两个人马上就要结婚了。你别看洛根先生现在是个司机，以前他可是在伊拉克打过仗的一个上校呢，人退休工资挺高的。我家斯蒂文终于不用再付他前妻赡养费了！"

"恭喜恭喜！"

"哎呀，我们马上就能松快起来了，谁能理解我的开心啊？"

看她真心幸福感恩开怀大笑的模样，我握住她的手，真心诚意地说："我能，我能理解你的开心，克丽丝汀娜。"

"谢谢你，好妹妹，这段时间要没有你，我的好多心里话都没地儿说，谢谢你让我觉得你像我亲人一样。"

我感动地拥抱了克丽丝汀娜王，我感动于短短几个月里我获得的这份珍贵友情。想到要离去了，我还真有些不舍，真有些心酸呢。

临别的这一天，终于如期到来了。

头一晚，下雨了，我们俩一起到南希老师家去辞行。从南希家出来，文江翰兴致很好地问我要不要冒雨去湖边散个步？他说西雅图虽然多雨，可总是下一阵就过去了，没准我们走到湖边雨就停了。于是我俩手拉着手，像任何一对热恋的情人一样依偎前行。路过隔壁胖子家，胖子夫妇坐在门廊前赏雨，向我们热情地打招呼，我们也笑着回应。他们根本没看出来我明天就走了，我们俩正难舍难分。

我俩以前从来没有这样光天化日之下可以手挽手漫步，就这样在丝丝的小雨中慢慢地走，我看他一眼，他再看我一眼，这种感觉好幸福啊。

"你知道我什么时候开始喜欢上你的吗？"

"什么时候？"他问。

"杨姐告诉了我你的遭遇以后，我先是觉得你挺可敬的，心里多多少少就改变刚来时对你的看法了。后来你教我学车，我那时候就觉得，有一点喜欢你了。"

"哦，"他拿住了我的把柄问，"这么说你刚来时对我看法很差喽？"

我笑了："好吧，我刚来时难道你不可恨吗？对人冷冰冰的，一副公事公办的架势。人家刚背井离乡来到一个全然陌生的地方，还疲惫不堪地坐了十几个小时的飞机，你知道我当时对你有多失望吗？"

"嘿，你还有理？我只觉得我被人深深地伤害着。但是为了女儿我又没办法拒绝你，当时心里确实也是挺烦你的。"

"那后来呢？后来你是什么时候开始喜欢上我的？"

他温柔地看看我，笑着承认说："你是一个爱说爱笑的小姑娘，你没来以前，我家里很少有那么多叽叽喳喳的声音，你来了以后，家里就像一下多了好几个人，杨姐跟你说笑，小岩跟你追跑，你就像个活跃分子，家里的气氛一下就被你搅和热了。虽然我从不参加你们的热闹，可听着你们的声音，我心里也是很开心的，仿佛身体里有一部分活跃的成分被你无意间唤醒了。"

"具体是什么时间？你还没有说你喜欢我的时间？"

"想不起来了。"他要赖。

"不行，不说不让你走。"我要蛮。

他的脸突然红了："这不太好界定啊。"

"必须说！"我逼着他。

定了定神，他终于抵赖不过了，深吸一口气："好吧，应该是很早了。"

"很早是什么概念？"

"那时你发着烧，都有点烧糊涂了，我一夜未眠，给你物理降温，生怕你有个什么意外。你哭着跟我说，跟我结婚并不是你的主意，你也是被迫的。你说你根本就不想来这个陌生的地方，更何况还嫁给了一个陌生的人。你说你想家，你想你妈妈。那时候才意识到，我们原来是两个同病相怜的人。你那么无助，又那么伤心，我突然就很后悔对你的态度那么糟糕。给你吃药，你吐了我一身，我说没关系，你难过不已，觉得给我添太多麻烦了。我给你擦眼泪，安慰你，你是不是一点都不记得了？"

他笑着看我，我迷惑地看他，难以置信，他竟那时候就对我产生了感情。

"可是，你掩饰得那么好，我从来也没有感觉到你对我有什么不同。"我佯嗔地抗议。

"人能随便就向别人表达感情吗？当然不行。意识到自己的心思之后，我紧着疏远你，尤其是李泽慧来了之后说的那些话。"

"我都听见了。"

"那些话更让我警醒。我不时地要提醒自己，我跟你不可能，我是成年人，假如你从纽约回来那回没有遇到那个歹徒，我真的可以克制住自己的情感。"

"我真的非常感谢那个歹徒大哥，是他成就了我的爱情。"

"你个不知得失利害的小丫头！"他瞟我一眼，将我爱怜地搂进怀中。

行至湖边，雨停了。湖畔随即升起一道彩虹。来至西雅图，见多了彩虹，已经习以为常不觉得有什么稀罕了。一群大雁原本在湖边树下避雨，雨停后，一只灰色的大雁无忧无虑地展翅飞起，落在湖心，其他的大雁跟着起飞，一个一个都落入湖心，开心地觅食游弋。

我感慨万千地看着这无比美好的风景："真想把它们全都放到记忆里，一点不落地全带走。"

他将我搂得更紧："别伤感，短则两周，多则一个月，我处理好手头的事情，就去北京找你了。以后我要让你回来，这就是我们的家，我们天天到这里散步。"

"不会有熊过来捣乱吧？"不知为何，说这句时，忍不住有些哽咽了。

他心疼地叹息一声："有我呢，谁来也不用怕。"

我蒙眬着双眼环住了他的腰，我小鸟依人地偎在他的胸前，我好留恋这胸口的温暖。他一双长胳膊，紧紧地环抱着我。我抬头深情地望他，他也深情地望着我，然后，他吻住了我。雨后彩虹中，湖畔橡树下，我将我的不舍注入我的吻中，我们的吻中，又何尝少得了他的不舍？

那一晚，我们谁都没睡，缠绵悱恻，难舍难分。仿佛有说不尽的话，表不完的情。又仿佛两个人只这一夜，往后再无来日了似的。就这样相依相偎，不知不觉就到了天明。

现在，我要回家了。

来时春光明媚，走时却下着蒙蒙的小雨。机场同一个地方，还清清楚楚记得文江翰看我第一眼时那不耐烦的脸，而现在，他恋恋不舍地握着我的手，我们就要分离了。他说等他处理好这边的事情，就回北京去找我，他说他已经好几年没见他的妈妈，心里实在太想了。

虽然明知我们不久后就可以无忧无虑地在北京重逢了，可不知为什么，临别之际，心里莫名其妙便涌起一种"此去一别"，没准儿"就是经年"的不安。

巧得不能更巧的是，一进机场，我又与崔哥不期而遇了。他这回是拖家带口一起回北京。按他的话说："北京现在发展得实在太快、太好了，作为一个已经拿了美国国籍的老北京人，我心里真是五味杂陈。"

我不解地问："为什么五味杂陈？"

他感慨万千地说："我二十多年前出国，被拒签好几次，那时候人是挤破了头想出去啊，出不去恨不能一根绳儿吊死得了。谁能想到咱祖国现在能发展得那么好？签个证一下就给十年！你给那么长干嘛使啊？这不活气人吗？你就眼看着以前那些想出国没出成的同学朋友吧，早先人羡慕你，现在，人该贵的贵了，该富的富了，我们呢？到头来除了孩子不会说中国话，嘛也没落上。敢情这些年的苦我们都白吃了！"

我被他说得哈哈大笑，仔细一想，他说得还真是肺腑之言，二十年前出国最难的时候出国了，国内改革开放飞速发展全被错过了。如今回国，只怕当年为出国卖掉的房，现在想买回都买不起了。真是三十年河东，三十年河西啊。

"我费了老鼻子劲，好不容易才拿上美国护照，现在好嘛，我得隔三个月就去趟中国大使馆，让他给我签证我好回北京。不瞒你说，我正努力申请咱中国的绿卡呢。不申请不知道，咱这中国绿卡，可比美国绿卡难拿多了。我这辈子啊，尽折腾这个了！"

飞机在我和崔哥的热聊中起飞了，俯瞰西雅图，真的是太美的一个地方了。再见了，清晰可见的太空针塔！再见了，青纱掩面的雷尼尔火山！我的视线在不知不觉中模糊了，真的、真的舍不得离开啊！

李泽铭此后再没给我打过一个电话、发过一个短信，他决然地把我从他的微信上删除了。从这些迹象判断，他是爱我的，我的离开，伤害了他的感情。唉！我只能在心里默默地祝福他，希望他能吸取我们之间的教训，以后凡事多听从自己的内心，而不是听从他人。有些抱歉，也只能在内心深处封存了。

父母只知道我离了婚回到了北京，却并不知晓我到底是跟谁离的婚。因为事情过于复杂，如果全说出来，我只怕老两口的小心脏会难以承受。我自己心里有数，一定还能嫁得出去，而且只能嫁得更可心。所以，我过得很安心，可他们心里没有底。

在亲戚朋友眼中，我应该是被人抛弃从美国灰头土脸回来的。我其实一点也不在意他们的眼光，可父母的面子常常就挂不住。爸妈当面对我除了支持就是安慰，可背着我，两个人相对无言唉声叹气。我很想文江翰能早点回来，让我能向遭受无形压力的爸妈说明真相。

得知我从美国回来了，杨姐约了我见面，一个多月没见，没想到她瘦了不少。在美国时她整天嚷嚷着减肥减不下来，没想到到了北京，她竟然减肥成功。我恭喜她，她却露出一丝苦笑。

"文江翰说他什么时候回来？"

"他那边有些事情要处理，他说最多一个月就全办完了，到时候他就回来。"

"你别说，还真有点想西雅图呢。"杨姐说着，眼圈都有点儿红了。

我赶忙握了她的手安慰式地拍拍她："人都这样，在这儿想那儿，在那儿又想这儿了。"

她长叹一声。

我总觉得她有什么不对劲，好像一直欲言又止似的。我忍不住关切地问她："发生什么事儿了吗？"

"没事儿，"她掩饰着情绪说，"我能有什么事儿？等文江翰回来就好了。"

"到底什么事儿呀？咱们俩情同姐妹，不瞒你说杨姐，我早就把你当成我的亲姐姐了，有什么你不能告诉我的呢？"

听我这么说，她不顾我们正在咖啡厅里坐着，突然间就抑制不住地哭起来了。我吓得手忙脚乱地给她递纸巾，一个劲儿地安慰她："没事儿的，没事儿的，不伤心杨姐，到底发生什么了？"

她好不容易才控制住自己的情绪，一把擦掉了脸上的泪，说出了我最怕她说出的话："我和小岩他爸在办离婚呢。"

"为、为什么？"我明知故问地掩饰着自己的心慌。

可是我根本就不是那种善于掩饰的人，杨姐一下就看出来了。她迷惑地盯着我："你好像知道些什么。"

"不是……我……嗨……"我语无伦次着。

"你早就知道他出轨了是吗？"杨姐肯定地说，"谁告诉你的？你怎么知道的？"

见实在瞒不住了，我才万分抱歉地告诉了她实情。杨姐听得呆呆的，她阴沉着脸，好久没有说话。我都被她的沉默吓住了。

"真的不是有意要瞒你，杨姐，"我小心翼翼地解释，"听了你和姐夫年轻时谈恋爱的经历，亲眼看到了七个荔枝核，我觉得那么美好的感情一定会有个好归宿。谁都有可能犯错误，真的，你只要给他个机会，他肯定会把事情处理好，你们最后就能像什么事也没有发生过一样，真的。"

杨姐苦笑了一声，她抬起眼睛看着我，眼睛里都是泪水，她抹掉滑落而出的眼泪，新的泪水又流下来，她带着苦涩的表情，自嘲地说："还美好的感情？还七个荔枝核？你不说我都忘了。我真后悔没有把那七个荔枝核带回来，要是带回来了，我当他面我砸了，砸个稀巴烂！这真是太讽刺了！"

看杨姐这样，我的心都跟着碎了。我知道现在什么语言也不能弥补她心灵所受的创伤，可是我也不能坐视不管，任由他们离婚。迫不得已，我得爆自己的家丑来说服她了。

"杨姐，我跟你说一个我们家的秘密吧，我上初一的时候，有一天我班同学看见我爸和一年轻女的在一起，人家就告诉我了。我怕我妈知道，就悄悄跟踪我爸，可是我没有跟踪经验，毕竟还是个小孩儿，所以有回他俩就迎面和我碰上了。我爸当时特别尴尬。我气跑了，我爸扔下那女的追上我向我解释，他说那都不是真的，都是一时觉得好玩儿，他保证以后再也不会发生这种事儿了。你看这么多年过去了，他真就再没发生过这种事儿，我妈到现在也不知道我爸偷偷跟别人好过。男人有时候就跟那小孩儿似的，你没必要离婚的，毕竟你们俩还有小岩呢，小岩要是知道你俩闹离婚，肯定伤心死了。"

说到小岩，杨姐的眼泪又下来了："你说，我当时怎么想的，我怎么就能为了孩子把老公一个人丢下走了呢？我们要是离了婚，家都没了，孩子能好吗？当初分开是为了孩子，怎么到头孩子没为着，我把老公还弄丢了呢？"

"不会的不会的，我这就给文江翰打电话，我让他劝孙大哥，他一定不会让孙大哥离开你的。"我手忙脚乱地找着电话。

杨姐按住了我的手："不必了。我家在北京有一大餐厅你知道吧？那女的是我们的大堂经理，小姑娘从十七八岁就跟着我们干，现在快三十了。你知道吗？她刚生了一个小姑娘。"

我震惊不已："可是，可是孙大哥明明向文江翰保证了他会处理好的呀！"

杨姐重重地叹了一口气，一脸的无奈和辛酸："他曾经想把孩子打掉，心里还顾念我们这个家，可是，那女孩一听他要打掉孩子，立刻就玩失踪了，直到生了孩子，才通知他。"

这种情况真是太棘手了，我已经完全乱了分寸，我还想劝劝杨姐不要一时冲动，可是，只觉头脑一片空白，真的不知道说什么才好。

杨姐长长叹了一口气，擦干眼泪，终于平静了下来。她说："你不用劝姐，这一个月，我已经想开了。我们家家产一式三份，相当于我和小岩占了一多半了，市中心的两套房产、餐厅三分之二的股权，我都拿到手了，你姐我现在可富了我跟你说，那餐厅的股权小岩他爸想让我作价把餐厅再卖给他，我拒绝了。"

"为什么呀？"

　　"我跟儿子拿着三分之二的股权我就是大股东，我不可能被人扫地出门啊？他不是喜欢养小三儿吗？那你就好好守着你的小三儿过你的日子去吧，这餐厅老娘接手了。"

　　"啊？那小岩上学怎么办？你不去美国了？"

　　"不去了。我正想跟文江翰商量这事儿呢，等他回来跟你结了婚，我想把小岩托付给你们俩，你看行吗？这孩子你也知道，不会给你们添太多麻烦的。"

　　我忙说："只要我在那儿，孩子的事我没问题。可是，杨姐，你要跟小岩他爸离了婚，孩子能受得了吗？我以前跟小岩聊天，我觉得小岩挺喜欢他爸爸的。"

　　杨姐叹一声气，好不容易才忍住又要流下来的眼泪："孩子……孩子会明白的。就是离了婚，我跟他爸都还是最爱他的人，这不会改变。他可能一时不能接受，可是我有什么办法？只能让时间来抹平这一切了。"

　　唉，小岩真可怜。几乎能想到他蔫头耷脑偷偷流泪的场景了。唉！

　　我把杨姐和孙武的事情告诉了文江翰，他也唏嘘不已，说："你说的事情，小岩他爸已经都告诉我了，他不是那种无情无义的人，要不然杨姐哪能那么容易就分那么多家产呀？他还要我请你多陪陪杨姐，他怕她想不开，做什么极端的事。"

　　我很无语。要不是我见过孙武，知道他并不是一个猥琐讨厌的人，我会毫不犹豫地把他想成一个既恶心又无耻的人。可是因为认识，又知道他一心想弥补，因而心里实在无法把他往更坏里想，这真的让人太纠结了。这才不得不承认人性是复杂的，根本就没有非黑即白这一说。想到杨姐，应该比我更纠结一百倍吧？痛苦死了！

文江翰感慨地说："本来陪孩子上美国去读书，是想为了孩子好，给自己也多点生活选择的，没想到最后搞得家都散了。真是太不值得了。"

"是啊，说到底，也许真是夫妻俩不该分开太久了。"我说。

他笑笑，说："我知道你的意思，我会抓紧时间回去的，放心吧。这段时间你多劝劝杨姐，让她想开点儿。你告诉她小岩的事让她放心，我会把小岩当亲儿子待的。我这两天也打电话问问小岩他爸，看事情还能不能有缓儿，要实在不行，我们也就只能望洋兴叹了。"

"好的，我知道了。"

"我记得你带回去好多蓝莓干，都分完了吗？"文江翰没头没脑地问。

"家里还有一点儿，怎么啦？"

"昨天跟我妈通话，问她想要点什么我从美国给她带回去，她说还记得我前回回家带的蓝莓干不错，你要不要先给老太太送一点过去？"

我立刻笑了起来，心中忐忑不安极了："这怎么行呀？我又不认识她，哪能我自己找上门去呢？等你回来一起不行吗？"

见我局促不安的，文江翰哈哈大笑，故意逗我说："丑媳妇儿早晚要见公婆的呀！"

"那也不行。"

"可是我已经跟老太太说了，说我有朋友正好带的有，这两天让她给老太太送去呢。"

"哎呀，你怎么这样啊？我可不敢啊我告诉你，你想吓死我啊？"

"笨！"他慢条斯理地说，"你叫苏小慧帮你送啊。苏小慧总不会也怕老头儿老太太吧？"

我想了想，这倒是个好主意，于是就同意了。可是苏小慧一听我跟她说清事情的原委，立刻就敲着我的脑袋对我说："笨！哪能我去送呀？人家文江翰明明是已经悄悄告诉他们家老太太，说送东西去的人可能就是未来儿媳妇儿。人家那是摆明了想先让妈给把一道关提前相相儿媳妇儿的！"

"啊？"我目瞪口呆。

"这用脚指头也能想出来的好吧？"苏小慧信誓旦旦地白了我一眼。

我把苏小慧的话说给文江翰听，他禁不住哈哈大笑地承认说："好吧，被人识破了。人身边啊，真不该有这么精明的小伙伴，你告诉苏小慧，她要想早点找个好婆家，就不能太聪明了。知道吗？聪明反被聪明误啊。"

"那我知道你的目的了，我是不会去送东西的。"我说。

"好吧，那就等我回去吧。"

他吐了口，我心里的担子终于放下了。不过，我还是惦记着要万一人家老太太真想吃这口蓝莓，我家里有却偏不给送去，这是不是太不近情理了？想来想去，我想了一个好主意。我要来她家地址和电话，然后给老太太快递过去一大袋。隔了一天，我留在快递单上的手机号上发来一则短信："谢谢，蓝莓收到了。"短信最后，是一个愉快的小笑脸。

转眼间，两周过去了，文江翰没有按他说好的回来。接着，又两周过去了，他还是没有出现。

一开始他告诉我，乌芸为他争取到了艾米莉的探视权，艾米莉被她妈送他这儿来过暑假。我心说你带着孩子一起回北京来看看奶奶多好？难道爷爷奶奶不想孙女吗？可是他们没有回来。转眼又过去了两周，连苏小慧都跟我急了。

"两周前你不就说文江翰要回来了吗？人呢？"

我耸耸肩，抑制着内心的不安。

"他那边不会是出什么事儿了吧？你问问啊，别干等着。"

我烦恼地说："他要陪女儿一些日子，我总不能逼着他回来吧？"

"我总觉得有点不对劲。"苏小慧说，"说好了回来求婚娶你，我红包都准备好长时间了，不要让我送不出去啊。"

"呸呸呸你乌鸦嘴！"

苏小慧苦着脸看着我，我觉得自己心里的不安瞬间就被放大了。

21

此去一别

从美国回来，本来没打算再去单位上班，想着反正过不多久又走了。可是随着时间的推移，我心里有点没谱了。而且每天不上班在家，就特别愿意胡思乱想，心神不宁。于是我主动找到领导，表示了还想上班的意愿。领导是个中年女人，以前我给她的印象还算不错，觉得我美国待了半年，现在啥也没落着，又灰头土脸回来了，哪能不及时帮一把？所以马上就安排我又重新上了班。

但是办公室的工作是没戏了，我就去带团。带团也好，每天在外面跑一跑，认识不同的游客，觉得时间还过得快一些。以前英语不好，从没带过欧美人，自从从美国回来以后，带英语团一点问题也没有了。所以跟一个司机师傅组了班子，每天故宫、长城、颐和园地跑，不知不觉又过了一个月。

这天正在八达岭的长城边上等游客们下长城，我的电话响了，拿起一看，竟然是个陌生的美国号码。我疑惑地接听，刚说了一声Hello，电话里竟然传来南希那熟悉而充满温情的声音。她说："亲爱的安妮，是我，南希。你猜我在哪儿给你打的电话？"

我惊喜极了，听她这么说，一定是她在什么特殊的地方，我忙问："您在哪儿？不可能是在北京吧？"

老太太带着小孩子一样调皮的声音说："我就在北京呀。"

我激动得简直要跳了起来，一迭连声地问她："真的吗？你什么时候到北京的？你怎么不提前告诉我一声啊？你住在哪儿？"

南希说她和她的男友山姆结婚了，两个人蜜月旅行，老太太竟然把蜜月地点放在了中国，北京是他们的第一站，两人会在这里待一周。我高兴得不得了，这是我回北京来遇到最开心的事之一了。老太太告诉了我下榻的酒店，竟然离我家很近，我让他们先在周边逛一逛，然后从长城一回来，我就立刻去见老太太了。

南希老师比我走时又显年轻了不少，精神面貌和衣着打扮就像五十岁的人，只能说这是爱情的力量。山姆个儿足有一米九，头发栗白色，一看就是老帅哥一个。我到的时候两人一起在酒店大堂起身迎接我，我冲过去给了南希老师一个热切的拥抱。得知两人到北京就是奔着我来的，我立刻向单位请了假，准备给老头儿老太太一个难忘的北京之旅。

旅游去的景点我就不说了，我想这老两口最难忘的，应该是我把他们请到了我家，我爸妈尽心尽意在家招待他们的一顿家宴。老妈做了她拿手的糖醋小排、虾仁豆腐，老爸做了他拿手的烤羊排、砂锅鸡。怕他们腻，我投机取巧，来了一个酸甜口的大拌菜。虽然语言不通，可是有我作陪，来回翻译，一大家人吃得都特别开心。

　　杨姐和苏小慧也被我请来了，在我家吃完以后，杨姐说什么也要把我们一家和南希请到她的豪华大餐厅去又聚了极其丰盛的一餐。原本南希两口子是美国社会中很普通的老百姓，从来没有人对他们这么热情过，更何况是在异国他乡，现在得此待遇，心里万分知足感激，每天都开心得不行。两人原本只打算在北京待三四天的，可最后竟然足足待够了一周。

　　临走那天我告诉老太太，如果她喜欢北京，还想再来，她有得天独厚的条件，那就是她有正规的老师资格证，她可以来北京教英文。老太太一听，高兴得跃跃欲试的，一个劲儿地跟山姆说："我们来吧，我们以后来吧。"

　　之后老两口要去杭州，我帮他们买好了动车票，我想让两位老人再体验一下中国的高速列车，我们的高铁在国外是被很多人称奇的一个东西。

　　就在我接两人去车站的路上。南希让她先生坐在前座，她要和我坐一起。老太太握住我的手，一脸的依依不舍。但是，我注意到，除了依依不舍，她看我的表情里还有欲言又止的成分。这不是我第一次注意到她的这种表情了。

　　"你是不是有什么话想跟我说？"我忍不住用英文问。

　　老头儿山姆回头对她摇着头用表情制止她说，南希脸上露出更加为难的神色。这让我更好奇了。

　　我拉住南希的手，诚恳地请求她："是关于 Will 的事情吗？如果是，请你一定要告诉我。本来他说好上个月要来的，可是，他没有回来。"

　　南希下了决心，伸手拍拍山姆，抱歉地说："对不起亲爱的，安妮是我的朋友，我必须要告诉她发生了什么事情。"

不知为何，南希的话都还没有开始说，我的心就悬起来了。我预感到她将要告诉我的，肯定不是我想知道的。

"你知道吗？你走了以后，不知道为什么，Scarlett 带着她的孩子回来了，你知道的，以前她跟 Will 在我家租房子住，我认识她。有天在家门口她跟我打招呼，我以为她送了孩子就走了，可是，你猜怎么着？直到我们来北京以前，她都一直在你家住着，我真的不知道这是为什么？"老太太说得好像这错是她犯的一样，脸因羞愧而涨得红红的。

听了这些话，我的脑子里一片空白。

这才是他真正无法回来的原因是吗？这才是他一拖再拖不能回来的原因！正如我想的，如果只是艾米莉来了，他完全可以带着孩子一起回来。可是他为什么不告诉我李泽慧住在他家？我是知道李泽慧的，她会半夜去敲他的门，他拒绝她一次，拒绝她三次，可是她要天天去敲他的门呢？他们曾经是夫妻呀！我的心乱成了一团麻，我脑子里有无数的疑问。

山姆抱歉地看着我的脸色，温柔地制止老太太："够了，不要再说了。"

南希一个劲儿向我道歉："对不起，不应该我来告诉你这些的。真的对不起，我太多事了。"

后来我是怎么强打着精神把南希送上火车的，我都已经记不太清了，我只知道一出了火车站，我就迫不及待地拨通了文江翰的电话。

我能勉强镇定自己，却镇定不住声音轻颤："你打算什么时候过来呀？离我们说好的时间已经过去好久了呢。"

他犹豫了一下，说："艾米莉还在我这里，她打算在这里上学了，你再给我一段时间，安排好了我马上就去找你。"

他还是只提艾米莉，只言不提李泽慧也在他那里。我只觉得一股热血直冲脑门，马上就直白地问："只有艾米莉一个人在你那儿吗？"

他有片刻没有说话。然后，他说："是南希告诉你的吗？你的人缘儿真好。"

我再也忍不住了："你为什么瞒着我？"

"我不是想瞒着你，我只是不想让你操心。"

"你为什么让她住在家里？"

"她生病了。"

"她自己没家吗？她生病了她可以回家，她有老公的，她老公可以管她呀！"

"不像你想的那样，方颜。你走不久，她就把艾米莉送来了，我也是想她把孩子放下就走人的。可是，她在我家晕倒了。艾米莉说这不是她第一次晕倒了，实际上她的丈夫正在跟她办离婚，那个人根本就不关心她。我送她去医院才发现，她已经是淋巴癌晚期了。"

我愣住了："什么？"

"得知自己生了这种病，她整个人都崩溃了。你知道她的，一生好强，她好不容易在美国站稳了，没想到竟然生了这么严重的病。这种情况下，我是没有办法赶她走的。"他难言地不说话了。

我不知道那一刻我的心里怎么想，我只觉得我失去他了。如果李泽慧没有癌症这样生死攸关的病，他不会无缘无故这么说。他不能赶她走，那就只能在那里陪她了。我知道他的为人，就是为了他女儿艾米莉，他也不会丢下那孩子最亲的妈妈。可是，我呢？我怎么办？就这样无谓地等下去吗？

"对不起，"他说，"李泽慧的身体状况目前非常不好，我真的没法扔下她不管。不过，等她的情况稍微稳定一下，我马上就去找你，好吗？"

"也就是说，你暂时回不来了？"

"暂时我可能真回不去了。"他抱歉之极地回答我。

我有些眩晕，我突然想起临从美国回来那天他搂着我时的情景，他告诉我，我们不久后就可以无忧无虑地在北京重逢了。可是我心里竟莫名其妙地涌起一种"此去一别，就是经年"的不安。原来我有预感。我冲动地想说她是故意的，她是故意要拆散我们俩的！把她赶出去，别让她缠着你！可是我说不出口，我的教养让我怎么都不可能将这些话说出口。

我善解人意地说："哦，那……你好好照顾她吧，也照顾好自己，你不用担心我。"我还能怎么说呢？又不是他的错。

他欲言又止，却终于什么也没有说，只幽幽地长叹了一声气。

我挂了电话，才发现自己早已经泪流满面了。

等我缓过劲儿来，我能想到的第一件事就是上网查询淋巴癌的资料，等查到这种癌症的五年存活率竟然有百分之九十八这么高时，我不禁大为失望。这么说虽然是癌症病人，李泽慧还能活好多年！天呀，我这是在干什么？我竟然在算李泽慧的死期？突然发现自己这么恶毒，我竟一下呆住了。我羞愧不已地质问自己，你怎么可以这样？我烦恼不已，心里郁闷得都要吐血了。

当我把李泽慧的事情告诉给苏小慧的时候，她的第一反应是："不可能那么巧！那是李泽慧的阴谋诡计！"

我忧伤地叹一口气："我也很想这是她的阴谋诡计，那样我就可以什么都不用顾忌了。可是，是文江翰亲自陪她查出来的，不会有假。"

"那你们怎么办?"苏小慧瞪着大眼睛担心地看着我。

我能有什么办法呢?

"我真的觉得她是故意的!"苏小慧恨恨地说,"要不然完全说不过去!你们俩刚脱离了她的魔掌,马上就可以幸福地生活在一起了,她突然就在这个节骨眼儿上病了,还一病就是绝症?你绝症你回你家去治去,你住你前夫家算怎么回事儿?我跟你说,方颜,你就该打电话过去让她滚。"

我幽怨地看苏小慧。

她一拍大腿:"行,她不是赖在文江翰家了吗?你过去!我现在就给你订机票!"

"我过去有什么用?"

"你守着她呀?那种垂死挣扎的女人你知道她会干出什么事儿来?万一你家文江翰一时糊涂,又让她给迷惑住了呢!"

我犹豫了。可是我不能!如果我对文江翰连这点信任都没有,那我就白爱上他了。说好的他来找我,我迫不及待地又去找他算怎么回事?我不能去。爱是两厢情愿情投意合,你老追着,那是不对的。我叹口气,拒绝了苏小慧给我订机票的好意。

苏小慧说:"行,那我给迈克尔刘打电话,我让他去侦察一下。"

我烦恼地说:"小慧,你就别给我捣乱了,你让我好好想一想好吗?你这么贸然地让迈克尔刘去,那你还不如让乌芸去好呢!"

她完全不顾我只是顺嘴胡说的事实,惊喜地说:"哎,还是你牛,乌芸去比迈克尔刘更好。说不定她立刻就把李泽慧赶跑,然后自己争取文江翰了!"

我瞪着她。

她在我的瞪视下终于心虚起来了，回瞪了我一眼，不服气地嚷："跟李泽慧抢男人你说她是病人下不了手，跟乌芸咱总没这个顾虑了吧？反正她早已是你手下败将。"

"你还说？"

"切，好心没好报。"

苏小慧是刀子嘴豆腐心，数落完我，看我不开心，又想尽办法过来哄我，可是遇到这样的事，我心乱如麻，又怎么能假装什么事儿也没有地开心呢？见我心事重重的，苏小慧终于忍不住背着我给迈克尔刘打了电话，因为迈克尔刘随即就打电话过来出卖她了。

他一再地说："你千万别说我给你打过这个电话，我答应了苏小慧绝对不主动给你打电话的。"

"好吧。"我无奈地说。

他掩饰不住他的震惊，说："自从你走了以后，我已经好长时间没跟文江翰见面了，我真没想到发生了那么多的事情。下午我借口找文江翰去打球，我在他家看到李泽慧了。她看起来真的病了，气色很差。我跟文江翰谈了，我觉得文江翰不应该为了她延误你们的事情，可是文江翰说他自己处理就好了，让我不要管了。"

"谢谢你。"我有点尴尬，现在连他也知道我的事了。我想岔开话题："你什么时候来向苏小慧求婚啊？"

"求什么婚？"他惊讶地问。

"你们俩不是挺好了？苏小慧对你很有好感呢，她都跟我说了。她是个特别好的姑娘，人长得也不差，你不是一直想要个跟我一样好的女朋友？这么好的机会，还犹豫什么呀？"

"可是，可是，"他迟疑地笑着说，"我是因为她是你好朋友我才对她好的呀，我对她并没有别的意思，她是不是误会我了？"

　　我有点发愣。在苏小慧的心里，从她在美国跟迈克尔刘见过、又一起相处过几天之后，她已经情不自禁地对迈克尔刘一见倾心了。每回我们两人聊天说到他，我都成心地称呼迈克尔刘为"你家那位"，开始她还不好意思，现在她都坦然接受了。不光如此，时常得意的时候说到迈克尔刘，她会主动称呼他为"俺家那位"。都已经这样了，迈克尔刘居然说是她误会了他。这不是开玩笑吗？

　　"我真的对她没有半点那个意思。"迈克尔刘说，"我心里一直有谁你会不知道？"

　　一时我没能明白迈克尔刘的话："你、你心里有谁啊？"

　　"你不知道就算了。"他笑笑不肯再往下说了。

　　我的心"怦、怦"地狂跳着，我几乎是做了亏心事一般胡乱搪塞了他几句，就把电话给挂了。我惊恐地想，这是老天嫌我的生活还不够乱吗？我暗自祈祷，这事儿千万别被苏小慧发现，不然我真的不知道该怎么面对她了。

　　第二天上班的时候迎面碰上苏小慧，一想到迈克尔刘的话我就心虚想躲她，结果她毫不客气就把我拉到单位后院那棵大槐树下去了。

　　"你知道吗？事情比我们想象得严重！我昨天还是忍不住给我家那位打了电话——不过你放心，我没多说别的，我就说李泽慧生病了暂时住在文江翰家，我叫他去看一看什么情况。这一看吧，没想到她的病是真的，而且还挺严重。据说这一阵子文江翰三天两头地带着她往医院跑，那病了的女人变得特别黏人，当着我家那位的面，就敢让文江翰喂她吃饭，不喂还不吃。你说这是不是太不让人省心了？她都多大岁数了，你说她怎么那么作呢她？"

　　也许是怕我难堪，这些话迈克尔刘都没跟我说。听了苏小慧口无遮拦画面感十足的诉说，我只觉心像被针扎了似的那么疼，完全不知该怎么接茬儿。

"你说怎么办呢？我都替你发愁。"苏小慧心疼地看着我。

"突发事件，谁有什么办法？那就耐心等吧。"我假装没事儿样地回答她。

"哎你说，"苏小慧冷不丁就把话题转到迈克尔刘身上去了，"大刘他到底怎么想的？我让他为我办什么他都跑得可快了，我们俩聊天的时候吧，我也觉得他可贴心了，可他怎么就是不主动捅破那层窗户纸呢？人家心里可急了呢，你说我是等他捅破呢，还是我自己捅？"

听了她的话我心慌得都不行了。我真不知道该怎么跟她说。好在她本来也没打算听我的主意，自己笑着说："我妈催着我相亲呢，我已经告诉他们我有对象了，但我没说是谁，万一呢，是吧？话说太死了，以后没后路了。我再等等吧。不过要是我妈再催的话，我就得给他点压力了。不能总这么不明不白的呀。"

我含糊地说："是。"就不敢再说什么了。

苏小慧多好啊，为什么迈克尔刘那么死心眼儿呢？唉，真是愁死人了。我想，只有我和文江翰一直好着，迈克尔刘才能死心，他要对我死心了，苏小慧才能幸福。我说什么也不能耽误我最好朋友的幸福啊，所以，文江翰那边急不得，我就必须耐心地等着，直到他能摆脱李泽慧的那一天。

这天晚上，正准备睡了，我突然接到了李泽慧的电话。她要跟我视频，我犹豫了一下，接受了她的视频邀请。镜头中她头上戴着一顶挺好看的帽子，正奇怪明明背景是在文江翰家里，她为何戴着帽子？可是突然就明白过来了，那是化疗掉头发，才不得不戴上了帽子。她的脸比我最后一次见她时消瘦了许多，如果不是她抹了一点口红在唇上，模样看上去委实有些可怜。

"好久不见了。"她有气无力地说。

"听说你病了，你还好吧？"我维持着表面的礼貌问候她。

"你是希望我好呢，还是不希望我好？"

我懒得理她没事儿找事儿的话。

"你肯定恨透我了吧？没办法，这就是天意吧。你抛弃了我弟弟，以为可以跟别人比翼双飞了。不过可能你的这个梦要彻底破灭了。"

"看在你是一位病人的分上，我不多说什么。"我忍住心里的气愤，冷静地瞪着镜头中可恨的她说，"你有事儿说事儿，没事儿我挂了。"

"别呀，我当然有事儿。"她说话一急就喘，显得很是有气无力，"文江翰有没有跟你说我要跟他复婚了？"

一听这话，我顿时气不打一处来："你有病吧？"

"你别急呀，先回答我一个问题好不好？你知道这个世界上他最爱的人是谁吗？"她看着我，我瞪着她不打算搭理她。她也不等我回答，自顾自告诉了我答案，"你如果以为他最爱的人是你，那你就太自以为是了。在这个世界上，他最爱的人，是我们的女儿艾米莉。"

我的心一震。

"艾米莉宝贝，过来跟这位阿姨见个面。你告诉她，你想让爸爸妈妈重新和你成为一家人吗？"

我正惊讶着，只见镜头前一个十岁左右挺洋气的小姑娘露出了脸，她对着镜头研究了一会儿，问她妈妈："这是谁呀？"

她妈妈说："甭管她是谁，你告诉妈妈，你想让爸爸妈妈和你再重新成为一家人吗?"

"当然愿意了,这是我最盼望的事了!"那孩子说,"我已经跟爸爸说过了,他要不同意,我就离家出走,我让他永远也找不到我!"

"OK,"李泽慧脸上露出一个满意的笑容,她把孩子推开说,"好,你去前院玩吧,说不定爸爸一会儿就给妈妈拿药回来了。"

小姑娘一声欢呼,在镜头中跑出去了。

"你听见了吧?"李泽慧说,"这些日子,文江翰对我照顾得很周到。说实在的,以前年轻不懂事,不知道他有多好,现在遇到身体问题了,才发现,最好的男人还是咱们中国男人。我跟马特已经把离婚手续都办完了,小儿子他带着,我生病了嘛。以后我和艾米莉就跟文江翰在西雅图这边生活了。"

"你无耻!"我气得都想把手机给摔了。

李泽慧在手机里看着我,我们俩互相看着,我的眼睛里有无边的怒火,她的眼睛里却有一丝得意的微笑,然后,她出其不意地把电话挂断了。

我拿着空空的电话气得浑身发抖,但想想她的话又觉得心寒如冰。我的眼泪如决堤之水滚滚而下,怎么止也止不住。我哭着拨打文江翰的电话,他刚说了个"喂?"我就泣不成声地说:"你是不是有了女儿真的就不在乎我了?李泽慧说你和她要复婚了,你真的是这么想的吗?我坚持不住了,你一点都不在乎我的感觉吗?我好恨她!"

文江翰沉默了一分钟都没说话。他原本就是个话不多的人,心里有什么委屈、有什么诉求,不到迫不得已,他都能忍着。因为是电话里,我不知道他到底情形怎么样,总之在我哭诉完之后,他一句也没有对李泽慧的行为做评判,他只是沉沉叹一口气,然后带着心痛，极尽柔和地安慰我说："别哭了，我的心都碎了。你等着我，我一定会处理好这件事的。"

虽然我相信文江翰的话，可是，从年轻的时候起，他就完全不在李泽慧话下，他要面对的不是别人，而是他自私自利、性格倔强、即使是挣扎在死亡线上，也不肯对他放手的前妻！更何况，这位前妻还有他最爱的女儿做后盾，他要怎么处理她们呢？我完全不知道，这场拉锯战，我会有几成胜算？

22
漂洋过海来看你

就这样，我们被耽误了下来。每回文江翰开口，就是"对不起"，他的声音如此疲倦。一开始他是因为李泽慧的病回不来，后来是因为艾米莉要上学，再然后，因为李泽慧和她美国老公生的孩子太小，只有三岁，孩子想妈妈，美国老公就把孩子给送过来了。所以文江翰需要照顾的，其实是三个人。他被李泽慧就这样紧紧地缠住了，他曾经努力过说一定要回北京，结果李泽慧用自杀成功阻止了他的行动。

有一天，我突然在电视上，看到一个女歌手在唱李宗盛的《漂洋过海来看你》，我一下就被她紧紧地攥住了。这支歌仿佛就是为现在的我唱的，每一个字都撬动着我的心。

为你我用了半年的积蓄
漂洋过海地来看你

　　为了这次相聚

　　我连见面时的呼吸

　　都曾反复练习

　　言语从来没能将我的情意表达千万分之一

　　为了你的承诺

　　我在最绝望的时候都忍着不哭泣

　　那歌声如泣如诉，我眼前恍惚一片，我仿佛看见文江翰靠在客厅的大沙发上。他似乎穿一件蓝格子的棉布衫，袖口卷到腕处，领口处露出里面的白T恤，他出神地看着不知名的地方，不知道在想些什么——他是在想我吗？我多么期待他能回过头来看我一眼……

　　陌生的城市啊，熟悉的角落里

　　也曾彼此安慰，也曾相拥叹息

　　不管将会面对什么样的结局

　　在漫天风沙里，望着你远去

　　我竟悲伤得不能自己

　　……

　　转眼半年过去，这半年里，发生了好多事情。

　　首先，迈克尔刘来了北京，苏小慧以为他是来向她求婚的，没想到他却向我求了婚。他说你不要再把希望寄托在文江翰身上折磨自己了，他和他前妻的纠缠是个无底洞！我断然地拒绝了他，我告诉他，我爱文江翰，只要他还在那里，我就会在那里，别说三年五载，就是十年八年我也等。结果他一怒之下立刻就向苏小慧表白了。

其次，李泽铭来过。他是假期回来看他父亲路过北京的，他约我见一面。他说现在他姐姐终于知道姐夫的好了，他求我放他姐姐一马，把文江翰让给她。他还说他经过了这么长时间，还是无法忘记我，如果我愿意，他能重新接纳我。如果说以前我心里对他还存着一点歉疚的话，这回我一点也没对他客气。我特别冷静地告诉他，我的爱情从不与人分享，我只爱文江翰，绝对不会再接纳别人了。他失望离去。

还有一件让人不知道是喜是忧的事，那就是，因为离婚后孙武把家里的财产都留给杨姐和小岩了，他那个小领班不干了，整天跟他闹，有次还把孩子往餐厅一扔，一个人跑出去玩消失了好多天。杨姐虽然解恨地告诉我：他活该！可是，不知怎的，我却在她的话音里听出了没来由的郁闷。

这半年来，我爸妈的日子十分不好过。

原本说好在我回家之后，文江翰很快就会来北京找我。到时候我就可以名正言顺地把他介绍给老爸老妈，甚至，我可以把之前发生的一切，向老爸老妈坦白。我可以想象得到，他们在听过女儿和准女婿的传奇故事后会有多惊讶，我也可以想象得到，最终他们会坦然接受女儿的这番奇遇，并开开心心地为女儿办一个真正的婚礼。

可是，文江翰没有回来。所有的事情我都没有办法说。刚回家的时候，老妈以为我真的是被人给甩了，一个人灰溜溜从美国回来了，因此她对我的态度很是体贴，怕我想不开，怕我难受。几个月之后，她就烦恼起来了，尤其是她看见连苏小慧都有主儿了之后，就更坐不住了。她发动全家老少、各色亲朋好友，集体给我介绍对象，可是都被我一一拒绝了。甚至我还为此警告了她，说如果她再未经我同意给我安排相亲活动，我就离家出走当尼姑去！

老妈对我气得不行，可是又拿我没办法。她现在对我的态度已经由我刚回家时的体贴，变成了气愤和埋怨："人往高处走，水往低处流。走不到高处也就罢了，总不能就此停在这里不走了吧？你说，你舅妈你表姐给你介绍过多少对象了，你为什么一个也不见？你是不是想急死我跟你爸呀？"

我忧伤而又无奈地看妈妈一眼，我没法跟她说，妈，我有男朋友，可是他现在不能来找我。

妈妈继续埋怨："早跟你说那李泽铭不能嫁不能嫁，这下好了吧？你这现在还成已婚离异的了，还不如那剩女呢。"

爸爸见不得我伤心，训斥老妈不让她再说，看他们老两口为了我互相掐架，我心里真太不好受了。对不起，爸爸妈妈。

每到夜深人静的时候，就是我和文江翰固定的通话时间。我在手机这边，他在手机那边，我告诉他好多我这里发生的事情，比如说关于杨姐的。

"我跟你说，孙武那个小领班彻底不见了。你说她到底有多不负责任？她家那个小姑娘还不到一岁，她竟然就狠心把孩子扔给孙武，留下张纸条她就走了。"

文江翰很诧异："她去哪儿了？"

"我哪知道？要我说，她爱去哪儿去哪儿，走了才好呢！她留下张纸条，意思就是说，她不可能再跟着孙武重新创业了，还说她把孩子生下来就是傻瓜，除了拴住自己，其他什么也没拴住。所以她决定走了，孩子她不要了。"

"那孙武一个人能管得过来吗？"

"你听我跟你往下说啊,"我饶有兴味地笑着,"不到一岁的小孩子,哪是一个大男人能管得过来的?他没办法,就只能把孩子送去小岩他奶奶那儿。可是你也知道,小岩他奶奶都是快七十岁的人了,哪能再帮他带孩子?有一天,杨姐去看小岩他奶奶,没忍住,她就把那孩子抱回家了。"

"什么?"

"她把孩子抱回家了。"

"你不是开玩笑吧?"文江翰笑了。

"这么让人欣慰的事我才不会开玩笑。咱们都知道的,杨姐刀子嘴豆腐心。她和孙武离婚不是因为互相不爱了,只是一个人一步错步步错的结果。"

"那现在他们俩怎么样了?"

"现在杨姐还是不肯跟孙武说话,但是孩子是归她管了。我昨天去看了那孩子,你别说,长得还挺可爱的,一抱她就笑。"

"我就说嘛,我觉得这两人的缘分不可能那么浅。杨姐这么做我是真佩服她。一会儿我得跟武子打个电话,说什么也要让他好好把握住这个机会,杨姐多好的一个人啊,他上哪儿也再找不到这种人了。"

"你放心吧,我这边会找准时机劝杨姐的。不过啊,我觉得其实你跟孙大哥敲敲警钟就好了,我这边什么都不用说,让杨姐自己凭着自己的心意,去决定什么时候原谅他好了。"

文江翰说:"你做得对。你告诉杨姐,就说小岩在这儿挺好的。我常去国际学校看他。爸妈离婚之后,那孩子好像一下就长大了,现在他是那学校的小学霸,可厉害了。"

"好,一定告诉杨姐。"我愉快地说,"快跟我说说苏小慧和迈克尔刘怎么样？苏小慧那家伙一到美国就玩疯了，根本就不记得要给我每天打个电话。"

"他们俩啊，开心着呢！苏小慧基本上每个星期都要到我们家来一次，我也没请她，她自己来。你跟她说一声，叫她别再来骂李泽慧了，她那小嘴儿，太厉害！讽刺挖苦，句句说中要害，李泽慧的化疗都做完了，正在恢复身体，她要再把她气出个好歹来，那我们俩还怎么见啊？"

我小心地问他："她若好起来了，我们俩真的就能见了吗？她不会再拿自杀吓你吗？"

文江翰叹口气："你若在身边，真想搂搂你，安慰你一下。我不确定到时候她会不会还干这种极端的事，不过，经过我这么长时间的精心照顾，我觉得她已经认识到自己的行为不太好了。"

"她没有再半夜去敲过你的门吧？"

我突然来这么一句，在视频中我发现文江翰一愣，他是个不会隐藏的人，他口吃地说："什么半、半夜敲门？你这小脑袋瓜怎么这么复杂？"

"我真的满脑子都是这个画面！我知道她惯于半夜去敲前夫的门的。"

文江翰哈哈大笑起来："原来你早就知道了，隐藏得够深的。好吧，她来敲过的，不过我告诉她，我们早已经不可能了。我现在这么对她完全是出于道义，出于她是我女儿的母亲。我告诉她我有自己爱的人了，无论经历多长时间，我们的爱都不会改变。"

就这样，又半年过去了。

虽然文江翰总说早晚有一天，他会踏着七彩祥云到北京来娶我，可是，我却常常感到灰心。爱情是不能整天看不见摸不着的。

苏小慧鼓动我再去美国，可是，我去了有什么用？我能赶走李泽慧吗？李泽慧大概拿准了，只要拖我们的时间够长，她就能不战而胜。说好的她病好了我们就能见面呢？说好的她病好了他就来娶我呢？我真的有点累了。

这天，我给文江翰打电话，接电话的竟然是李泽慧。我戒备地问："怎么是你？"

她说："文江翰出去了，请你以后不要再给他往这个号码上打电话了，他把手机让我保管了。"

我不相信她。隔了几小时又打过去。竟然还是李泽慧接的。她说："你为什么不相信我说的话呢？我们俩这回是真的和好了。"

我愣住了。她是什么意思？文江翰为什么要把电话给她？听她说话那么坦然那么自信那么愉快的样子，我的心不由得往下一沉。难道文江翰向她妥协了？回头一想，我们俩真的已经有两天没有通话了，他为什么不跟我通话？我越想越怀疑，越想心里越怕，一时间又急又气，真的乱成一锅粥了！我对我们的爱情产生了怀疑，我对我们如食鸡肋般的爱情无法确定了！

已经对我绝望的老妈也在这时来添乱，她推开我的房门对我下了最后通牒，她对我急赤白脸地吼着说："今儿我给你介绍的这个无论如何你都得去见！我不管你想找什么借口，你要再说你不见，我今儿我就一头碰死在这儿！你都多大了？你已经离过一回婚不是原来的千金大小姐了！咱能不能认清一下形势？去见！你听见没有？"

老妈已经做好了我回绝的心理准备，所以当我痛快地说"行，我见"时，她立刻就勃然大怒地冲我大吼："你凭什么不见？你是什么了不起的人啊……你说什么？你见？"

我的心在滴血。你可以把手机给李泽慧并和她和好了，我为什么不能去跟别人见面？一年来我对这份捉摸不定的感情已经付出太多心血和时间了，结果我得到什么？你们到底发生了什么？为什么我联系不到你？我简直都要疯了！

"我见！"我噙着眼泪告诉我妈。

老妈没有一秒过渡，当即抹着眼泪冲老爸嚷："你还愣着干什么，没听见咱闺女说的话？赶紧打电话约啊！"

老妈为了我早日脱离苦海进入新生活，把我打扮得花枝招展的。但是我的心里却有说不出的悲凉。我强迫自己打起精神，我一边抹掉怎么忍也忍不住的眼泪，一边下决心地想，现在，我要认真地去跟人相亲了，万一对方真的是能伴我白头偕老的那个人呢？我不能再这么无休止地痛苦下去了。

梦游一般来到约会的地点，中央电视塔的观光厅。这儿能将全北京的风光尽收眼底，外地来京观光的人十有八九都会到这个地方来俯瞰整个北京。我不明白，我们两个北京人，跑到这种地方来，而且是相亲？唉，随便吧，无论对方心理有多幼稚、多奇葩，我都不在乎了。

春天的天气特别的好，站在中央电视塔的观光厅中，能看见脚下的玉渊潭游人如织，正在盛开的樱花红的一片、粉的一片，分外好看；能看见玉渊潭的水一路向北流进昆明湖；能看见北海和中南海，以及其他不知名的水域。惊奇地发现，北京也有许多水。说到城市里的水，怕是哪儿也没有西雅图的水多吧？突然间没来由地想到西雅图，我的心不由得一痛。

"嗨！"有人来到我的身边打招呼。

我赶忙遮掩情绪——慢着，这是谁的声音？我难以置信地回过头，只见文江翰帅帅地、微笑着，正在两米之外的地方看着我。我慌乱地摇摇头，怎么还出现幻觉了？

"说好了等我漂洋过海来娶你，为什么还要三心二意地跟别人相亲？"他皱眉像我第一次见到他时那样不耐烦地质问我。

"怎、怎么可能？"我的声音都颤抖了。

他说："别装可怜，先回答我的问题。"

真的是他！瞬间就被一股强大的电流击中了。我不顾一切地冲过去，我也说不清心里是悲还是喜，总之我的脸一下就被泪水糊住了。我推他、打他、捶他，我非常非常生他的气："为什么不接我的电话？为什么李泽慧说你跟她和好了？为什么要让我提心吊胆？你知道你有多讨厌吗？"

他一边躲避着我的"殴打"，一边仓促地解释着："就是因为不用再回美国了所以把电话给了她啊！因为我这一年的努力让她恢复健康了，她自己买了机票要我回来找你，所以和好了！"

我终于停了下来，不好意思地一抹眼泪，我简直难以置信："什么回来就不走了？什么她给你买了机票？"

"我已经跟我以前大学时的老师联系上了，我决定考他的研究生，我要回清华来上学了。"他目光熠熠地说。

我难以置信地看着他。

"我真的太想回北京了。"他动情地端详着我，眼睛里都有泪光了。他抚摸着我的头发："所以当李泽慧前天突然拿出一张来北京的机票，说感谢我让她体验了人间真情，她决定放手了时，我几乎是立刻就坐上飞机来找你了。"

面对如此突然的变化，我真的太难适应了。

"可是……可是，你怎么又是我妈介绍来跟我相亲的人呢？这不可能啊！"

　　杨姐和孙武突然不知从哪儿钻出来出现在我面前，他们俩已经打算复婚了。杨姐眉开眼笑地说："他知道自己能回来找你后，第一时间通知了我，我告诉他他要再不回来你妈就让你相亲嫁给别人了，所以他说什么也要成为你的相亲对象。我跟你说，这回你要不来相亲，我都打算亲自出马劝你来呢！看，杨姐没让你失望吧？"

　　我一会儿哭一会儿笑的，完全被他们这一出又一出的惊喜搞乱套了。因为对相亲完全没有上心，妈妈给我的男方资料信封我竟连打开都没打开过。这时我匆忙从包内拿出那个相亲对象的信封，我首先就倒出一张文江翰年轻时的相片。我忍不住哭着笑了："你个骗子，这是你十年前的照片。"

　　他不好意思地说："怕你妈嫌我不够年轻，不让咱俩见面。我实在是再也不能失去你了。"他从兜里郑重其事地拿出一个精致的首饰盒，一边打开，一边略有些紧张地单膝跪地，他深情地向我解释着："虽然戒指是旧的，可是盒子是专门为你新买的。"

　　天哪，天哪，我的白马王子，他终于驾着七彩祥云来娶我了！

　　我看见那只熟悉的红宝石戒指，我心里非常非常想要，可嘴里却摆着架子："你出国太久，根本就不了解国内的行情了。现在人谁还送宝石戒指啊？人都是多少克拉的大钻戒！你这太古老了——"看他有些发愣地看我，我撑不住了，立刻手指一伸将他手上的戒指套到自己手上，激动地说："可是我喜欢！"

　　文江翰终于松了一口气，原谅了我的调皮："那么，请问这位女士，你愿意再次嫁给我吗？"

　　我把他拉起身，深情地望着他："我愿意！我愿意！"

　　他感慨地轻叹一声，将我紧紧拥入怀中。不经意间从他的肩头望出去，我不禁大吃一惊！因为不知何时，我们身边围绕了一大群人，他们为我们鼓掌，祝福我们，他们的脸上充满了善意和感动。

好像一个梦！不过是一个美梦！虽然明知是在他怀中，他再也不会离开我了，我还是不放心地威胁他说："好，从现在起，这戒指归我了，我以后要把它当传家宝传给我的儿媳妇儿，你想再要回去，可来不及了！"

就此，我和文江翰的故事可以告一段落了。

生活多么美好啊！虽然人生的道路是曲折的，谁也保不齐以后就能像童话故事里那样"从此就幸福地生活在了一起"，可是，我想说的是：不管怎样，相信爱情吧，听从自己的心。有爱相伴的生活，才能让你充实而快乐。

祝福我吧，我也祝福你们！

愿世上每个女孩，都能嫁给爱情！

图书在版编目（CIP）数据

每个女孩都嫁给爱情／翘楚著. －北京：作家出版社，
2017.4

ISBN 978－7－5063－9435－2

Ⅰ.①每… Ⅱ.①翘… Ⅲ.①长篇小说－中国－当代
Ⅳ.①I247.5

中国版本图书馆 CIP 数据核字（2017）第 081287 号

每个女孩都嫁给爱情

作　　者：翘　楚
责任编辑：袁艺方
装帧设计：天行云翼·宋晓亮
出版发行：作家出版社
社　　址：北京农展馆南里 10 号　　邮　　编：100125
电话传真：86－10－65930756（出版发行部）
　　　　　 86－10－65004079（总编室）
　　　　　 86－10－65015116（邮购部）
E－mail：zuojia@zuojia.net.cn
http：//www.haozuojia.com（作家在线）
印　　刷：中煤（北京）印务有限公司
成品尺寸：133×210
字　　数：200 千
印　　张：9.5
版　　次：2017 年 6 月第 1 版
印　　次：2017 年 6 月第 1 次印刷
ISBN 978－7－5063－9435－2
定　　价：35.00 元